センチメンタルアメリカ

共和国のヴィジョンと歴史の現実

Sentimental America

大井浩二

関西学院大学出版会

センチメンタル・アメリカ
――共和国のヴィジョンと歴史の現実――

◇目　次

目次

序章

アメリカ文学あるいはアメリカ文化におけるセンチメンタリズムについて考えたい、などと言い出せば、文学的価値の低い大衆小説やベストセラー小説の類いを反射的に思い浮かべて、鼻白む思いをする向きも多いにちがいない。センチメンタルな作品が、読者の涙腺を刺激するばかりの、低俗な詩や小説と同義語的であることは認めざるを得ないだろう。センチメンタリズムはアメリカ女性作家のトレードマークではないか、といった意見をひそかに抱く読者もいるかもしれない。この種の作品は、アメリカ文学史の授業で取り上げられることもないし、アメリカ文学のキャノンに組み入れられることもないだろうが、その典型的な実例として、一九三六年に出版されて一躍ベストセラーとなり、さらに三年後に映画化されて爆発的な人気を呼んだ南部女性作家マーガレット・ミッチェルの小説『風と共に去りぬ』[1]を挙げることに異論はあるまい。

たしかに、『風と共に去りぬ』のセンチメンタリズムは否定すべくもない。数多くの読者を獲得しているにもかかわらず、この小説がまともに論じられることは滅多にないし、かりに取り上げられることがあるとしても、もっぱら批判、攻撃の対象になるばかりではないか。一九七〇年に「俗悪な文学としての『風と共に去りぬ』」と題する論文[(2)]を専門誌に発表したエモリー大学教授フロイド・ワトキンズは、『風と共に去りぬ』は「南部の田舎の生活に関して不正確であり、歴史に関して不正確であり、何よりも悪いことに、人間性に関して不正確である」と断言している。「不正確な歴史は過去に関するセンチメンタリティを生み出す」と考えるワトキンズ教授に言わせると、ミッチェルの小説は「センチメンタルで、愛国的で、メロドラマ的」であり、スカーレット・オハラやアシュレ・ウィルクスのようなセンチメンタルな人物を創造した作者自身が「彼らのセンチメンタリティの犠牲」になっている。教授はさらに、「極度に南部的でロマンチックな魂の飢えを和らげるように思われる神話」を生み出すばかりで、「人間悪の深さや複雑さを把握していない」ミッチェルの作品は、ウィリアム・ディーン・ハウエルズのいわゆる「俗悪な文学」の実際例である、と述べて、「大衆の空想力」を「過去の栄光に関する虚ろな夢で満足させる」云々といったハウエルズの定義をながながと引用しているのである。

『風と共に去りぬ』は「メロドラマやセンチメンタリティや完璧な登場人物や明確に色分けさ

れた善と悪」などから成り立っている、とワトキンズ教授は断定しているが、アメリカ南部文学の専門家としての彼にとって、マーガレット・ミッチェルのベストセラーは「悪しき小説」の教科書的な実例にすぎなかった。いや、それが教授だけの個人的な評価でなかったことは、「彼の意見は多くの学者や批評家のそれを代表している」というリチャード・ハーウエルの発言[(3)]によって裏付けられている。結局のところ、ワトキンズのような文学至上主義の批評家や学者は、『風と共に去りぬ』を「大衆の空想力」が生み出した「俗悪な文学」としてしか見ていない、と結論できるだろうが、このセンチメンタルな作品を、たとえば大衆文化の研究者は一体どのように解釈しているのだろうか。

映画『オズの魔法使い』を論じた長編評論『虹の彼方に』を一九九一年に発表したポール・ネイサンソンは、映画『風と共に去りぬ』の「異常で永続的な魅力」を説明するに当たって、タラの農園への言及が作中でしばしば繰り返されている点に注目し、そこに「自然と文化の双方に内在する秩序を反映する庭園的パラダイス」のイメージを読み取っている[(4)]。その結果、「『風と共に去りぬ』においては、南部タイプの農本主義がファンタジーとして生き延びている」と彼は主張し、この作品には「土地は人間が属する場所であり、土地は永続的で、ほとんど超絶的な価値を持っている」という、アメリカの「すべてのタイプの農本主義」に共通する認識が窺われる、と説明している。同じ年に映画化された『風と共に去りぬ』や『オズの魔法使い』[5]のような作品においては、「ジョージアの農園であれ、カンザスの農場であれ、庭園としての家に帰るという発想」が「多くのアメリカ人の最も奥深い所にある価値と感情を明確に表現している」とまで、ネイサンソンは言い切っている。大学教授ワトキンズが小説『風と共に去りぬ』の俗悪なメロドラマ性を非難するばかりであったのと対照的に、大衆文化研究家ネイサンソンは映画『風と共に去りぬ』を肯定的に受け止め、そこにアメリカ的な「価値と感情」を見出してさえいるのである。

もちろん、ネイサンソンが『風と共に去りぬ』の農本主義的世界を「ファンタジー」と規定していることは認めなければならない。ワトキンズの立場からすれば、それは「過去の栄光に関する虚ろな夢」以外の何物でもないだろう。だが、土地や農本主義という概念が、ネイサンソンの議論のなかで、「美徳を持った自営農民から成る共和国としてのアメリカというトマス・ジェファソンのヴィジョン」と結び付けられている点を見落としてはなるまい。『虹の彼方に』の著者は「トマス・ジェファソンやベンジャミン・フランクリンは新しい共和国の未来を農業の観点から見ていた」とか、「土地との絶えざる接触は自営農民を幸福にすると同時に有徳にもした。これはそのような農民から成る国家が幸福であると同時に有徳であることを意味していた。要するに、農民は理想的な市民であった」とかいった発言を繰り返しているが、こうした事実からも、この論者の議論を強力に支えているのが共和主義的パラダイムであることを理解できるにちがいない。センチメンタルで俗悪な『風と共に去りぬ』の背後に、アメリカ独立革命以来の古典的共和主義の理念が見え隠れしているというのは、意外としか言いようがないが、こうした展開はマーガレット・ミッチェルの作品だけに限られた現象ではないのだ。

『風と共に去りぬ』が発表された一九三六年には、アメリカ合衆国は大不況のどん底で喘いでいた。この小説がベストセラーになったのは、出口のない暗い現実に絶望したアメリカ大衆が十八世紀以来の伝統的な「価値と感情」にノスタルジアをおぼえ、美徳の共和国への回帰を夢見ていたためである、と考えていいだろうが、このアメリカの夢が脆くも崩れ去った不況の一九三〇年代には、歴史家V・L・パリントンの代表的著作『アメリカ思想主潮史』三巻（一九二七―三〇）がアメリカ知識人の必読書となっていた(6)。ここでのパリントンは、ジェファソン主義者としてのみずからの立場を鮮明に打ち出し、ジェファソン的であるか否かを、個々の作家を評価するに際しての判断基準としていた。その結果、ホーソンやポウやジェイムズを理解することのできない文学史家という汚名を後世に残すことになるのだが、歴史家でありながら、歴史の流れを逆行させようとする彼の時代錯誤的なセンチメンタリズムは、十八世紀に実現した美徳の共和国を理想とする彼自身のジェファソン的ヴィジョンと背中合わせに張り付いている。あるいはまた、同じ時期に社会評論家ラルフ・ボーソウディは『この醜い文明』(一九二九)や『都会からの逃避』(一九三二)を発表して、後者の副題に示されているような「土地での創造的な生活の実験」の必要性を訴えていたが[7]、二十世紀のアメリカで「文明」や「都会」を捨てて、自然に帰ることを夢見る彼の主張にも、センチメンタリズムとリパブリカニズムの共存関係を嗅ぎ付けることができる。さらに、本書の第九章で詳しく論じるように、一九三〇年には十二名の南部知識人が『私の立場』と題するマニフェストのなかで、ジェファソン主義への回帰を謳いあげ、産業主義の排除された農業的ユートピアを思い描いていたのである。

だが、こうした一連の奇妙なアナクロニズムは、一体いかなるメカニズムによって生まれることになったのだろうか。この点については、以下のいくつかの章でも何度か触れることになるが、アメリカ共和国の崩壊という歴史的事実がそれと密接に関わっていることを、ここでは指摘しておきたい。あらためて書き立てるまでもなく、一七七六年にイギリス本国からの独立を達成したアメリカ合衆国は、永遠に衰亡することのない例外的な美徳の共和国として出発する。この新しい共和国を支えるのは、道徳の退廃を知らない、神の選民としての農民であると考えられ、その農民の美徳を育んでいたのは、西のかなたに広がる新大陸アメリカ独自の庭園的風景としてのフロンティアであった。だが、資本主義経済の発展とともに、アメリカ共和国の基盤としての農業体制はなし崩し的に瓦解し、一八九〇年におけるフロンティアの消滅という歴史的事件は、わずか百年前に誕生した例外的な美徳の共和国に決定的な終止符を打つことになった。アメリカ共和国の最大の敵は時間であった、という指摘があらためて思い出されるのだが[8]、この逆らい難い歴史の現実にもかかわらず、いや、その故にこそかえって、アメリカ大衆は失われた共和国の過去にいつまでもこだわり続け、アメリカ例外主義の実現という見果てぬ夢を追い求めることになった。アメリカ社会における神話と歴史、理想と現実との対立葛藤が、たとえば『風と共に去りぬ』というセンチメンタルな作品のなかに、農本主義に基づく美徳の共和国という「ファンタジー」を生み出すことになった、と主張したいのである。

『センチメンタル・アメリカ』の構成を、ここで簡単に説明しておこう。第一章で新旧二人の著名なアメリカニストのセンチメンタリズムに対する姿勢を分析したあと、第二章と第三章では、アメリカ・ルネサンスの時期に活躍した女性作家たちのセンチメンタルな家庭小説を、共和主義的イデオロギーという角度から読み直す。それに続く第四章と第五章を、今ではほとんど読まれなくなった小説家ウィリアム・ディーン・ハウエルズのリアリズムの生ぬるさをアメリカ的コンテクストのなかで再検討する作業に当て、第六章では、ハウエルズの後継者と目されるリアリズムの小説家ハロルド・フレデリックとシンクレア・ルイスの代表作におけるセンチメンタリズムの意味を考察する。第七章と第八章では、フロンティア以後のアメリカ大衆が直面した危機的状況をトマス・ディクソンやジャック・ロンドンの作品などから逆照射する。第九章と第十章では、マーガレット・ミッチェルと同世代の南部作家アンドルー・ライトルの紹介を兼ねて、一九三〇年代の南部におけるジェファソン主義の問題点を探る。第十一章では十九世紀から二十世紀にかけてのベストセラー小説を、第十二章では主としてレーガン大統領時代のハリウッド映画を取り上げ、それぞれにおける大衆文化とセンチメンタリズムの問題を検討する。

本書の基本的な主題は、いくつかのセンチメンタルなテクストを分析することによって、歴史の現実と共和国のヴィジョンの狭間で揺れ動くアメリカ的メンタリティの構造を明らかにし、アメリカ大衆の生活と意見のなかに根深く残る美徳の共和国への愛着と憧憬を浮き彫りにすることである、といささか乱暴に要約しておきたい。

注

(1) Margaret Mitchell, *Gone with the Wind* (New York: Macmillan, 1949).

(2) Floyd C. Watkins, "*Gone with the Wind* as Vulgar Literature," *In Time and Place: Some Origins of American Fiction* (Athens: U of Georgia U, 1977) 33-48.

(3) Richard Harwell, ed., *Gone with the Wind as Book and Film* (Columbia: U of South Carolina P, 1992) 198.

(4) Paul Nathanson, *Over the Rainbow: The Wizard of Oz as a Secular Myth of America* (Albany: State U of New York P, 1991) 131-45.

(5) 小説『オズの魔法使い』については、本書第十一章を参照されたい。

(6) Vernon Louis Parrington, *Main Currents in American Thought: An Interpretation of American Literature from the Beginnings to 1920*. 3 vols. (New York: Harcourt, Brace & World, 1958). なお、パリントンについては、拙著『アメリカの神話と現実―パリントン再考』(研究社出版、一九七九)を参照。

(7) Ralph Borsodi, *This Ugly Civilization* (New York: Simon and Schuster, 1929); *Flight from the City: An Experiment in Creative Living on the Land* (New York: Harper & Row, 1972). なお、David E. Nye, *Electrifying America: Social Meanings of a New Technology* (Cambridge: MIT P, 1990) 305 にボーソウディの書物への簡単な言及がなされている。

(8) J.G.A. Pocock, *The Machiavellian Moment: Florentine Political Thought and the Atlantic Republican Tradition* (Princeton: Princeton UP, 1975) 75-76 は "... the republic, being a work of men's hands, must come to an end in time; there was the unmistakable historical fact that Athens, Sparta, and Rome had all declined and ceased to be." と述べ、David W. Noble, *The End of American History: Democracy, Capitalism, and the Metaphor of Two Worlds in Anglo-American Historical Writing, 1880-1980* (Minneaplis: U of Minnesota P, 1985) 12 は "They [Republics] emerged out of the sea of time. For brief periods, they were able to embody the timeless characteristics of natural law. But the foundation of this island of rationality was unstable because no republic could completely escpe time."と論じている。

Ⅰ センチメンタリズム再考

——二人のアメリカニストをめぐって

センチメンタルという言葉は、いつも手軽に、何げなく使われ、あまりにも手垢に汚れているせいか、その意味を真剣に考えようとすることは滅多にない。だが、日常生活の場において、それが批判的あるいは嘲笑的な意味を持っていることは言うまでもないし、多くの人々にとって、センチメンタルというレッテルを貼られることは侮辱以外の何物でもないだろう。同様にして、センチメンタリズムやセンチメンタリティという言葉が批評用語として使われた場合にも、常に否定的な、負のイメージがべっとりと付きまとっている。手元にある文学用語辞典を覗いてみると、センチメンタリティについて、「通常軽蔑的に、無価値な対象に対して不適切に過度の感情が与えられる様を定義するために用いられる」[1]と説明されている。また、「センチメンタリズムやセンチメンタリティといった用語に残された唯一の効用は、描写の欠如、道徳的あるいは情緒的な現実に関する弱さやごまかしの徴候、とりわけ軽蔑に値する類いの誤った意識を指摘することである」と考えるフィリップ・フィシャーは、「安っぽくて、自賛的で、理想化する傾向があって、計画的なまでに不誠実なものすべてを、われわれはセンチメンタリティと考える」と述べ、「文学的リアリズムの誠実さと冷静さと客観性が矯正することを意図していた道徳的欠陥のすべてを、時としてセンチメンタリティは含んでいるように思われる」(2)と論じている。

議論をアメリカ文学だけに限ってみても、かつて新批評が華やかであった時期には、センチメンタリティはアイロニーやパラドックスやテンションなどといった用語とともに、テクストに密着した分析を行う批評家たちの愛用語の一つになっていた。たとえばクリアンス・ブルックスとロバート・ペン・ウォーレンが編集した『詩の理解』その他のいくつかの文学教科書の場合、アメリカの大学での文学教育に革命をもたらしたと評価されているが、そこでの編者たちはセンチメンタリティを「当該の作品によって準備されてもいなければ正当化もされていない情緒的反応」と定義し、ある作品の分析に際して、「語句と着想のクリシェはセンチメンタルなアプローチ、つまり主題の真の可能性を探ろうとする詩人の側の努力の欠如と、読者におけるある種のストック・レスポンスに対する詩人の無意識の依存とを示している。この欠陥はいずれもセンチメンタリティを示している。なぜならいずれもが詩作品そのものにおいて正当化されていない反応を得ようとする試みを暗示しているからである」[3]と語っていた。新批評家たちにとって、センチメンタルな作品は情緒的反応の過剰なつまらない作品、アイロニーを欠いた凡庸な作品の代名詞であったと言い切ってよい。

だが、一九七〇年代から八〇年代におけるフェミニスト批評の出現とともに、長年にわたって貶められてきた批評用語としてのセンチメンタリティあるいはセンチメンタリズムの復権を求める声が次第に高まってくる。この時期に登場してきた女性の研究者たちは、アメリカン・ルネサンスの時期の女性作家たちがつぎつぎに発表したベストセラー小説がセンチメンタルという理由で、アメリカ文学のキャノンに組み込まれることがなかったという事実を重要視して、センチメンタルという用語そのものを定義し直すことを要求し始めたのである。そうした研究者の一人で、先駆的な評論『女性の小説』(一九七八)を書いたニーナ・ベイムは、「『センチメンタル』という用語は、しばしば記述のための用語というよりも判断のための用語であって、それが表している判断は当然のことながら批判的である」という発言に続けて、「それは文学的技巧が生み出した以上の情緒的反応を作者が読者に要求していることを意味している」[4]と述べているが、そこに『詩の理解』の著者たちが下していた定義のエコーを聞き付けることは困難ではないだろう。このベイムの指摘に呼応する形で、ジュディス・フェタリーは、「『センチメンタル』は実は女性的な主題や女性の視点、とりわけ女性の感情の表現に対する記号ではないだろうか」という疑問を投げかけている[5]。センチメンタルという批評用語をめぐって、フェミニストの批評家たちによって繰り返しなされている異義申し立てを、ここではジェイン・トンプキンズの『センセーショナルな構図』[6]によって代表させたいのだが、このアメリカニストの主張を明確化するために、いささか回り道をして、もう一人のアメリカニスト、レオ・マークスをまず登場させることをお許し願いたい。

レオ・マークスがアメリカ文化に内在する田園主義（パストラリズム）を論じた『楽園と機械文明』（一九六四）[7]の著者として我が国でも広く知られていることは、今更らしく書き立てるまでもないだろう。そこでのマークスが「アメリカ的経験を解釈するうえに、田園観念がいかに用いられてきたかを明らかにし、その用法を評価するのが私の目的である」と述べ、「素朴で田園的な環境を理想化する衝動」と「複雑にこみいった、都会的、産業的、核武装された社会に住む人間の営む生活」との関係というアメリカ社会の「中心的課題」を考察するために、「感傷的な田園主義（センチメンタル・パストラリズム）」と「複雑な田園主義（コンプレックス・パストラリズム)」という二つの概念を導入していたことを記憶している読者も多いにちがいない。

マークスの定義するところでは、感傷的な田園主義は「文明の増大しつつある力と複雑さから逃れたいという衝動からくるもの」であって、「自然の風景、未開拓の地、(もしすでに開拓されているならば)田園などのイメージに象徴される幸福の状態」を志向する傾向であると同時に、「人工的な」世界から「逃避したいという願望の現われ」とも受け取ることができる。「このような衝動こそが、文明の中心から離れその反対の極、つまり自然に向かう、あるいは洗練された状態を捨て素朴さを求める、さらには — 文学における主要なメタファーを用いるならば — 都会から農村に向かうという象徴的な運動の根源なのである。またこのような衝動は抑制されないかぎり、単純きわまりない欲望や思想と感情の非現実的な転倒を生む原因となるのである」ともマークスは論じている。結局のところ、感傷的な田園主義は「現実逃避の方法」に他ならず、それはもっぱら大衆向けの文学作品に見出される、と『楽園と機械文明』の著者は主張している。

だが、同時にまたマークスは、この田園主義という同一のモチーフが「高度の」文学作品にも頻出することに読者の注意を促すことを忘れていない。たとえば、彼は「世を捨て理想郷に隠棲するというテーマが多くの文学作品の中心になっていることをみるためには、アメリカ文学の古典的キャノン、今日最も評価されているアメリカ文学作品のタイトルを考えてみれば十分であろう」と述べ、「最も高く評価されているアメリカの作家たち—クーパー、ソロー、メルヴィル、フロスト、ヘミングウェイ等の名が浮かぶ—の想像力は、再三再四、このような衝動によって鼓舞されてきた。彼らの作品は、感傷的な田園主義と出発するところは同じであっても、結果においては、それとまったくちがった点に到達したのであった」と論じている。こうした優れたアメリカ作家たちに見られる田園主義を、マークスは複雑な田園主義と名付けているのだが、それは感傷的な田園主義と違って、「子供じみた願望達成の夢や、広く行きわたったノスタルジア、素朴で無政府的な原始主義の原因」にはなっていない、と彼は主張しているのである。

この両者の違いを説明するに際して、マークスは「田園詩と呼ばれる文学作品のほとんどは—少なくともわれわれの関心をひくに十分な内容のある作品は—それを読むことによって、美しい田園風景に対して素朴な肯定的な態度をもつようになればいい、というようなものでは決してない。このような作品は、少なくとも洗練されているということからして、緑の牧草地には平和と調和があるという幻想を和らげ、その信憑性を問い、諷刺しているのである」と述べ、この事実が二種類の田園主義を本質的に区別する結果になっている、と論じている。さらに、F・スコット・フィッツジェラルドの代表作『偉大なるギャツビー』について語ったマークスは、この作品における「ギャツビーとニックの観点の違い」がそのまま「感傷的な田園主義と複雑な田園主義との違い」を示している、と指摘し、過去を繰り返すことができると信じたギャツビーと、「田園的至福のイメージ」にひかれながらも、結局はそれが破壊的であることを発見するニックとを対比させることによって、複雑な田園主義においては「歴史の現実」が認識され、「快楽の幻想が歴史的事実によって抑制される」と説明している。

以上のような主張からも明らかなように、マークスは感傷的な田園主義を全面的に否定するような姿勢を取っているが、それは彼が大衆レヴェルの想像力の産物よりも「アメリカ文学の古典的なキャノン」を重要視しているからに他ならない[(8)]。通俗的で感傷的な田園主義がアメリカ文化に深く浸透していて、アメリカ人のさまざまの行動に現れていると考える彼は、その顕著な例として「都会からの逃避」という「多くのアメリカ人が都会の生活に対して抱く軽蔑的な態度」を始めとして、連邦議会における農業ブロックの優勢、農業に対する経済的優遇措置、アメリカ人の戸外活動礼讃、キャンプ旅行・狩猟・魚釣り・ピクニックなどに対する異常なまでの関心などを挙げ、「人びとが厳然たる社会的、技術的現実から目をそらすとき、このあいまいな感情は頭をもたげる」と論じている。マークスに言わせると、この種の「あいまいな感情」が「アメリカ人の集団的幻想（ファンタジー）のより低い次元」と深く関わっていることは、西部劇、ノーマン・ロックウェルの雑誌の表紙絵、牧歌的な風景を連想させるタバコや自動車の広告やコマーシャルが「素朴もしくは田園的な幸福の世界へ逃げていきたいという人びとの、ささやかな願いを満足させる」ことによっても証明されている。さらにまた、「より素朴なより調和のある人生や、『より自然に近い』生活を求める気持」が「すべての田園主義の心理的源泉」であると考える彼は、それが普遍的であって、アメリカ人に固有の傾向ではないことを認めながらも、「アメリカの都市化された風景をおおう郷愁（ノスタルジア）の柔らかいヴェールの存在自体、かつて支配的であったアメリカは清く汚れなき共和国であり、森と村と農家とから成り、幸福の追求に専念できるような静かな国であるというイメージが、今日でも残っていることを示すものなのである」と結論している。

古き良きアメリカへの郷愁をセンチメンタリズムの発露として斥けるマークスにとって、感傷的な田園主義は反動的で、時代錯誤的以外の何物でもない。そして、この否定的な姿勢を一層鮮明にするために、彼はリチャード・ホフスタッター、マーヴィン・マイヤーズ、ヘンリー・ナッシュ・スミスといった「洞察力に富み政治的にリベラルなアメリカ思想史家」の名前を呼び込み、「農村的生活様式を理想化する傾向は、思想を明確に理解するうえに障害となるのであり、彼らの観点からすれば、社会の進歩の障害にもなっている」という共通の見解を引き出している。さらに、「アメリカ人一般にみられる田園主義」がいかに有害であるかを証明するために、マークスはオルテガ・イ・ガセットとかジークムント・フロイトとかいった「『大衆文化』の批判者」までも登場させるという手段に訴えているが、彼の解釈に従えば、オルテガのいわゆる「原始人」に対する批判は、「感傷的な田園主義に本質的に内在する、誤ったとはいえないまでも、表面的な現実認識に対してなされたものである」ということになる。他方、文明を敵視する現代人の態度は「一般的にみられる欲求挫折と抑圧のしるし」である、というフロイトの説明を援用しながら、「現代人がたわいない空想に耽溺する傾向」は「病的な色合い、つまり集団ノイローゼの徴候」を示している、とマークスは判断しているのである。

すでに触れたように、マークスに言わせると、田園主義は一般大衆にとって「子供じみた願望達成の夢」や「無政府的な原始主義」を意味していたのに反して、同じ田園主義がアメリカ文学の古典的作家にとっては、「われわれの経験を豊かにし明確にする貴重な作品の素材」であった。彼が大衆文化をエリート文化の下位に置いていることは明らかだが、この二つの文化を峻別する彼の基本的な姿勢の背後に「前者は悪くて、危険でさえあり、後者は良くて、救いをもたらす効果さえある」という信念を読み取ったポール・ネイサンソンは、「そうした『真剣な』作家たちは田園主義を無気力な現実逃避から複雑な現代生活との積極的な闘いへと変容させる」というのがマークスのテーゼであった、と論じている(9)。この場合、アメリカのエリート文化を代表する

「真剣」作家たちとは、クーパー、ソロー、ホーソン、メルヴィル、トウェイン、ヘミングウェイ、フォークナーなどの白人男性作家たちであることは明らかであって、『楽園と機械文明』には女性作家としてはセアラ・オーン・ジュエットとウィラ・キャザーの名前がそれぞれわずか一回ずつ言及されているにすぎないことも、それを裏付けている。この書物が出版された一九六四年という時点を考慮するならば、これはもちろん、マークスの個人的偏向というよりも、その時期のアメリカ学界一般の傾向であっただろう。だが、かりに無意識であったにせよ、マークスが女性作家の作品を唾棄すべきセンチメンタリズムと結び付け、それを大衆文化の範疇に組み入れていたことは、やはり否定できないにちがいない。

　ここまで考えてきてやっと、もう一人のアメリカニストであるジェイン・トンプキンズが『楽園と機械文明』からほぼ二十年後の一九八五年に出版した『センセーショナルな構図』を取り上げることができる。この書物にはチャールズ・ブロックデン・ブラウンやジェイムズ・フェニモア・クーパーのような男性作家の他に、ハリエット・ビーチャー・ストウの『アンクル・トムの小屋』やスーザン・ウォーナーの『広い、広い世界』がそれぞれ独立した章で論じられているが、敢えて十九世紀の女性作家に注目するに至った経緯を説明して、トンプキンズは「私は男性の学者が支配的な分野の女性であるという理由で、アメリカ文学のスタンダードなカリキュラムから女性の著作が欠落していることに、特に神経をとがらせてきた。私が二冊のセンチメンタルな家庭小説を論じることを選んだのは、女性によって書かれた小説、とりわけ二十世紀の批評が繰り返し貶めてきた女性の小説の力と野心を明らかにしたかったからである」と語っている。さらにまた、「人気を呼んだ作品や女性による作品だけでなく、通常文学作品の定義に当てはまらないと思われているテクストにもキャノンを拡大する方法を見つけたかった」とも述べていることから明らかなように、レオ・マークスによって無視されていた大衆文化や女性作家に注目することによって、一見現実逃避的に見える作品に潜む「センチメンタル・パワー」(これは『アンクル・トムの小屋』を論じた章の題名でもあった) に読者の注目を促すことをトンプキンズは目論んでいるのである。

こうして『センセーショナルな構図』の著者は、フェミニスト批評家としての旗幟を鮮明に掲げて、アメリカ文学のキャノンを牛耳ってきた、ペリー・ミラー、ハリー・レヴィン、R・W・B・ルイス、ヘンリー・ナッシュ・スミスなどによって代表される「男性支配の学統」が彼女の攻撃目標であることを表明しているが、とりわけ彼女が意識していたのは、その「学統」を代表すると考えられる批評家F・O・マシーセンであった。マシーセンは大著『アメリカン・ルネサンス』（一九四一）の冒頭で、「一八五〇年から五五年にかけての六年間に、『代表的偉人論』（一八五〇）、『緋文字』（一八五〇）、『七破風の屋敷』（一八五一）、『白鯨』（一八五一）、『ピエール』（一八五二）、『ウォルデン』（一八五四）、『草の葉』（一八五五）が出現している。アメリカ文学のどこを探しても、これらの作品に想像的ヴァイタリティにおいて匹敵する作品群を集めることはできないだろう」[10]と宣言しているが、この有名な文章をそっくり引用した後、トンプキンズは「極端に排他的で、階級に縛られている」マシーセンのリストは「きわめて少数の社会的、文化的、地理的、性的、人種的に限定されたエリートの見解を表している」にすぎない、と論難している。彼女の見るところ、マシーセンの挙げた作品群には、オーソドックスなキリスト教徒によるものは一冊もなく、奴隷廃止運動や禁酒運動を扱った作品も、大衆の人気を博したベストセラー小説も、女性作家やアングロサクソン系以外の男性作家による作品も含まれていないというのである。

結局のところ、『センセーショナルな構図』の著者は、「マシーセンのモダニスト的批評原理によって低く評価されていたいくつかの小説」を「特定の歴史的状況のなかで、ある種の文化的仕事」を果たしていたという理由で高く評価することを目指している。こうした挑戦的なトンプキンズの「議論」について、ウィリアム・ケインは「マシーセンの判断と手続きに対する一般的で

（概ね適切な）批判を要約している」[11]と語っているが、それはまた同時に、エリート文化を重視してセンチメンタリズムに敵意さえ示していたかに思われるレオ・マークスの「判断と手続き」に対する間接的ながら痛烈な批判になっている、と考えられる。すでに周知の事実だろうが、マークスはトンプキンズに名指しで非難されていた『ヴァージン・ランド』のヘンリー・ナッシュ・スミスや『アメリカのアダム』のR・W・B・ルイスとともにマシーセンの優秀な教え子の一人であったし[12]、彼自身が『楽園と機械文明』の巻末に、「文学と社会に関する私の考え方は、何年も昔、F・O・マシーセンとペリー・ミラーの下で研究していた学生時代に形作られた」と書き記していた。また、『センセーショナルな構図』のわずか二年前の一九八三年に書かれた恩師マシーセンを回想する文章でも、マークスは「これまでの五十年間において、アメリカ文学およびアメリカ文学とアメリカ史の関係について一般に行われている概念に対して、より大きな影響を及ぼした著述家は誰もいない」と述べ、『アメリカン・ルネサンス』は「アメリカ研究において不可欠なテクスト」である、と断定していた[13]。さらに言えば、ほぼ二十年の間隔を置いてオックスフォード大学出版局から刊行された『アメリカン・ルネサンス』と『楽園と機械文明』を批判するトンプキンズの『センセーショナルな構図』が、後者からほぼ二十年後に、やはり同じ出版局から出ているという事実は、アメリカにおける批評的アプローチの方法に重大なパラダイムの変革が起こったことを暗示している、と受け止めてよいだろう。

したがって、『センセーショナルな構図』におけるトンプキンズの主張は、『楽園と機械文明』におけるマークスのそれに悉く対立する形を取っている。たとえば、女性作家による十九世紀の感傷小説は、「文学作品の最も熱心な読者」である女性のなかに「放縦とナルシズム」を生み出すばかりであった、と男性批評家たちは考えている、と書くとき、トンプキンズは大衆文化を「現実逃避」や「快楽の幻想」と同一視していたマークスを意識していたにちがいない。あるいはまた、感傷小説を「説教と社会理論の中間」にあって、「時代のさまざまの価値を体系化すると同時に形作ろうとする政治的な企て」と位置付ける彼女は、『アンクル・トムの小屋』のような小説は「文化を女性の視点から再構成しようとする記念碑的努力を表している」と述べているだけでなく、「それはホーソンやメルヴィルのようなもっと知られた批判者たちが加えていたよりも遥かにずっと強烈なアメリカ社会批判を差し出している」とまで言い切っている。アメリカ最初のミリオンセラーであったという事実も含めて、『アンクル・トムの小屋』は「この世紀の最も重要な書物」であった、というトンプキンズの結論の当否は、ここでは問わないとしても、それがホーソンやメルヴィルのような古典的な作家だけが「複雑な現代生活との積極的な闘い」を戦っている、と主張するマークスの批評的スタンスを真っ向から批判していることは認めなければなるまい。

スーザン・ウォーナーの『広い、広い世界』は、二年後に『アンクル・トムの小屋』が出版されるまで、前代未聞のベストセラーであったが、『センセーショナルな構図』の著者は、ホーソンが「いまいましい物書きの女ども」[14]と呼んでいた家庭小説の一人であったウォーナーの作品を扱った章に「もう一つのアメリカン・ルネサンス」という、これまた甚だしく挑戦的な題名を与えているだけでなく、十九世紀の感傷小説が「アメリカ文学のキャノンから外されてきたのは間違いであった」と断言している。さらにトンプキンズは、同時代の他の感傷小説家たちと同じように、ウォーナーは「読者にキリスト教徒としての完成について教え、国全体を神の都に近づけるために書いていた」と指摘し、『広い、広い世界』が「個々の市民の美徳」の重要性を繰り返し強調している点に触れて、「民主主義的な共和国はその市民のキリスト教徒としての性格に依存していた」故に、「美徳を教え込むことが、十九世紀のアメリカ人のほとんど全ての読み物の第一の目標であった」と説明している。ここでの彼女が「福音の普及を国家の建設と同一視する、プロテスタント的共和主義のイデオロギー」という観点からウォーナーの小説を分析していることは明らかであって、『広い、広い世界』の幼い主人公の私的な世界に公的な広がりを与え、センチメンタルこの上ない世界を美徳の共和国の伝統に組み入れようとしている、と言い換えてもよいだろう。

『楽園と機械文明』と『センセーショナルな構図』との間には、わずか二十年の隔たりしかないにもかかわらず、センチメンタリズムに対して否定的な見方しかできないマークスと、そこに積極的な意味を読み取ろうとするトンプキンズとの間には越え難い断絶が存在している。両者はまったく異なったパラダイムによって、アメリカの大衆文化や女性作家を論じていると言わざるを得ないだろう。「清く汚れなき共和国」あるいは「幸福の追求に専念できるような静かな国」へのノスタルジアを、マークスが感傷的な田園主義の露頭として厳しく斥けているのに反して、トンプキンズはウォーナーの感傷小説を共和主義的イデオロギーと密接に関連づけ、それを「政治的な企て」として読み解こうとしているが、にもかかわらず、この二人のアメリカニストたちが、たった一つの点で、つまり、いずれもセンチメンタリズムとリパブリカニズムとの結び付きに注目しているという点で、完全な意見の一致を示していることを見落としてはならない。その結び付きを肯定するか否かという基本的姿勢において、両者は対立しているにすぎないのである。

したがって、トンプキンズとマークスの著作が期せずして暗示しているように、この一見まったく無関係に思われる二つのイズムの意外な関連性にメスを入れることによって、いわばセンチメンタリズムのアメリカ性を明らかにすることができるのではないか。これまで正当に評価されることのなかったアメリカ女性作家やアメリカ大衆作家だけでなく、一般にセンチメンタルというだけの理由で批判されてきたアメリカ作家やその作品を、共和主義的イデオロギーという観点から再読することが可能になってくるのではないだろうか。

もちろん、センチメンタリズムについては、それが女性作家に固有の属性であるかのように言い立てる傾向が一般的であった。フェミニスト批評家たちが異義を申し立て始めたそもそもの切っ掛けは、女性作家の書いた十九世紀の家庭小説がセンチメンタルという理由で正当に評価されなかったからだった。センチメンタルな女性作家の作品をいかに再評価するか、いかにしてキャノンに組み入れるか、というのが、たとえばニーナ・ベイムやジェイン・トンプキンズの最大の関心事であったが、こうした女性作家とセンチメンタリズムの関係だけを強調する最近の傾向に対して、一部の批評家たちから不満が聞かれ始めていることも否定できない。たとえば『センチメンタルな男性』（一九九九）という論文集の編者たちは、「センチメンタリティが基本的には女性的な感情表出の構造である」という一九八五年以降のセンチメンタリズムの研究者たちの主張そのものに異議を唱え、ブロックデン・ブラウン、クーパー、メルヴィル、ホーソン、ホイットマン、さらにはノリスやドライサーといった「キャノンの男性作家たちも、すべて作品のなかでセンチメントの言説を用いている」という事実を無視してはならない、と論じている[15]。

だが、これと同様の意見は、フェミニスト批評家たちも口にしていたのであって、たとえばジョアン・ドブソンは、すでに一九九三年の時点で、「センチメンタルであったのは、女性作家だけではなかった」と主張し、今日われわれが古典作家と呼んでいる男性作家でさえも、「しばしばセンチメンタルと定義できるようなテーマを扱い、センチメンタルな約束事や言葉を使っていた」[16]と述べていた。たしかに、アメリカ型センチメンタリズムの特性を考えようとする場合、男性作家にも目を向ける必要があるだろう、と考えて、本書ではアメリカン・ルネサンスの女性作家の他に、ハウエルズとその系列につながるリアリズムの男性作家たち、それにトマス・ディクソンやジャック・ロンドンのようなセンチメンタリズムと無縁に思われる男性作家たちにも登場願うことにしている。そのため、ここで扱われるのは、基本的にはキャノンと無縁の作家たちということになるだろうが、長年にわたって負の評価を受けるばかりであったセンチメンタリズムを、歴史的コンテクストのなかで捉え直すことによって、アメリカ的想像力に深々と根を下ろしている十八世紀以来の美徳の共和国のヴィジョンに新しい光を与えることができる、と主張したいのである。

注

(1) マーティン・グレイ(丹羽隆昭訳)『英米文学用語辞典』(ニューカレントインターナショナル、一九九〇)二九五。

(2) Philip Fisher, *Hard Facts: Setting and Form in the American Novel* (New York: Oxford UP, 1985) 92.

(3) Cleanth Brooks and Robert Penn Warren, eds., *Understanding Poetry: An Anthology for College Students* (New York: Henry Holt, 1953) 690-91, 299.

(4) Nina Baym, *Woman's Fiction: A Guide to Novels by and about Women in America, 1820-70.* Second Edition (Urbana: U of Illinois P, 1993) 24.

(5) Judith Fetterley; ed., *Provisions: A Reader from 19th-Century American Women* (Bloomington: Indiana UP, 1985) 25. なお、Joanne Dobson, "The American Renaissance Reconsidered," *The (Other) American Tradition: Nineteenth-Century Women Writers,* ed. Joyce W. Warren (New Brunswick: Rutgers UP, 1993) 164-82; Shirley Samuels, ed., *The Culture of Sentiment: Race, Gender, and Sentimentality in Nineteenth-Century America* (New York: Oxford UP, 1992); Rosemarie Garland Thomson, "Crippled Girls and Lame Old Women: Sentimental Spectacles of Sympathy in Nineteenth-Century American Women's Writing," *Nineteenth-Century American Women Writers: A Critical Reader*, ed. Karen L. Kilcup (Malden, Mass.: Blackwell, 1998) 128-45; Mary Chapman and Glenn Hendler, eds., *Sentimental Men: Masculinity and the Politics of Affect in American Culture* (Berkeley: U of California P, 1999) などを参照。

(6) Jane Tompkins, *Sensational Designs: The Cultural Work of American Fiction, 1790-1860* (New York: Oxford UP, 1985).

(7) Leo Marx, *The Machine in the Garden: Technology and the Pastoral Ideal in America* (New York: Oxford UP, 1964). 引用は榊原胖夫・明石紀雄訳を一部改変して用いた。

(8) Russell Reising, *The Unusable Past: Theory and the Study of American Literature* (New York: Methuen, 1986) 141 にも同様の指摘がある。

(9) Paul Nathanson, *Over the Rainbow: The Wizard of Oz as a Secular Myth of America* (Albany: State U of New York P, 1991) 370.

(10) F.O. Matthiessen, *American Renaissance: Art and Expression in the Age of Emerson and Whitman* (1941. New York: Oxford UP, 1957) vii.

(11) William E. Cain, *F.O. Matthiessen and the Politics of Criticism* (Madison: U of Wisconsin P, 1988) 163.

(12) Cain 13.

(13) Leo Marx, " 'Double Consciousness' and the Cultural Politics of F.O. Matthiessen," *The Pilot and the Passenger: Essays on Literature, Technology, and Culture in the United States* (New York: Oxford UP, 1988) 239. マシーセンがマークス、ルイス、ミラーなどに及ぼした影響については、 Gene Wise, *American Historical Explanations: A Strategy for Grounded Inquiry* (Homewood, Ill., Dorsey, 1973) 239を参照。

(14) Nathaniel Hawthorne, *The Centenary Edition of the Works of Nathaniel Hawthorne: The Letters,1853-56*, ed. Thomas Woodson et al. (Columbia: Ohio State UP, 1987) 304.

(15) Mary Chapman and Glenn Hendler, eds., *Sentimental Men: Masculinity and the Politics of Affect in American Culture* (Berkeley: U of Califronia P, 1999) 7.

(16) Joanne Dobson, "The American Renaissance Revisited," *The (Other) American Traditions: Nineteenth-Century Women Writers*, ed. Joyce W. Warren (New Brunswick: Rutgers UP, 1993) 178note15.

II 本を読む少女たち
——「物書きの女ども」のアメリカ

一八五〇年代のアメリカでは、女性作家によってセンチメンタルな家庭小説がつぎつぎに書かれて、数多くの年若い女性読者に歓迎されていた。文学史家のフレッド・ルイス・パティーは、「女性の五〇年代」というキャッチフレーズで、この時期の雰囲気を要約しているが、同時代の男性作家ナサニエル・ホーソンは、そうした家庭小説の作者たちを「いまいましい物書きの女ども」と毒づいていたし[1]、比較的最近まで、この種の感傷的な小説群を読もうとするアメリカ文学やアメリカ文化の研究者はきわめて稀であった、と言ってよい。前章でも触れたように、F・O・マシーセンの『アメリカン・ルネサンス』(一九四一)と題する書物は、長年にわたって大きな影響力を及ぼしてきたが、そこでは『緋文字』や『草の葉』や『白鯨』のような男性作家の作品が詳細に分析されているばかりで、この種の古典的作品がはるかに及ばないほどの売れ行きを示した女性作家による一連のベストセラー小説は一切無視されていた。

ここでは、そうしたセンチメンタルな家庭小説がどのような形で十九世紀半ばのアメリカの現実と切り結んでいたか、という問題を明らかにするために、スーザン・ウォーナー『広い、広い世界』(一八五〇)、マリア・スザンナ・カミンズ『点灯夫』(一八五四)、オーガスタ・エヴァンズ『ビューラ』(一八五九)、それにマーサ・フィンリー『エルシー・ディンズモア』(一八六七)を取り上げ、この四冊に共通して現れる《本を読む少女》というモチーフの持っている意味を考えてみたい。

『広い、広い世界』という、新人女性作家スーザン・ウォーナー(一八一九—八五)によって書かれた小説(2)は、一八五〇年十二月に出版されると、たちまちベストセラーとなり、四カ月で初版を売り切ったばかりか、二年間に十四版を重ねたと言われ、その後、半世紀以上にわたって数多くの読者を獲得することになった。同じ年に発表されたホーソンの代表作『緋文字』は、彼の生存中の総売り上げが一万部にも及ばなかったことを考えると、ウォーナーの成功に刺激されて書かれるようになった家庭小説の作者たちを、彼が「いまいましい物書きの女ども」と呼んだことも理解できるにちがいない。

この長編小説の女主人公エレン・モンゴメリーは、十歳のときに父が裁判に負けて財産を失い、病気の母もヨーロッパで転地療養することになったため、両親と別れて、田舎に住む父方の伯母と暮らすことを余儀なくされる。厳しい伯母の監督の下で、さまざまの苦難の毎日を送ったあと、孤児となった彼女は、スコットランドの母方の親類に身を寄せることになったりするが、最後にはジョン・ハンフリーズという青年紳士と結婚して幸福になるというところで、物語は終わっている。『広い、広い世界』がこの上なくセンチメンタルな家庭小説であることは明らかで、十九世紀後半のアメリカ大衆からは大歓迎を受けたにもかかわらず、これまで長い間アメリカ文学研究者には無視され続けてきた。だが、ごく最近になって、このウォーナーの小説に対する再評価の試みがなされるようになり、ジェイン・トムプキンズのような批評家は、「それは女主人公の性格が従順、自己犠牲、信仰によって形成されるアメリカ的プロテスタント的な教養小説である」と結論している。さらにトムプキンズによると、「美徳を教え込むことが、十九世紀のアメリカ人のほとんど全ての読み物の第一の目標であった」(3)が、教養小説『広い、広い世界』の女主人公エレンは、やはり美徳を教え込むことを目指したもう一冊の書物との出会いを作中で経験しているのである。

この小説の第三十二章で、新年の贈り物として「一冊の小さな本」を与えられたエレンは、夢中になって読み耽る。「一時間が過ぎた。エレンは口を利かず、頁を繰る以外は身動きもしなかった」とウォーナーは書いている。その「楽しい本」は「ずっと彼女の頭のなかにあった」だけでなく、「彼女が着替えに行くときも、その本は彼女について行ったし、自由になったら何時でも取り上げることができるように、ベッドの上の、見えるところに置いてあった」とも書かれている。さらに、第三十三章では、その本は「何度も何度も繰り返し読まれ、ついに彼女はそれをほとんど暗記するまでになった」というのだが、エレンの心をそれほどまでに惹き付けた本とは、メイソン・ロック・ウィームズが執筆した『ワシントン伝』(4)に他ならなかった。このベストセラーとなった伝記は、『広い、広い世界』が刊行された年には、第五十九版が出回っていたので、エレンがそれを片時も手放さなかったというエピソードは、一八〇〇年出版のベストセラー『ワシントン伝』を読んでいる一八五〇年出版のベストセラー『広い、広い世界』の女主人公の姿を示しているというだけの理由でも、現在の読者には興味深く思われる。だが、この「小さな本」には一体何が書かれていたというのだろうか。

初代大統領ジョージ・ワシントンの逝去後間もない一八〇〇年二月二十二日、つまりワシントンの誕生日に出版された『ワシントン伝』は、最初はわずか八十頁そこそこにすぎなかったが、ベストセラーとなって版を重ねるうちに、さまざまのエピソードが書き加えられ、ワシントンの神話が生み出されることになった。有名なサクラの木のエピソードが書き込まれたのは、一八〇六年の第五版であったが、そこで初めて、父親が大事にしていたサクラの木を傷つけたことを正直に告白する、嘘をつくことのできない少年ジョージが読者の前に姿を現している。この逸話の信憑性を高めるために、ウィームズはワシントン一家の遠縁の老婦人を情報提供者としてわざわざ登場させているが、それはまったく根も葉も無い作り話であった。嘘をつかない少年の話が嘘であったというのは、まことにアイロニカルであるけれども、この伝記は、ワシントンの生涯を忠実に辿って見せるというよりも、もっぱら愛国心とか勤勉とか正直とかいった初代大統領のさまざまの美徳を強調することを目的としていたのである。

『ワシントン伝』の冒頭で、エジプト遠征直前に二人のアメリカ青年に出会ったナポレオンが、「偉大なワシントン」を褒めたたえ、「後世の者は、尊敬の念をもって、大いなる帝国の創始者としてのワシントンの名前を口にするだろうが、余の名前は革命の渦のなかで忘れ去られるにちがいない」と語ったというエピソードを紹介したあと、ウィームズは初代大統領を「真の偉大さ」に高めたのが彼の「私的な美徳」に他ならず、「すべての人間的優秀性の基盤」は「私的な美徳」によって形成されることを繰り返し強調している。こうして、著者は農民、軍人、「セルフメイド・マン」、アメリカ植民地をイギリスから守った救済者としてのワシントンの姿を描きながら、終始一貫して彼の美徳に光を当てようとしている。そこでは、ワシントンは徹底して美徳の権化に仕立て上げられていると言っても過言ではない。『ワシントン伝』という「小さな本」は「ワシントンの真似ることのできない美徳」[5]と深くかかわっている、というのはルイス・リアリーの指摘であったが、さくらの木のエピソードは、そうした「真似ることのできない美徳」に対するウィームズの強い関心が端的な形をとった実例であった。

だが、何故ウィームズは、これほどまでにワシントンの「美徳」を強調しなければならなかったか。読者はここで一七七六年の革命家たちを突き動かしていた共和主義的イデオロギーが「美徳」と深く結び付いていたことを思い出さねばならない。たとえば、『自伝』（一八一八）において十三の美徳を獲得した経緯を詳しく語っていたベンジャミン・フランクリン（一七〇六―九〇）が、やがて共和国に相応しい愛国者となって、独立戦争期に縦横の活躍をしたという事実は、「美徳」と共和主義の精神との結び付きを雄弁に物語っている[6]。あるいは、フランクリンとともに十八世紀アメリカを代表する知識人トマス・ジェファソン（一七四三―一八二六）が『ヴァジニア覚え書』（一七八五）において、「根源的で純粋な徳」の重要性を強調しているのは、それが「一つの共和国を生き生きとした状態に保つもの」であって、この「美徳」が「腐敗することは、たちまちにして共和国の法律と憲法との中枢にまで食い入る癌」であることを知っていたからであった[7]。『ワシントン伝』は、ワシントンの伝記的事実に関しては信憑性が低いにもかかわらず、そこに「美徳」と共和主義的イデオロギーとの密接な関係が語られているゆえに、現代の政治学者や歴史学者によって「古典的テクスト」とか「信頼できるガイド」[8]とか呼ばれているのである。

『広い、広い世界』において、『ワシントン伝』を丸ごと暗記したエレンは、初代大統領の熱烈な支持者となり、ある友人からは「愛国者」と呼ばれるようになるが、こうした彼女の態度は、物語の後半で、舞台がスコットランドに移ってからも、いささかの揺るぎも見せない。彼女は伯父のリンゼイ氏の質問に答えて、ワシントンは聖人よりも立派な人物であったと語り、伯父から「アメリカの子供はみんな、お前と同じように強烈な共和主義者なのか」などと言われたりしているが、こうした彼女のワシントンに対する敬愛ぶりやしたたかな共和主義者ぶりは、ウィームズの伝記によって洗脳された結果にちがいない。さらに、読者の前に登場したばかりのときには、感情の起伏が非常に激しい少女として描かれていたエレンが、小説の展開とともに次第に感情を抑制することができるようになるのは、『ワシントン伝』において、「みずからの感情を支配できない」人間が「臆病者」と呼ばれ、「有害な感情と闘い、非理性的な自我を克服する、あの英雄的な勇気」が称揚されていたからではあるまいか。共和主義的イデオロギーによれば、冷静で感情を抑制できる女性は、「夫や子供を支配し、共和国の安全の基となる美徳にあふれた行動を保証することができる」[9]と考えられていた。エレンが「有害な感情」を抑制することによって、リンダ・カーバーのいわゆる「共和国の母」となるに相応しい女性に成長する過程においては、『ワシントン伝』という読書体験が大きな意味を持っていた、と考えることができるだろう。

こうして、まことに意外なことに、ちょうど半世紀を隔てて出版された『ワシントン伝』と『広い、広い世界』という、異なったジャンルに属する、一見まったく無関係に思われる二冊のベストセラーは、アメリカ意識のなかに深く根を下ろした美徳の共和国のヴィジョンによって繋ぎとめられていたことが判明する。『広い、広い世界』の女主人公は、共和主義的イデオロギーに関する「古典的テクスト」としての『ワシントン伝』を愛読することによって、「共和国の母」になるための必須の教育を受けることになったのである[10]。

ヘンリー・デイヴィッド・ソローの古典的作品『ウォルデン』(一八五四)と同じ年に出版されたマリア・スザンナ・カミンズ(一八二七―六六)の『点灯夫』[11]は、たちまちベストセラーとなり、発売後二カ月(一説には一カ月)で四万部、さらに六万部(別の説では七万部)を初年度に売りつくした、と言われている。『広い、広い世界』の冒頭で、エレンがじっと見送っていた点灯夫を、そのまま登場させていることからも判るように、四年前のウォーナーの作品の成功に刺激されて書かれたこともあって、この小説は孤児の少女が人間的に成長していく姿を描いた教養小説という意味で見事な共通点を示しているのである。

物語は孤独で悲惨な幼児期を過ごして来た八歳の主人公ガートルード（少女時代にはガーティと呼ばれている）が、ふとした切っ掛けから親切な点灯夫トルーマン・フリントに引き取られるところから始まる。フリント老人や隣家のサリヴァン夫人、その息子のウィリー、さらには裕福な家の娘で盲目のエミリー・グレアムなどに暖かく見守られながら、やっと人並みの生活を送り始めたガーティは、さまざまな苦しみや悩みを経験しながら、やがて学校教師として自立できるようになる。だが、それもつかの間、病弱なエミリーの面倒を見るために、彼女は教師のポストを投げ捨ててしまう。とある保養地で、彼女はフィリップ・エイモリーという謎の男に出会うが、これがエミリーのかつての恋人で、失明の原因となった人物であるだけでなく、ガーティの父親でもあったことが判明する。『広い、広い世界』の場合と同様、『点灯夫』においてもまた、仕事先のインドから帰ったウィリーとガーティが結ばれ、エミリーとフィリップが結婚する、という場面で終わるまでに、大量の涙が至るところで流されることは言うまでもないが、そこにもまた熱心に本を読む一人の少女が登場していることを見落としてならないのである。

学校へ通うようになったガーティは、エミリーが選んでくれた子供向きの本をフリント老人に繰り返し読んで聞かせる。それは「決して嘘をつかない少女の物語や、いつも両親の言い付けを守る少年の物語や、それにも増して、怒らないで我慢する術を知っている子供の物語がしばしばであった」が、その結果、老人と少女が学ぶことになったのは、「正直と従順と忍耐の勝利」であった、とカミンズは書いている。やがて、ガーティが「鋭い知性」に恵まれ、アクセントや抑揚にも非の打ち所のない素晴らしい読み手であることを知ったエミリーは、毎日一時間だけ彼女に本を読んで貰うことに決める。その際、エミリーが選んだのは、必ずしも「子供の理解の範囲内」にある書物ではなくて、理解しようと努力することで子供の「能力を伸ばし、天分への刺激となる」ような書物であった。こうして、まだ絵本に親しんでいてもおかしくない十歳の少女ガーティは、盲目のエミリーを相手に「歴史書、伝記、旅行記」を朗読することになるが、彼女は「この比較的堅い読み物を好むようであったし、エミリーの親切な説明と激励に助けられて、多くの重要な事実と多くの有益な情報を小さな頭脳のなかに蓄えた」のであった。

ガーティが朗読した「歴史書、伝記、旅行記」の具体的なタイトルをカミンズは書き留めていない。だが、その作品リストには、たとえば一八五〇年出版の『広い、広い世界』でエレンが読み耽ったウィームズの『ワシントン伝』が挙がっていたのではあるまいか。すでに明らかにしておいたように、このウィームズの伝記作品は、ワシントン大統領の美徳を謳いあげた共和主義の教科書であったが、建国以来、新しい共和国の若い女性たちは有害な小説を読むことを禁止され、もっぱら歴史（これに個人の歴史としての伝記を含めてもよい）を読むことを奨励されていた。「歴史を読むように女性に助言することは、アメリカ共和国の知的な生活により多くの関わりを持つように奨励することでもあった」[12]とリンダ・カーバーは説明している。一八〇一年に出版されたタビサ・テニーの『女性版ドン・キホーテ精神』において、「小説やロマンスを無制限に読み耽ったために頭がおかしくなった」女主人公ドーカシナのために、友人が歴史書と旅行記を鎮静剤代わりに差し入れたというエピソードを、ここで思い出してもよいだろう[13]。

さらにまた、少女ガーティの「特に好きな科目」は天文学で、この「美しい神秘」を「彼女はいつか徹底的に探求するつもりであった」と説明されている。その上、ガーティは同じ時期に五歳年上のウィリーと一緒にフランス語の勉強までも始めたことが明らかにされているが、こうした一連の事実は、彼女がコロンビアの娘に相応しい訓練を自らに課していたことを物語っている。建国期のアメリカ合衆国では、将来、リンダ・カーバーのいわゆる「共和国の母」として、子女を家庭で教育することになる女性は「上品かつ正確に書き話し、フランス語を発音し、歴史を読み、簡単な地理と天文学を理解することができるべきである」[14]と考えられていたが、歴史書や伝記を読むばかりか、天文学やフランス語の勉強までもしていたガーティは、まさに「共和国の母」

となるための基礎教育を受けていたのである。彼女が吸収した「多くの重要な知識と多くの有益な情報」は、結婚後の彼女によって、ウィリーとの間に生まれた子供たちに伝えられたにちがいない。

いずれにせよ、保護者エミリーによって用意されたカリキュラムを忠実にこなした結果、ガーティは急速な人間的成長を遂げるに至る。彼女の「誇り高い、性急な精神」は押さえ付けられ、「彼女がこれまで抱いたことがないほどに高く貴い精神の炎」が燃え上がる。「素晴らしい落ち着きがガートルードの心に入り込んだ」だけでなく、「彼女は地上での最大の勝利、自分自身に対する勝利を達成した」とも書かれている。あるいはまた、彼女のなかに「完全な自制心」が生まれ、「彼女自身を制する力」は彼女が激しい気性の持ち主であったことを知っている周囲の者たちを驚かせ、「女性が身につけることのできる最も高貴で、最も重要な特性の一つ」である自己犠牲の精神が彼女に備わっていることをエミリーも認めている。逆に、ガーティは「忍耐」と「従順」を、「この二つの美徳の生きた見本」としてのエミリーから学び取ったことを読者は教えられるのだが、自己抑制、自己犠牲、忍耐、従順などといったキリスト教的な徳目がいずれも共和国の存続に欠くことのできない枢要な美徳でもあったことは、あらためて説明するまでもあるまい。

『点灯夫』の主人公ガートルードがそうした共和国の美徳の、まさに「生きた見本」であったことは、この小説で語られるさまざまのエピソードによって見事に例証されている。彼女は病に倒れたフリント老人を献身的に看護するだけでなく、恋人ウィリーの年老いた祖父と母親の世話を、誰の助けも借りずにたった一人で引き受ける。盲目のエミリーの手となり足となって懸命に働くことは言うまでもない。かつてさんざん虐待されたナン・グラントとの再会の場面では、辛かった過去の思い出が甦ったにもかかわらず、「恨みがましい気持ちや復讐の気持ちがまったくなかった」彼女は、錯乱状態に陥ったナンの最期を看取ってやる。社交界の花形イザベル・クリントンによって、長年待ち侘びていたウィリーが奪われるかもしれないという思いに苦しめられながらも、乗り合わせた蒸気船が火事になったときには、ガートルードは何としてもイザベルを救けなければならない、という「新しい、ヒロイックな決断」を下して、炎上する船と運命を共にする道を選びさえもする。『点灯夫』を読み終えた読者は、「他人の幸福のために努力することで、彼女［ガーティ］は結局、自分自身の幸福を見つけるだろう」というトルーマン老人の予言が的中したことを実感せざるを得ないのである。

やがてガートルードと結婚することになるウィリー・サリヴァンに言わせると、「女性の善良さと純粋さの典型」としての彼女は、「女性にとってのモデル」に他ならず、この「純粋な性格」

と「真心」を兼ね備え、「信頼」と「愛情」と「霊的交わり」のために生まれて来たかのような女性によって祝福された「平和で、幸福な家庭」を築くことをウィリーが夢見ているというのは、『点灯夫』の作者にとって、神聖な家庭こそ女性の領域であったことを裏付けていると同時に、その女主人公が結婚後は理想的な「共和国の母」となる可能性を秘めていることを物語っている。さらにまた、ガートルードの未来の夫は、「快楽の追求に専念して、自然な愛情が感じられなくなり、最も神聖な義務にも無関心となった」イザベル・クリントンのような女性に「炉端」を祝福する能力があるだろうか、と問いかけ、そのような社交界の無節操な女性の「怠慢」や「不機嫌」や「はしたない行為」などを、「僕自身のガートルードの優しくて愛情に満ちた献身、聖女のような忍耐、深くて熱烈な敬虔」と対比させているが、そこには「共和国はファッションプレートを必要としていない。それは自己訓練と強固な精神を備えた男女の市民を必要としている」(15)という建国期アメリカで一般的であった主張のエコーを聞き付けることができるのである。『点灯夫』というセンチメンタルな家庭小説もまた、『広い、広い世界』と同じように、共和国の美徳の伝統に根差した、将来の「共和国の母」としての女性を育成するというきわめて政治的な機能を果たしていた、と言い切ってよいだろう。

『広い、広い世界』も『点灯夫』もともに主として北部のニューイングランドを舞台にしていたが、南部作家オーガスタ・ジェイン・エヴァンズ（一八三五―一九〇九）の代表作の一つ『ビューラ』[16]は、作者自身が家族と住んでいたアラバマ州モービルに設定されている。このエヴァンズの第二作は、批評家から絶賛されただけでなく、ベストセラーに近い売れ行きを示し、最初の九カ月で二万二千部を印刷したと言われている。

この小説の女主人公ビューラ・ベントンは、孤児院で屈辱と忍従の日々を送っていたが、やがてベビーシッターとして働いているうちに、魅力的な中年の医者ガイ・ハートウェルに引き取られ、その庇護の下で学校教育を受けて、一見何の不自由もない生活を送ることができるようになる。だが、いつまでもハートウェルの世話になることに抵抗を覚えた彼女は、後見人である彼の反対を押し切って、教師として自活するという計画を実行に移すことを決意し、養女として引き取ろうというハートウェルの申し出も断ってしまう。その後、教師として働く一方で、ビューラは文筆家としても名前を知られるようになり、ハートウェルから結婚の申し込みを受けたときにも、実際には彼を愛していたにもかかわらず、女性の幸福は結婚だけにあるのではない、という理由で拒絶する。失望したハートウェルはオリエントへ放浪の旅に出ることとなってしまうが、宗教的にも精神的にもさまざまの経験を重ねたビューラは、四年ぶりに帰って来た彼を受け入れる準備ができている。

このような簡単な梗概からも、『ビューラ』が愛する男女が結局は結ばれることになる、センチメンタルでロマンチックな家庭小説であることは明白である。その意味では、すでに見た『広い、広い世界』や『点灯夫』のような作品といささかも変わらない。だが、ひたすら女性としての自立を目指し、そのために努力し続けていた女主人公ビューラが、実にあっけなく、ほとんど何の抵抗もなしに、ハートウェルとの結婚に同意する結末に疑問や不満を抱く読者も多いのではないか。たとえば、ハートウェルをひそかに愛している友人のクララに向かって、ビューラは「他人に縋り付いたり、依存したりする女性の性質のことなど、私に言わないで」と語り、「女性が誰にも劣らぬ魂と心を持っていることを示すことなく、女性としての弱さを嘆き悲しんでいるのを耳にすると、私は屈辱を感じてしまう」と打ち明けている。ハートウェルの求婚を拒絶した直後にも、彼女は「女性の幸福は必ずしも結婚によって決まるのではないこと、そして独身生活はより有益で、より静穏で、より非利己的であること」を証明する作品を書き上げてさえいるのである。

他人の庇護を受けることを潔しとせず、作家として自立を果たしたビューラが、かつての後見人と結婚するという『ビューラ』の唐突な結末を、アン・グッドウィン・ジョーンズのような批評家は「ショック」と受け止め、「解決ではなくて強引な結末」と言い切っている[17]。だが、アメリカ共和国成立の当初から、しかるべき教育によって女性が自立心を身につけ、独立独歩の精神を発揮することは必要不可欠のことと見做されてきた。「典型的な共和国の女性は有能で自信を持っていた。彼女は変わりやすい流行を無視することができた。彼女は理性的で、寛大で、自立していて、自己を信頼していた」とリンダ・カーバーは説明している[18]。いや、卒業生総代として「女性のヒロイズム」と題する告別演説を行ったビューラ自身、一堂に会した女性の聴衆に向かって、「アメリカの真の女性 — 社交界に光彩を添える存在、神聖な家庭の守護天使、災難と貧乏が援助を必要としているときの救いの神」として「真の女性のヒロイズムの不滅のモニュメント」を打ち建てることを呼びかけていた。そこでの彼女が女性の「領域」、女性の「真の立場」を規定していたというのは、彼女が女性の「領域」が家庭であることを自覚していたことを物語っているのである。

したがって、ビューラが教師あるいは文筆家として自立した生活を送っていたこと自体は、「神聖な家庭の守護天使」となる資格を十分に備えていることの証明であった、と言えよう。だが、この小説を読み進めてきた読者としては、果たして彼女がアメリカ共和国に相応しい女性、未来の「共和国の母」と呼べる女性だろうか、という疑問を抱くことになるにちがいない。「配偶ある者」を意味する名前を持ちながら、ハートウェルとの結婚を拒否して、「アメリカの真の女性」としての自立にこだわり続けるビューラに、一体何が起こったというのだろうか。

『ビューラ』の主人公もまた、孤児院で生活していたときから、本を読むのが好きな少女であった。消灯後、皆が寝静まった後でも本を手放さず、血色が悪いのは過度の読書のせいではないか、とさえ周りから言われていた。この当時の彼女が愛読していたのは、たとえばロングフェローの「人生讃歌」であり、親友のユージンから借りたワシントン・アーヴィングの『スケッチ・ブック』であった。どうやら、『ビューラ』に登場した当初の十三歳前後の彼女が愛読したのは、本好きの若い女性の読者が誰でも手にするような、世評の高い、きわめて健康的な読み物であった、と想像することができるにちがいない。だが、やがて孤児院を離れて、ハートウェル医師の屋敷で暮らすようになったビューラは、彼の書斎に自由に出入りして、手当たり次第に読むことができるようになるが、そこで彼女が最初に手にしたのは、後見人に読んではいけないと言われていたエドガー・アラン・ポウであった。冬の日の夕暮れの光のなかで、彼の作品をつぎつぎと読破した彼女は、「この比類ない魔術師の魅力」に取り憑かれてしまう。「後見人の警告を無視して、彼女はこの狂人の哲学を理解しようと努めた」のである。そして、このポウ体験を切っ掛けとして、ビューラはつぎつぎと哲学的、神学的な書物を読み始める。ド・クインシー、エマソン、カーライル、ゲーテ、コールリッジなどなどを、「知に対する癒されることのない渇望」に駆られて読み漁った結果、ついに彼女は神の存在に対してさえも疑いを抱き、祈ることのできない人間になってしまう。『ビューラ』の語り手がいみじくも指摘しているように、ポウ作品との遭遇は「彼女が思索の巨大なパンテオンに参入するための入り口」に他ならなかったのである。

ビューラの長い読書遍歴が始まる前に、ハートウェルは「信仰を持ち続けたければ、私の本を手当たり次第に読んではいけない」と彼女に語り、彼のような信仰を持たない、「人生に対しても永遠に対しても絶望している」人間になりたくなければ、「私の本から手を遠ざけるがいい」と警告していた。その言葉に耳を貸すことなく、自らの「理性」を唯一の判断の拠り所として、「人間の魂に襲いかかる深刻この上ない疑問のいくつかに取り組む」ために、危険な書物を読破したビューラ。無神論の泥沼に落ち込む危険を冒しながらも、知の探求を止めようとしないビューラに向かって、求婚者としてのハートウェルは「君の心は日毎に荒涼とした砂漠になっている」と語り、「君の知的なプライドは君の幸福を打ち壊している」とも述べている。ビューラの自立への意欲は、「基本的には、理性だけで宇宙の神秘を理解することができると考える傲慢さによって動機づけられていて、事実、それと切り離すことができない」とはエリザベス・フォックス＝ジェノヴィーズの指摘(19)であったが、女性としての心が「荒涼とした砂漠」となってしまったビューラを、共和国に相応しい美徳を備えた「アメリカの真の女性」と呼ぶことは不可能にちがいない。

こうして、自らの知力を過信する余りに、祈ることを忘れ果て、人生の半ばで行き暮れていたビューラであったが、翻然としてキリストの教えに立ち返る瞬間が訪れる。「彼女の誇り高い知性」は打ちひしがれ、「何カ月ぶりかに、すすり泣きを伴った祈りが生ける神の玉座へと立ちのぼって行った」というのは、いささか唐突で、『ビューラ』という作品のメロドラマ性を暴露していることは否定できないが、ビューラがふたたび「聖書」を読み始めるという設定を見逃してはなるまい。それは彼女が「アメリカの真の女性」に欠かすことのできない敬虔、純潔、従順などといった美徳を取り戻し、家庭という女性の領域へのパスポートをもう一度手に入れたことを物語っている。さらに、その事実を裏付けるかのように、ビューラが祈りを捧げ始めた場面に続く章の冒頭近くで、『ビューラ』の語り手は、流行や金銭を追いかけるばかりの「心も魂もない妻や母や娘や姉妹たち」を非難する言葉を並べ立て、「神がアメリカの女性をお助けくださることを！私たちの共和国の夜明けに、『家庭』をエデンの園に、人間のあらゆる希望と歓喜の絶頂に変えていた、あの真の女性に相応しい本能を、アメリカの女性に与え給え！」と叫んでいるのである。

その語り手によると、「真の女性に相応しい本能」を取り戻して、ハートウェルと結婚したビューラには、「彼女の夫を不信仰から救済する」という「これからの歳月の仕事」が残されている。夫を正しい信仰の道に導くことによって、彼女は「家庭」を「エデンの園」に変えようとしている、と言い換えてもよい。それは何よりもまず、彼女が「共和国の母」と呼ばれてしかるべき女性に成長したことを物語っている。『ビューラ』という小説は、彼女の聖書を膝に置いて、「澄み切った、真剣な灰色の眼」で夫の顔を見上げているビューラと、妻の言葉に熱心に聞き入っているハートウェルの姿を描いた場面で終わっているが、そこでもまた、「妻の聖なる愛の仕事を神がお助けくださることを！」という語り手の言葉が響き渡っている。小説『ビューラ』は危険な書物を耽読した結果、「真の女性に相応しい本能」を失いかけた反面教師ビューラの苦悩と遍歴を描き上げることによって、アメリカ共和国の基盤としてのドメスティック・イデオロギーの重要性を強調しているのである。

一八六七年から一九〇五年にかけて、エルシー・ディンズモアという女性が成長する姿を描いた二十八巻にも及ぶ小説が出版されて、二千五百万以上の読者を獲得したと言われている。著者のマーサ・フィンリー（一八二八―一九〇九）は、マーサ・ファーカソンというペンネームで子供向きの読み物を百冊近くも発表している児童文学者であったが、評判を呼んだ連作小説の舞台を南部に設定していたにもかかわらず、彼女自身はオハイオ州の生まれの北部人であった。同じ時期に出版された家庭小説に登場する少女たちが、殆ど例外なく容貌に恵まれない、しかも貧しい孤児の少女たちであったのに反して、このエルシー・ディンズモア・サーガとでも呼ぶべき作品群の女主人公は、南部の裕福な農園主の一人娘で、「見事なまでに美しく、莫大な財産を約束されている相続人」であったことを、まず指摘しておきたい。

だが、シリーズ第一巻の『エルシー・ディンズモア』[20]で読者が出会う八歳のエルシーは、誕生と同時に母親に死なれ、それを悲しんだ父親も長い外国暮らしを続けているために、孤児同然の身の上となって、父親の兄弟姉妹に苛められながら孤独な日々を送っている。やがて帰国した父親のホラス・ディンズモアに、彼女は初めて顔を合わせることになるが、長年の別居生活のせいで娘に馴染むことができない彼は、南部の家父長らしくとでも言おうか、エルシーには絶対的な服従を要求し、ときには理不尽と思われるようなお仕置きを加えたりもする。そうした父親の態度に悩みながらも、何とか彼に愛されたいというエルシーの努力が実って、二人の間にしだいに打ち解けた父娘関係が生まれるようになるが、その過程において、彼女が何回となく悲嘆に暮れ、思いきり涙を流す場面が描かれていることは言うまでもない。これまでに扱った『広い、広い世や『点灯夫』や『ビューラ』と同じように、この小説もまた公式どおりにセンチメンタルな家庭小説であった。

もちろん、この女主人公エルシーもまた、エレンやガーティやビューラと同じように本を読むことが好きな少女であった。彼女は「本に対する生まれつきの愛情」を持っていただけでなく、祖父の書斎にいつも出入りしていたので、同じ年齢の他の子供よりも多くの本を読んでいた。「書物は彼女の最高の宝物であった」とも書かれているが、彼女が専ら愛読したのは聖書、賛美歌集、ジョン・バニヤン『天路歴程』、それにヨハン・ヴィース『スイスのロビンソン』であった。キリストの御足の跡に付き従うことを絶えず夢見ていて、罪とも呼べないような些細な罪を犯すたびに、キリストのようになれないのではないか、と悩むエルシーにとって、「書物のなかの書物」と彼女が考える聖書が愛読書であったのは、当然至極のことであった。辛いことや悲しいことがあると、彼女はいつも「頻繁に使っていることを示す跡のある、小さなポケット判の聖書」を取り出して、そこに心の平安と慰めを見出している。聖書を「退屈な本のなかでも最も退屈な本」と考える作中人物の一人は、「明けても暮れても、例の小さな聖書に読み耽っている」少女を理解できない、と語っている。だが、エルシーを理解する別の人物は「この少女の深い敬虔さと、神の御業に関する彼女の知識」に対する驚きを隠すことができない。「あらゆる試練と苦悩にもかかわらず、エルシーは家族のなかで最も幸福な人間であった」とすれば、それは聖書の言葉をひたすら信じる彼女が、プロテスタンティズムの倫理を身につけていたことを物語っているのである。

わずか八歳の幼いエルシーがアメリカの「真の女性」の美徳の権化であったことは、安息日の過ごし方を巡って父と娘が対立するというエピソードによっても裏付けられている。敬虔なキリスト教徒としてのエルシーにとって、日曜日は疎かにすることのできない安息日であった。ある日曜日、屋敷で晩餐会を催した父親のホラス・ディンズモアは、日頃からキリスト教徒に対して偏見を抱いていることもあって、「安息日を守ることに関するエルシーの良心のとがめ」を無視する形で、彼女にピアノを弾くように言い付けるが、娘は頑として聞き入れようとしない。風通しの悪い部屋で、黙りこくったまま、ピアノの前に座っているうちに、数時間が過ぎ去って、ついに失神した彼女は床の上に倒れ落ちてしまうのである。この事件の後でも、父親は依然として安息日に小説を読むことを止めはしないが、にもかかわらず、聖書に読み耽る娘の姿を見た彼が、「あの本の教えが私の子供をあらゆる悪い影響から守っているように思われるのは、何と不思議なことだろうか！」と呟いているのを聞き漏らしてはなるまい。ようやく聖書を読むようになった『ビューラ』の女主人公が夫のハートウェルを信仰の道に連れ戻そうとしたと同じように、聖書を手放すことのなかったエルシーもまた、不信心な父親の救済者としての役割を演じることによって、アメリカ共和国の家庭を守る女性としての義務を果たそうとしていたのである。

『エルシー・ディンズモア』に登場していた八歳のエルシーが、やがて立派に成人して理想的な「共和国の母」となっている様子は、一八七六年出版のシリーズ第五巻の『母親となったエルシー』[(21)]に詳しく紹介されている。そこでの彼女は父親の親友エドワード・トラヴェラと結婚していて、五人の子供にも恵まれ、典型的な良妻賢母として充実した毎日を送っている。あくまでも明るくて健康的な彼女は、たとえば初めて会った従兄のカルフーンの目には、「まったく非利己的で、誠実で、辛抱強く、寛大でいながら、正義に関しては堅固で、純粋に陽気で幸福な」女性としての彼女の姿しか見えない。さらに「彼女は明晰な頭脳と健全な判断を持っていた」だけでなく、彼女の言葉には「智恵」と「親切」があふれていたという説明に続けて、「彼女には人を引き付ける力のようなもの、愛情と同情に満ちた性質の持つ魅力があって、若い男女や多くの年配の人々をいつも引き寄せていた」とも書かれている。夫のエドワードに対して愛情と尊敬を抱いていることは言うまでもなく、「この上なく優しい母性愛」の持ち主であるエルシーが「子供たちの心に、神の神聖な書物の有り難い教えや貴い約束を注意深く蓄えている」こともまた紹介されているのである。

この第五巻は南北戦争後の一八六七年から六八年にかけての再建時代の南部を舞台にしているので、戦争の傷痕が至るところに残っているだけでなく、この時期に出現したクー・クラックス・クランによる嫌がらせや焼き打ちなどが、この種の作品には珍しいほどにリアリスティックな筆致で描出されているが、この戦後南部の困難な状況においても、女主人公エルシーはいささかも動じることがない。そうした彼女の態度は、たとえば「エルシーは動揺や驚愕とはまったく無縁であった。希望と勇気にあふれた彼女は、同じ気持ちを周りの者たちに起こさせた。家事はいつもと同じような静かで決まり切った形で行われた」という語り手の説明から窺い知ることができよう。いや、彼女は家庭内で冷静な主婦あるいは母親として振る舞っただけではない。戦争で痛手を受けたり、クー・クラックス・クランの標的になったりした隣人たちに対しても、エルシーは「この上なく優しい同情とこの上なくデリケートな親切が与えることのできる援助と慰安」を惜しみ無く与え続ける。

『母親となったエルシー』の結末の場面で、エルシーと同じ名前の長女が「素晴らしい家庭」と「大好きな、優しいお父様とお母様」を与えてくれたことを神に感謝しながら、「他所にいた後で家に帰ってくるのは、いつも本当に楽しい」と母親に語っているのは、この作品においてもまた、アメリカ社会の中核に家庭を据えようとするドメスティック・イデオロギーが強調されていることを示している。と同時にまた、「素晴らしい家庭」を築いて、家庭の持っている重要な意味を娘のエルシーに伝えた母親のエルシーに、読者はアメリカ共和国の「真の女性」のイメージを重ね合わせることができるのである。

以上のように見てくると、十九世紀半ばのアメリカで出版された四冊の家庭小説では、そこに登場する女主人公たちがいつも涙を流してばかりいるにもかかわらず、本を読むというそれぞれの貴重な体験を通して、プロテスタント的美徳を身につけた、「共和国の母」と呼ばれるに相応しい女性に成長するプロセスが描かれていることが明らかになってくる。しかも、この時期のアメリカ社会は大きく変貌しようとしていた。チャールズ・セラーズによれば、一八一五年から四六年にかけてのアメリカでは、「市場革命」が急速に進行していたが[22]、この事実は資本主義経済の発展とともに、十八世紀末に誕生したばかりのアメリカ共和国が、それを支える農業的基盤を失い始めていたことを示している。「読書の楽しみ、テキストの喜び」に満ちた『点灯夫』について、ニーナ・ベイムは「心から読書を愛する多数の読者を生み出すことに成功した」[23]と語っているが、アメリカ合衆国が危機的状況に置かれた時期に書かれた作品群は、それらをベストセラーとした若い女性読者に、共和主義的イデオロギーの重要性を再認識させることにも成功したのではないか。『広い、広い世界』や『点灯夫』や『ビューラ』や『エルシー・ディンズモア』は、エレンやガーティやビューラやエルシーのような少女たちに共和国の美徳の伝統を理解させるという意味で教養小説であると同時に、その読者たちにもまた、まったく同じ経験をさせるという意味でも教養小説と呼ぶことができる[24]。

教養小説に登場する本を読む少女たちと、その教養小説を読む少女たち。この本の内と外の少女たちは、いずれも大量の涙を流しながら、共和国に相応しい「アメリカの真の女性」に成長することの意味を学ぶことになったと言えよう。《本を読む少女》というモチーフが繰り返し現れる、「物書きの女ども」の書いた家庭小説のセンチメンタリズムが、十九世紀半ばの変貌するアメリカ合衆国におけるリパブリカニズムの精神に通底している、という意外な事実に注目を促したいのである。

注

(1) Fred Lewis Pattee, *The Feminine Fifties* (New York: Appleton-Century, 1940); Nathaniel Hawthorne, *The Centenary Edition of Nathaniel Hawthorne: The Letters, 1853-56*, ed. Thomas Woodson et al. (Columbus: Ohio State UP, 1987) 304.

(2) Susan Warner, *The Wide, Wide World* (New York: Feminist, 1987).

(3) Jane Tompkins, *The Sensational Designs: The Cultural Work of American Fiction: 1790-1860* (New York: Oxford UP, 1985)

147-85.

(4) Mason L. Weems, *The Life of George Washington*, ed. Marcus Cunliffe (Cambridge: Harvard UP, 1962).

(5) Lewis Leary, *The Book-Peddling Parson* (Chapel Hill: Algonquin Books, 1984) 88.

(6) ベンジャミン・フランクリン『自伝』については、拙著『美徳の共和国 — 自伝と伝記のなかのアメリカ』(開文社出版、一九九一)一一—三一を参照。

(7) Thomas Jefferson, *Writings*, ed. Merrill D. Petersen (New York: Library of America, 1984) 290-91.

(8) Catherine L. Albanese, *Sons of the Fathers: The Civil Religion of the American Revolution* (Philadelphia: Temple UP, 1976) 174; Dwight G. Anderson, *Abraham Lincoln: The Quest for Immortality* (New York: Knopf, 1982) 20.

(9) Linda K. Kerber, *Women of the Republic: Intellect and Ideology in Revolutionary America* (New York: Norton, 1980) 245.

(10) ウォーナーや後出のカミンズについては、佐藤宏子『アメリカの家庭小説 — 十九世紀の女性作家たち』(研究社出版、一九八七)に詳しい。なお、ここでの『広い、広い世界』に関する議論は、拙著『美徳の共和国』三四—五五と部分的に重複していることをお断りしておく。

(11) Maria Susanna Cummins, *The Lamplighter*, ed. Nina Baym (New Brunswick, Rutgers UP, 1988).

(12) Kerber, *Women* 247.

(13) Tabitha Gilman Tenny, *Female Quixotism*, ed. Jean Nienkamp and Andrea Collis (New York: Oxford UP, 1992) 3.『女性版ドン・キホーテ精神』については、拙著『手紙のなかのアメリカ — 《新しい共和国》の神話とイデオロギー》(英宝社、一九九六)一四九—六八を参照。

(14) Linda K. Kerber, *Toward an Intellectual History of Women* (Chapel Hill: U of North Carolina P, 1997) 30.

(15) Kerber, *Intellectual History* 25.

(16) Augusta Jane Evans, *Beulah*, ed. Elizabeth Fox-Genovese (Baton Rouge: Louisiana State UP, 1992).

(17) Ann Goodwyn Jones, *Tomorrow Is Another Day: The Woman Writer in the South, 1859-1936* (Baton Rouge: Louisiana State UP, 1981) 56-57.

(18) Kerber, *Intellectual History* 28.

(19) Elizabeth Fox-Genovese, Introduction, *Beulah* by Augusta Jane Evans (Baton Rouge: Louisiana State UP, 1992) xxxii.

(20) Martha Finley, *Elsie Dinsmore* (Bulverde, Texas: Mantle Ministries, 1993).マーサ・フィンリーとその作品については、Lucy M. Freibert and Barbara A. White, eds. *Hidden Hands: An Anthology of American Women Writers, 1790-1870* (New Brunswick: Rutgers UP, 1985) 258-61に簡単な紹介記事が出ている。

(21) Martha Finley, *Elsie's Motherhood* (Bulverde, Texas: Mantle Ministries, 1993).

(22) Charles Sellers, *The Market Revolution: Jacksonian America, 1815-1846* (New York: Oxford UP, 1991).

(23) Nina Baym, Introduction, *The Lamplighter* by Maria Susanna Cummins (New Brunswick: Rutgers UP, 1988) xxxi.

(24) 本稿執筆後に入手したG.M. Goshgarian, *To Kiss the Chastening Rod: Domestic Fiction and Sexual Ideology in the American Renaissance* (Ithaca: Cornell UP, 1992)には『エルシー・ディズモア』以外の三冊の作品が詳細に論じられている。

Ⅲ 家庭という女性の領域

――『セント・エルモ』のドメスティック・イデオロギー

前章でも取り上げた南部作家オーガスタ・ジェイン・エヴァンズの代表作『セント・エルモ』(1)は、一八六七年に刊行されると同時にベストセラーとなり、二十世紀になってもまだ多くの女性読者に愛読されていた。出版から四ケ月経った時点で、すでに百万部を売りつくした、と版元のG・W・カールトンが豪語していたことから察しても(2)、小説家エヴァンズがホーソンのいわゆる「いまいましい物書きの女ども」の一人であったことに疑問の余地はないだろう。その登場人物の名前に因んで、ホテル、蒸気船、葉巻はもちろん、数多くの子供たちがセント・エルモやエドナと名付けられ、同じ年に『セント・トゥエルモ』と題するパロディ小説まで書かれて話題を呼んだという事実(3)もまた、『セント・エルモ』が博していた人気のほどを物語っている。アメリカ南部が主要な舞台となった貧しい家庭教師の恋物語という意味で、『ジェイン・エア』や『風とともに去りぬ』を連想させると言われる大衆小説『セント・エルモ』とは、一体どのような内容の作品なのだろうか。

多くの家庭小説の場合と同じように、両親を早く失った十三歳直前の女主人公エドナ・アールは、祖父の死を切っ掛けにして、ジョージア州にある工場で働きながら勉強するために、テネシーの山中の故郷を離れる。だが、乗っていた列車が事故に遭い、重傷を負ったエドナは、現場の近くの豪邸《ル・ボカージュ》に住む裕福なマレー夫人に引き取られ、その庇護の下で思うがままの教育を受けることができるようになる。そこに放浪の旅から戻って来た夫人の一人息子セント・エルモが登場して、二人の間に恋愛感情が芽生えるといった具合に物語は展開するが、孤高に生きる三十四歳のセント・エルモは、しばしばバイロン的と評される人物で、青年時代に親友と婚約者に裏切られて人間不信に陥っただけでなく、親友を決闘で殺害した上に、その妹を誘惑して死に至らしめた、などという暗い過去を引きずっているため、事態は一見思われるほどには単純ではない。十八歳になったエドナは、セント・エルモの熱烈な求婚を斥けて、ニューヨークに移り住み、家庭教師として働きながら精力的な執筆活動を始める。有力な雑誌の編集者や魅力的なイギリス貴族が彼女に言い寄って来るが、小説家として文壇に躍り出たエドナは、結局、牧師となって悔い改めの日々を送るようになったセント・エルモと結ばれる。

不幸な孤児の少女、彼女を引き取って育てる親切な老婦人、ハンサムで誇り高いエドワード・ロチェスターのような男性、自由と自立を求める女主人公、紆余曲折を経た後でやっと結ばれる男女。こうした道具立てから判断する限り、『セント・エルモ』という小説は、アレグザンダー・カウイーが下していた家庭小説の定義(4)にぴったりと当てはまるように思われる。物語の結末で愛し合う男女が幸福な「家庭」を築くという意味では、典型的な家庭小説の形を取っていると言えるだろう。だが、それを読み終えた読者は、これはもしかしたら「家庭」を否定する家庭小説ではあるまいか、という思いに時として駆られるにちがいない。女主人公のエドナには、女性を良妻賢母と規定するドメスティック・イデオロギーから最も遠いところにいる女性、という印象が付きまとって離れないからである。

エドナの後見人となったマレー夫人は彼女を「見たことがないほどに徹底した本の虫」と形容しているが、『セント・エルモ』と同時期に発表された『広い、広い世界』や『点灯夫』、それにエヴァンズ自身の『ビューラ』の女主人公たちがそうであったように、エドナはもともと《本を読む少女》であった。やがて牧師アラン・ハモンドに古典語ばかりかヘブライ語までみっちりと教え込まれ、夫人の屋敷の豊富な蔵書に接する機会にも恵まれて、「エドナは知識の獲得に身を委ね、その進歩の早さと、休むことなき知性の活動力と独創性によって先生を喜ばせた」と書かれている。「エドナは変わっていて、ある点では儂が性質を注意深く観察した他のどの女性ともまったく似通ったところがない」とは牧師ハモンド自身の指摘であったが、彼女が古今東西の書物や学説から自由に引用しながらセント・エルモと議論を交わすいくつかの場面は、女性の頭脳はすべての点で男性のそれに劣っているという十九世紀的常識を覆すに十分であった。ふたたび彼女の恩師ハモンドの言葉を引用するならば、「エドナ・アールは、相手の男の地位や才能がどのようなものであろうと、結婚するように自分を説き付けようなことは絶対にあるまい」ということになる。

『セント・エルモ』の語り手が旧約聖書の故事を引きながら規定しているように、「文学する女性」が「家庭という隔離された平和な場所での、穏やかな終生の幸福という生まれながらの権利を、飢えを癒してくれることのない毒の入った、吐き気のするような一椀の羹と引き換える」種族、「炉辺の喜びと家庭的な静けさ」を犠牲にして世間の賞賛を求めた揚げ句、「失望と苦々しい思いを抱いて早すぎる死期を迎える」存在であるならば、エドナ・アールこそは「文学する女性」の典型的な実例に他ならなかった。ニューヨークで活躍していた彼女は、突然病に倒れ、重い心臓病に罹っていることを告げられるが、創作活動を中止することを勧める医者の言葉に耳を傾けようとはしない。この心臓病は「キャリアでは満たされているが、感情面では満たされない生活を送っている女性に相応しい病気」とも、「知的な活動は女性にとって最も不自然な活動であって、女性の体に特別の緊張を与える」ことを示す「ありふれた兆候」とも考えられ(5)、エドナが「家庭という隔離された平和な場所」で夫や子供のために働く良妻賢母にはなれない女性であることを暗示しているのである。当然、心臓病に苦しみながらも、「炉辺の喜びと家庭的な静けさ」を放棄して努力する「文学する女性」エドナの生きざまは、現代の多くの女性読者の共感を呼ぶにちがいない。

だが、この目覚めた、当世風に言えば翔んでいる女性エドナが『セント・エルモ』の最終章において、突然セント・エルモとの結婚に同意するのである。小説家として成功を納め、文壇の花形となったエドナの輝かしい人生に、作者エヴァンズがいかにも唐突に終止符を打ってしまうというのは、あまりにも不自然な結末ではないのか。結婚式の直後、セント・エルモは「今日限り、僕は文学者としての君を縛っているしがらみを断ち切ってやる。もう本なんか書かせないぞ！」とまで言い切り、「今や君は僕だけのものであって、並外れた野心のために君が破滅させそうになった人生の面倒を僕が見てやるのだ」と高らかに宣言している。この点について、「『セント・エルモ』の結末は、それに先立つ一連の事件の論理的な帰結となっていない」と論じるスーザン・ハリスのような批評家は、それまで仕事に全エネルギーを傾注してきたエドナを作者エヴァンズが家庭のなかに送り込むという結末は、女主人公の生きざまに共感して、心からのエールを送っていた女性読者に対する作者の側の裏切り行為ではないか、とさえ主張しているのである[(6)]。

たしかに、小説家エドナが筆を折って家庭に納まってしまうという物語の展開は、意外としか言いようがあるまい。結婚などといった状況から最も遠いところにいると思われた女主人公が、あっさりと家庭のなかに自らを閉じ込めてしまうというのは、あまりにも思いがけない成り行きであるという印象を、読者の誰しもが抱くにちがいない。だが、この『セント・エルモ』は結局のところ、「家庭小説」以外の何物でもなかった。その結末で強調されているドメスティック・イデオロギーが裏書きしているように、それは基本的には、作者エヴァンズの保守的で、伝統的な女性観を表明するために書かれた作品であった。メアリー・ケリーは『セント・エルモ』を「女性の不自然な文学的野心」が「女性の真に家庭的な運命」のために放棄にされる物語と規定し、「エドナが結婚を決意する瞬間から、彼女の心臓病は奇跡的に消えうせる。身も心も彼女はずっと真の女性のままでいたのだった」と付け加えている[(7)]。事実、女主人公のエドナがどのように自由で自立した人物に描かれていようとも、最後には家庭という女性の領域に戻って行く運命にあったことを示すヒントは、作者自身によって『セント・エルモ』の至るところに鏤められているのである。

たとえば、この作品の冒頭にはジョン・ラスキンからの引用が置かれているが、そこでは「夫の家における真の妻は彼の召使である。彼女は彼の心のなかにおいて女王であるのだ」と書かれているだけでなく、「彼のなかの暗いもののすべて」を追放して「純粋さ」に変え、「彼のなかの衰え行くものすべて」を強化して「真実」に変えるのが、妻としての女性の仕事であることが述べられている。「この世のあらゆる喧騒のなかで、彼は彼女から賞賛を勝ち取らねばならぬ。この世のあらゆる争闘のなかで、彼は彼女から平穏を見つけねばならぬ」とも書かれているのは、家庭のなかで内助の功を発揮する良妻となることが女性の使命であることを物語っているのである。さらに、『セント・エルモ』の幕切れには、エドナを胸に抱いたセント・エルモがテニソンの叙事詩『王女』からの数行を「優しく、誇らしげに」口ずさむ場面が用意されているが、そこでもまた、「わが妻よ、わが命よ。おお！われわれはこの世を歩いて行こう／高貴な目的を果たすために結ばれたまま／あの暗い戸口を抜け誰も知らぬ／荒野を横切って。わたしの希望とあなたの希望は一つなのだ」といった言葉や、「あなたの優しい手をわたしの手のなかに置き、わたしを信じ給え」といった言葉が並んでいる。こうした『セント・エルモ』の冒頭と結末に置かれた

「然るべき妻のあり方に関する偉大なヴィクトリア期の論客たち」（ダイアン・ロバーツ）からの二つの引用は、「女性を道徳的には男性に優るとしながらも、本質的には男性に劣るとする文化的コード」（スーザン・ハリス）に準拠した内容であって[8]、結婚や家庭を重視する家庭小説としての『セント・エルモ』という作品を読み解くための必要不可欠な枠組みを提供しているのである。

他方、ニューヨークに居を構えて文壇の寵児となったエドナもまた、作者エヴァンズと同じように伝統的な女性観にこだわり続けている。彼女に求婚するイギリス貴族のサー・ロジャーとの会話でも、アメリカ女性はあまりにも学問がありすぎるのでは、という彼の問いに答えて、誰よりも深い学識を備えているはずのエドナは、「普通の女性の仕事に精出しながら、家庭の愛情に囲まれて満足と幸福を味わうことができず、法律や医学に従事したり、講演に出掛けたりすることが女性の使命と考えるような女性は、どのような状況の下でも厄介で不愉快な人間となるでしょう」と語っている。あるいは、「合衆国の知的で、洗練されて、慎み深いクリスチャンの女性たちが国家の純潔の真の管理者であり、全土を席巻している風俗壊乱の傾向を立派に塞き止めることができる唯一の行動者である」と信じて疑わないエドナは、「アメリカの妻たち、母たち、娘たち」に語りかけ、「彼女たちの偽りの神々を打ち砕き、彼女たちがひれ伏す聖堂を純化するように呼びかけた」とも書かれている。神と自然が女性に与えた権利として、エドナが「神によって限定された女性の領域において博識で賢く上品で役に立つ権利」や「夫の意見を正したり導いたりする権利」、「子供たちを国家の誇り、民族の栄光の冠とする権利」などを挙げているのは、彼女が良妻賢母としての女性、つまりリンダ・カーバーのいわゆる「共和国の母」(9)を家庭の中核に据えようとするドメスティック・イデオロギーを、作者エヴァンズとともに共有していることを物語っている。

さらにまた、エドナが新しく出版した小説が『炉辺の光り輝く玉座』と題され、「わたしと同じ国の女性たち、そこに君臨する女王たちに」捧げられているという事実も見落とすことができない。この小説の目的は「女性だけに許される、本当に女性的な仕事の領域を発見することであった」とも書かれている。「揺り籠を揺する手が世界を支配する」と考えるエドナが、「賢明に、また満足げに君臨した炉辺の玉座の主権者たち」を歴史の記録のなかから見つけだし、「女性の領域の範囲を拡大すれば、その玉座を揺るがせ、神の秩序の法を覆す結果を招かざるを得ないことを、著名な実例によって証明した」としても不思議はあるまい。「女性は神から授かった権利によって家庭においてのみ支配した。結婚すれば、金メッキを施して飾り立てた社交の宮殿にではなく、夫や子供たちの胸のなかに」女性の場所が見出される、という彼女の主張からも、小説家エドナの女性観は容易に推察することができるにちがいない。結局のところ、『セント・エルモ』の語り手が明らかにしているように、小説家としての女主人公エドナは「本当の女性のデリカシーと行儀作法に関する厳しい見解」にこだわり続け、「女性のデリカシー、つまり女性の純粋さと国家の道徳という、あの神が築きたもうた砦を危険に陥れる平等という台座に男女両性を置こう」とする世間の傾向を批判していた、と結論できるだろう。

こう見てくると、家庭小説の書き手としての小説家オーガスタ・エヴァンズの作品『セント・エルモ』に登場する小説家エドナ・アールもまた、同種の家庭小説『炉辺の光り輝く玉座』の書き手であったことが判明する。伝統的なドメスティック・イデオロギーを積極的に打ち出しているという意味では、作家エヴァンズの書いたベストセラー小説からも、そこに登場する作家エドナが書いたベストセラー小説からも、読者はまったく同じメッセージを読み取ることができる、と言い換えてもよい。さらに言えば、『セント・エルモ』の結末において、エドナが結婚にゴールインするという設定は、彼女自身が「神によって限定された女性の領域」を家庭のなかに見出したことを物語っている。一見したところ、限りなくブルーストッキング的で、「女性のデリカシー」などとはまったく無縁に思われるエドナを、アメリカ共和国を支える美徳に恵まれた、理想的な家庭を作ることのできる「共和国の母」に仕立て上げることによって、小説家エヴァンズはもう一人の小説家エドナの内部に潜むアメリカ的特性を強調する結果になっているのである。

いや、『セント・エルモ』のエドナが「女性の領域」を抽象的に論じるだけの作家でなく、「神が築きたもうた砦」の擁護を目指す女性であったことは、彼女の結婚という突然の結末以前にもすでに作中の随所で明らかにされていた。たとえば、ニューヨークで家庭教師として働くようになったエドナの生活を眺めて見るがいい。彼女の雇い主となるアンドルーズ夫妻は「王侯のような贅沢と荘厳の同義語」となっている五番街の「褐色砂岩の宮殿のような屋敷」に住んでいるが、そこには家庭らしい雰囲気はいささかも見られない。アンドルーズ夫人は社交界のことにだけ気を取られていて、「子供たちを教育したり、夫のアンドルーズ氏が大抵の場合、暇な時間を送るクラブの魅力に自宅の炉辺を拮抗させたりするために家庭で過ごしたほうがよい時間の多くを、社交界の要求に当てていた」し、アンドルーズ氏もまた仕事に追われる毎日で、「食事時以外に家にいることは滅多になかった」のである。夫妻には二人の子供がいて、十二歳の息子フェリックスは「驚くほどに利発な知能」に恵まれていた。だが、生来病弱で肉体的な障害があるせいで、「幸福」を意味する名前を持っていながら、「怒りっぽく、甘やかされた、気難しい少年」となった彼は、四歳年下の妹ハティを苛めることに嗜虐的な喜びを見出している。

だが、フェリックスは家庭教師エドナの影響を受けて、急速に変化し始め、彼女が住み込むようになってから一ケ月も経たないうちに、少年は「彼女の嘆願に黙って従うようになり、一瞬なりとも彼女が自分から離れることに耐えられなくなった」という説明からも明らかなように、エドナは短期間のうちに母親不在の不幸な少年の代理母親の役割を演じることになる。だが、二人の間に緊密な関係が生まれてから間もなく、病状が悪化したフェリックスの転地療養のために、エドナはヨーロッパへ旅立つことになるが、旅先においてもまた、少年の母親代わりとなって「エドナは夜となく昼となく彼を看病し、すべての思い、ほとんどすべての祈りは彼に捧げられた。今や彼女の心は彼に集中しているように思われた」と語り手は説明している。死の床についたままのフェリックスの青白く痩せ衰えた顔を見守りながら、エドナは一睡もせずに、ひたすら祈り続ける。「ああ！彼女は数多くの試練にじっと我慢強く耐えてきたが、これだけは耐えられないように思われた。彼女は地上のすべての幸福を、この小さき者に——足の不自由な、力無い者の生命にかけていた」という記述や、「この子供の目のなかの愛情にあふれた光と、その優しく押し付けてくる唇の力に比べれば、世間全体の賞賛や賛美は一体何だというのだろうか？」というエドナの感慨は、いずれも彼女が母性愛に満ちた女性であることを証明している。

アメリカ共和国を担って立つ子供たちを立派に育て上げることが、「共和国の母」に課せられた仕事であったとすれば、フェリックス少年の教育に情熱を傾けて、「彼の急速な進歩に誇りを抱き、彼の将来に期待をかけていた」エドナには、「共和国の母」としての資格が備わっていたと考えられる。すでに述べたように、小説家エドナは「子供たちを国家の誇り、民族の栄光の冠とする権利」を女性に与えられた重要な権利の一つに数え上げていたが、セント・エルモと結婚する以前にすでに、家庭教師エドナは、その女性の権利を見事に行使していた、と言い切ってよいだろう。

だが、そうしたエドナのアメリカ女性の典型としての生きざまを、読者は彼女とセント・エルモとの関係においても読み取ることができるだろうか。『セント・エルモ』の結末において、メフィストフェレスに魂を売り渡したことを自ら認めていたセント・エルモは、前非の一切を悔い改めて、神に仕える牧師へと変身することになるが、この彼の内的変化を引き起こしたのが他ならぬ女主人公エドナ・アールであった、ということを証明する決定的な証拠はない。「惨めな、罪深い過去」のさまざまの出来事を告白したセント・エルモがエドナに救いを求め、「もし僕が救われることがあるとすれば、君にしか僕の救済を実現することはできない」という言葉とともに求婚したとき、彼女は断固として拒絶している。「僕の良心とハートを君に預ける」とまで言って嘆願するセント・エルモに対しても、彼女は「私は踏みにじられ、侮辱された神の副摂政などではありません」と叫ぶばかりか、「キリストのところへ行きなさい。キリストだけがあなたを救い浄めることができるのです」と言い放って、ニューヨークへ旅立つのである。

この点をめぐって、ニーナ・ベイムは「エドナはセント・エルモを救わないし、それどころか、そうすることを拒絶している」と語り、この発言を受けて、スーザン・ハリスが「セント・エルモの改心における積極的な要因となることに対するエドナの拒絶」に言及しているのも理解できないことではない。だが、ハリスが指摘しているように、「エドナはセント・エルモに道徳的な強固さの模範を示しているとしても、現実には彼を助けることを拒絶している」[10]とすれば、エドナはセント・エルモにとっての「道徳的な強固さの模範」であったという意味で、彼の「改心」における消極的な要因になっていた、と言えるのではないか。ニューヨークで暮らしているエドナを訪ねて来たマレー夫人は、《ル・ボカージュ》でのセント・エルモの様子が見違えるほどに変わってしまって、聖書を手にする日々を送るようになったことを報告しているだけでなく、エドナこそは「セント・エルモを彼の義務に —— 元の高貴な彼自身に引き戻す手立て」であった、と告白している。「私が小さな、傷つき呻いている、手織りの服を着た女の子を我が家に引き取ったとき、知らず知らずのうちに、私の息子の心に幸福を、そして私自身の心に平安を取り戻してくれることになる天使を保護しているとは夢にも思わなかった」という夫人の言葉は、セント・エルモの「改心」はエドナの存在を抜きにしては考えられなかったことを物語っている。

さらに、セント・エルモが牧師になったというニュースを耳にしたとき、エドナは「私の祈りは、私が思いもしなかった、私が夢に見ることさえなかった祝福によって報いられた」と叫んでいるし、「辛抱強い絶望と静かな葛藤からの転調 ― 長年にわたる祈りの、このまったく思いがけない、輝かしい結実は、非常に突然で、有頂天にさせる力を持っていた」とも書かれている。恋人セント・エルモの変身を可能にしたのが、エドナの「長年にわたる祈り」であったとすれば、やはり彼女はバイロン的ヒーローに救いをもたらす救済者的ヒロインであった、と結論しなければなるまい。エドナはセント・エルモに向かって、キリストしか彼を救うことができない、と語っていたが、結局は、彼女自身が彼に救いをもたらす「天使」の役割を演じることとなったのではないか。フェリックスのために祈ることで母性愛を発揮した『セント・エルモ』の女主人公には、女性の領域としての家庭の中心となって活躍する「共和国の母」に欠かせない、「夫の意見を正したり導いたりする権利」もまた生まれつき備わっていた、と主張したいのである。

いずれにしても、エドナが「共和国の母」としての潜在的能力に恵まれた女性であったとすれば、彼女が文筆業を止めてセント・エルモとの結婚を決意するという『セント・エルモ』の結末は、きわめて自然な物語の展開であって、それを作者の側の裏切り行為と非難することは見当違いだろう。むしろ読者としては、いかにもセンチメンタルな家庭小説の作者が「真の女性」としてのエドナの生活と意見を通して、ドメスティック・イデオロギーと密接に結び付いた共和国の美徳の伝統を強調しているという事実に注目すべきではないのか。この小説の背後に十九世紀半ばのアメリカ共和国の危機的状況に対するエヴァンズの鋭い認識が潜んでいることは、「共和主義は断末魔の苦しみの最中にあり、やがては踏みにじられ、辱められた亡霊となって、中央集権的な専制政府の鋼鉄の銃剣によって、この国から追い出されることだろう」という語り手の発言からも察せられるが、この共和国の美徳の伝統という問題との関連において、北部と南部、都市と地方という基本的な枠組みが『セント・エルモ』のなかに持ち込まれている点も見落としてはなるまい。

エドナがテネシーの山中で生まれ育ったことは、すでに触れておいたが、その「雄大で平和で荘厳な森」は「古典的なアルカディアの渓谷や隠遁所」を思い出させ、そこでの彼女は「木や花や星や雲」を眺めながら「自然の孤独と静謐」を楽しんだだけでなく、「飛び去る鳥やさらさら流れる小川のすべて、過ぎ行く雲や囁きかける微風のすべてが、神の永遠の愛と知恵のメッセージをもたらし、彼女のやさしい、熱望する心を全能の神エホバにさらに近づけた」と説明されている。やがてエドナが暮らすようになったマレー家の《ル・ボカージュ》と呼ばれる屋敷は、その名前どおりに「神さびた木立」に囲まれていて、それをエドナは「動物がすべて平和に横になっている、罪が入り込んで来る以前のエデンの園」に譬えていた（ここでエドナとエデンの二語は発音も語源も類似していることを指摘しておこう）。ある夏の日、恩師ハモンドの牧師館を訪ねたエドナが、干し草の上から牛を追う御者の口笛、草刈り鎌の金属的な音、子供たちの楽しそうな笑い声に耳を傾けながら、眼前に広がる風景をカンバスに移して、ニューヨークに持って行きたい、と願っているが、この場面は、こうした美しい南部の牧歌的な風景とは対照的に、北部、とりわけニューヨークが、エドナが移り住むようになる以前からソドム的世界として把えられていることを物語っている。

事実、ニューヨークは、マレー夫人にとっては「精神病院」以外の何物でもなかったし、セント・エルモもまた、女性の権利のための集会という「これまでに見た滑稽極まりない場面」にニューヨークで出くわしたことを明らかにしていた。やがてエドナ自身、この大都市で女権拡張運動という「政治的腐敗のなかでも最もおぞましい腐敗」を目撃し、アメリカ社会の中核にあるべき家庭の崩壊を家庭教師として体験するだけでなく、そこで孤独な日々を送るうちに致命的な心臓病にまで罹ってしまう。発作に襲われて息苦しくなった彼女が窓を開けても、「凍りつくような風が顔に細かい雪片を吹き付ける」ばかりであって、「外の世界は冷たく侘しげで、公園の木の葉を落とした枝が、屋根の海のすぐ上に煙のマントのように広がっているような茶色の濃い雲を背景に、幽霊のようにぼんやりとして、不気味に見えた。白い霧を通してかすかに望まれるブルックリンの丘とスタテン島の丘は、エキドナのように奇怪で、巨大な輪郭であった」と書かれているのである。

エデンの園を思わせる南部の夏の牧歌的風景から、上半身女体、下半身蛇体の怪物エキドナのような北部の冬の都市的風景へ。このエドナが経験したドラマチックな環境の変化が、そのまま十九世紀半ばのアメリカ合衆国に起こった変化であったことは、今更らしく書き立てるまでもないだろう。同時にまた、『セント・エルモ』の注意深い読者は、女主人公エドナの南部における生活が鉄道と分かち難く結び付いていたことを思い出すにちがいない。テネシーの自然の世界から彼女を遠ざける汽車、その彼女が遭遇する鉄道事故、彼女の運命を変えることになる原稿に取り組んでいる最中に聞こえて来る機関車の汽笛、さらにはチャタヌーガの駅でセント・エルモの姿を垣間見た瞬間に彼女を運び去る列車。そこにレオ・マークスのいわゆる「庭園のなかの機械」[11]という主題を読み取るならば、作品の舞台が北部に移る以前からすでに南部そのものの北部化、機械化が進行していたことを指摘できるかもしれない。

だが、『セント・エルモ』の結末で、セント・エルモと結婚したエドナが《ル・ボカージュ》に戻って行くという設定は、そうしたアメリカ社会の変化の一切が否定された南部、共和国の美徳だけが支配する時間の止まった南部が再現されることを意味している。小説の最後の場面で、セント・エルモが「僕は悲しい歳月のすべてを僕の背後に投げ捨てる」とか、「おお、神よ、あなたの慈悲深い導きに、僕たちの未来を委ねます」とかいった言葉を口にしながら、エドナの「美しく純粋な顔」に「彼女の愛情と信頼と幸福な希望のすべて」を見出したとき、そしてエドナがセント・エルモの妻となることに──「彼を助け、彼を愛することを許され、彼と手を取り合って天国に向かって歩くこと」に、「彼女の人生の無上の栄光、最高に豊かな祝福」を見出したとき、新しいエデンとしての南部に、新しいアダムとイヴが誕生することになったのである。こうして、一八六七年に出版された『セント・エルモ』が「神によって限定された女性の領域」としての「家庭」を賛美する、文字通りの家庭小説であったことは否定すべくもないが、そこで無条件に受け入れられているドメスティック・イデオロギーに、ほぼ三十年後に登場するもう一人のエドナが断固たる否!を叩きつけることになるというのは、アメリカ文学史の不思議なアイロニーであった、と言わねばなるまい。

一八九九年に出版されたケイト・ショパン（一八五一──一九〇四）の『目覚め』(12)のなかで、

女主人公エドナ・ポンテリエは夫や子供たちを放棄することで、「神によって限定された女性の領域」に閉じ込められることを頑なに拒絶している。「子供たちのためにも、誰のためにも、自分自身を犠牲にすることはしない」と断言する『目覚め』のエドナは、『セント・エルモ』のエドナが重視していた夫の意見を導いたり、子供たちを国家の誇りに育て上げたりする権利を真っ向から否定しているのである。だが、この世紀末のエドナの発言は、たとえば「子供たちを偶像視したり、夫を崇拝したり、個人としての自分を消し去って、守護天使として翼を育むことを聖なる特権と考えている女性」、つまり典型的な「共和国の母」の一人であるラティニョール夫人には何の意味も持たなかった。「二人の女性は、お互いを理解しているようにも、同じ言葉を話しているようにも見えなかった」とショパンは説明しているが、ちょうど一世代隔てた二人のエドナの間にもまた共通の言葉は存在しなかったにちがいない。

小説家としてのエヴァンズとショパンは、ドメスティック・イデオロギーに対して正反対の姿勢を取っているとはいえ、『セント・エルモ』におけるエドナの突然の転向と結婚という結末から、『目覚め』のエドナを自殺に追いやり、その作者に創作活動を放棄させるに至った状況の背後に潜むアメリカの現実を読み取ることができるように思われる。センチメンタルなメロドラマというヴェールにもかかわらず、家庭小説『セント・エルモ』は、アメリカ共和国が危機にさらされようとしている十九世紀半ばに、共和国の美徳の伝統を女性読者に再確認させるために書かれた物語であったということもまた、まったく異なった運命を辿った二人のエドナの生きざまを考え合わせたときに初めて正しく理解することができる、と結論しておきたい。

注

(1) Augusta Jane Evans, *St. Elmo*, ed. Diane Roberts (Tuscaloosa: U of Alabama P, 1992).

(2) Diane Roberts, Introduction, *St. Elmo* by Augusta Jane Evans (Tuscaloosa: U of Alabama P, 1992) v.

(3) James D. Hart, *The Popular Book* (Berkeley: U of California P, 1961) 119-20; Roberts vi.

(4) Alexander Cowie, *The Rise of the American Novel* (New York: American Book, 1948) 413-14.

(5) Roberts xvii; Mary Kelley, *Private Woman, Public Stage: Literary Domesticity in Nineteenth-Century America* (New York: Oxford UP, 1984) 191.

(6) Susan Harris, *19th-Century American Women's Novels: Interpretative Strategies* (Cambridge: Cambridge UP, 1990) 72-73.

(7) Kelley 192.

(8) Roberts xiii; Harris 63.

(9) Linda Kerber, *Women of the Republic: Intellect and Revolutionary America* (New York: Norton, 1986); Kerber, *Toward an Intellectual History of Women* (Chapel Hill: U of North Carolina P, 1997).

(10) Nina Baym, *Woman's Fiction: A Guide to Novels by and about Women in America, 1820-70*. Second Edition (Urbana: U of Illinois P, 1993) 290; Harris 64-65.

(11) Leo Marx, *The Machine in the Garden: Technology and the Pastoral Ideal in America* (New York: Oxford UP, 1964).

(12) Kate Chopin, *The Awakening: An Authoritative Text, Contexts, Criticism*, ed. Margaret Culley (New York: Norton, 1976).

Ⅳ リアリストの栄光と苦悩

——W・D・ハウエルズ再読（1）

かつてはアメリカ文壇の大御所と呼ばれたウィリアム・ディーン・ハウエルズ（一八三七―一九二〇）は、現在では文学史に名前を留めているだけの、まったく読まれない作家になり果てている。もちろん、彼がヘンリー・ジェイムズやマーク・トウェインと並んで、アメリカン・リアリズムの代表的作家であったことは否定できないし、アメリカ文学史の教科書でも、リアリストとしてのハウエルズにかなりの紙幅が割かれてはいる。だが、最近のアメリカ文学研究の動向を反映していると考えられる『コロンビア米文学史』（一九八八）では、一八六五年から一九一〇年までの「主要な声」としてエミリー・ディキンスン、マーク・トウェイン、ヘンリー・アダムズ、ヘンリー・ジェイムズの名前が挙がっているだけで、ハウエルズに関する独立した項目は用意されていない。ハウエルズの栄光、今いずこ、と思わず呟きたくなるが、アメリカ作家は「人生のほほえましい側面」を描くべきだ、と主張し、親友ジェムイズに「癒し難い楽天主義」を指指摘されていた彼としては、甘んじて受けるべき評価なのかもしれない[1]。

ハウエルズのリアリストとしての限界を論じたヘンリー・ナッシュ・スミスは、文明と進歩への信念という「十九世紀のスタンダードなアメリカ的イデオロギー」がハウエルズの「認識のカテゴリー」になっていた、と指摘し、また別の箇所では、アメリカ合衆国は「世界に自由と民主主義をもたらすように運命づけられている」という信念を彼が抱いていて、「このイデオロギー的に決定された信念がハウエルズの小説家としての豊かな発展にとって、乗り越え難い障害となっていた」[2]と述べている。これは要するに、ハウエルズがアメリカ共和国を例外と見なす神話あるいはアメリカの夢の度し難い信奉者であったということを意味している。果たしてハウエルズというアメリカ作家は、スミスが断定するように、その「乗り越え難い障害」の前に佇むばかりであったのか。世紀末の危機的な状況のなかでも、明るいアメリカの夢を夢見るばかりのセンチメンタルな楽観主義者であったのだろうか。

新聞記者や雑誌編集者として活躍していた時期のハウエルズにとって、「アメリカ的イデオロギー」が「認識のカテゴリー」となっていたことは、彼が二人の大統領候補のために書いた選挙用伝記にはっきりと裏付けられている。一八六〇年五月、大統領候補エイブラハム・リンカンのために執筆した八十頁足らずの『リンカン伝』[3]において、伝記作家は未来の大統領の「偉大な性質」が「正直」と「誠実」の二語によって要約することができる、と考えている。「神はリンカン以上に立派な人間を造ったことがない」という昔の仕事仲間の発言に続けて、「リンカンは、しばしば偉大さを傷つける悪徳によって損なわれることなく、嘘をつくことなど全然できず、たった一つの卑しく、薄汚い性質もない、純粋で、率直で、高潔な人間である」という評言をハウエルズは加えている。『リンカン伝』の最後のページにもまた、「この人物の顔の大きな特徴は、そのきらきら光る、刺し通すような眼であるが、それは大小いかなる悪徳によっても曇らされたことがない」と書かれているが、この一文もまた、「正直と誠実という真正な性質」の持ち主としてのリンカンを浮き彫りにしているのである。

こうして、ハウエルズはリンカンを美徳にあふれた、大統領の重責を担うにふさわしい理想的アメリカ人として描いているが、ほぼ同じことは、彼が書いたもう一冊の選挙用伝記『ラザフォード・B・ヘイズの生活と性格』(一八七六)[4]についても言える。一八七六年夏、『アトランティック・マンスリー』の編集主幹であったハウエルズは、大統領候補となったヘイズの伝記執筆を引き受けるが、それには妻エレナーがヘイズの従妹であったという事情も働いていた。この伝記の読者は、そこでもまた、主人公が美徳の権化のような人物に描かれていることに気づくにちがいない。南北戦争が勃発した当時、三十九歳であったヘイズが「公正、正直、誠実そのもの」であったことが明らかにされているし、オハイオ州知事時代のヘイズについても「彼の公的な経済政策は、生涯にわたる私的な正直さの表れである」と書かれている。また、ヘイズの日記は、彼の関心が「すべての共和国で指導者に生まれついた人間が考えるにちがいない事柄」に向けられていたことを示している、とハウエルズは指摘している。こうした『ヘイズ伝』の主人公の美徳を強調するにあたって、伝記作家はたえずリンカンの名前を呼び込み、その結果、読者としては、ヘイズが美徳の共和国にふさわしい大統領候補である点で、リンカンに優るとも劣らない人物であることを受け入れざるを得ないのである。

ハウエルズが二冊の選挙用伝記を執筆した時期には、アメリカ合衆国は危機的な状況に置かれていた。『リンカン伝』が書かれた一八六〇年には、合衆国は南北戦争前夜にあったたし、ヘイズの伝記の出た一八七六年のアメリカは金メッキ時代の腐敗と混乱の真っ只中に投げ込まれていた。したがって、一体誰がアメリカ共和国を建国の理念へ立ち返らせることができるか、という問題が、二つの大統領選挙の重大な課題となっていたが、それぞれの伝記作品のなかで美徳の権化のような大統領候補の肖像を描き上げたハウエルズは、アメリカの可能性に無限の信頼をかけていたと言えるだろう。ハウエルズの選挙用伝記は、初代大統領ジョージ・ワシントンを連想させるような理想的な大統領の出現によって実現されるアメリカ共和国の輝かしい未来を約束しているのであり、サクヴァン・バーコヴィッチのいわゆる「アメリカ的エレミアの嘆き」のレトリックを読み取ることができる[5]。そこには「アメリカ的イデオロギー」を信じ続ける伝記作家のセンチメンタリズムとオプチミズムが露呈しているのである。

『ヘイズ伝』はアメリカ建国百年目に当たる年に出版されているが、フィラデルフィアで開催された記念博覧会を見学したハウエルズは、たとえば機械館に展示されているコーリス・エンジンの「巨大で、ほとんど音を立てない偉大さ」に惜しみない拍手を送り、「この言いようもなく強力なメカニズム」の中央部で、「まるで平和なあずまやにでもいるかのように、技師が新聞を読みながら座っている」姿を目の当たりにして、アメリカの「技術と発明の輝かしい勝利」を絶賛している[6]。『アトランティック・マンスリー』という有力な雑誌の編集主幹としてのハウエルズにとって、コーリス・エンジンのような機械は「平和なあずまや」としてのアメリカ、十八世紀的なアメリカの夢を実現してくれる素晴らしい文明の利器に他ならなかった。アラン・トラクテンバーグが指摘しているように、ハウエルズの博覧会印象記には「文化の進歩に関する自信にあふれたヴィジョン」が表明されているが[7]、このオプチミズムは彼の二冊の選挙用伝記に露呈しているオプチミズムと同質のものであったと同時に、小説家としての彼の初期の代表作『アルーストゥック号の貴婦人』(一八七九)[8]にもまた窺われるのである。

この小説はマサチューセッツ州の片田舎で暮らす十九歳の元教師リディア・ブラッドを中心に展開する。声楽の勉強のためにヴェネティアの叔母を訪ねることになった彼女が乗り込んだアルーストゥック号で起こる事件が小説の大半を占めているが、この船の女性客は彼女一人であって、あとは乗組員も乗客もすべて男性だけという設定は、いささか異常であるとしても、「生まれながらの貴婦人」であるリディアの「超自然的な無垢」が船内を支配するに至るプロセスを、ハウエルズは丹念にたどって見せるのである。たとえば、乗客の一人でボストンの上流階級出身の青年は、最初のうちは、男ばかりのなかで唯一の女性客という状況の異常さに気づかないリディアの鈍感さをあざ笑っていたにもかかわらず、やがてリディアの発散する「牧歌的な香り」に魅せられ、ついには彼女との結婚を決意するにいたる。ここでのハウエルズはアメリカ的無垢という美徳の神話化を試みているのである。

こうした状況は『アルーストゥック号の貴婦人』の後半で、ヨーロッパに舞台が移ってからでも変わらない。ヴェネティアで叔母夫婦と合流したリディアは、腐敗したヨーロッパ社会の現実に触れることになるが、彼女の「超自然的な無垢」には変化が生じることはない。安息日にオペラを観に行く叔母夫婦、公然と愛人をつくっている人妻、父親が誰かもわからない若い女性などをハウエルズは登場させているが、こうしたヨーロッパの「堕落」との対比において女主人公の「超自然的な無垢」を指し示すことによって、またしても「無垢」というアメリカ的美徳を神話化することを狙っているのである。さらにまた、この小説の結末において、例の青年と結婚したリディアがカリフォルニアの牧場で暮らすことになるという設定について、ハウエルズは身分の異なる男女の結婚が抱えている問題やアメリカの都市化の結果生じる問題などから背を向けている、といった批判(9)が聞かれるが、最後のフロンティアとしてのカリフォルニアにおいて、女主人公の「超自然的な無垢」は文明化されたヨーロッパ社会の「堕落」の排除された楽園的な空間を見いだすことになるのである。こうした「超自然的な無垢」の神話化が、「アメリカ的イデオロギー」と密接に結び付いていることは、あらためて指摘するまでもあるまい。この作品には都市化や産業化が進行する南北戦争後のアメリカにおいて、過度に文明化されたヨーロッパ的腐敗を排除できるというトマス・ジェファソン的なアメリカの夢を追いかけるハウエルズの時代錯誤的なセンチメンタリズムが露呈している。『アルーストゥク号の貴婦人』におけるリアリスト・ハウエルズの目は、牧歌的な楽園のイメージで曇らされていた、と結論せざるを得ないのである。

これに対して、一八八二年に出版された『ありふれた訴訟事件』[10]はハウエルズの代表作の一つに数え上げられ、作者自身もみずからの「最も偉大な」作品と見なしているが、そこにはアメリカの夢をめぐるハウエルズのきわめて複雑な姿勢が映し出されていると考えてよい。この小説の冒頭には、メイン州の美しい牧歌的な風景が描き込まれ、そこに土地の新聞社で働くバートリー・ハバードと、弁護士を父にもつマーシャ・ゲイロードという若い男女が村のロメオとジュリエットという格好で登場する。バートリーは典型的な「セルフメイド・マン」として描かれ、早くから両親を失った彼はアメリカン・アダム的な孤児の特性を備え、無垢そのもののようなマーシャは、厳格な父親の反対を押し切って、バートリーを愛し続ける。この一組の男女は、ニューイングランドのエデン的世界に登場した新しいアダムとイヴと呼ぶこともできるだろう。『アルーストゥク号の貴婦人』の場合と同じように、ここでもまたハウエルズの「アメリカ的イデオロギー」を読み取ることは不可能ではない。

やがて駆け落ち同然の形で結婚したバートリーとマーシャがボストンで暮らすようになってから、にわかにハウエルズは二人の生活を突き放して眺め始める。ボストンの有力な新聞社に就職したバートリーは、旧友が暖めてきた材料を勝手に使って記事を書くような、きわめて「利己的」で「規律を欠いた」人間であることが判明する。アメリカン・アダムのようなヒーローの「道徳的堕落」がさまざまの角度から暴露される一方で、イヴ的な女性に思われたマーシャに、狭量で嫉妬深い側面のあることも明らかにされ、最初はこの上なく理想的に思われた夫婦がついには破局を迎えるに至る。無垢そのもののようなヒロインの愛情の不毛性を描き上げている点に、やはり無垢なヒロインが登場していた『アルーストゥク号の貴婦人』とは異なったハウエルズの姿勢を垣間見ることができる。シェイクスピアの『お気に召すまま』から取られた「ありふれた訴訟事件」という題名は、バートリーとマーシャの離婚をめぐる訴訟を指しているが、この新しいアダムとイヴの離婚をリアリスティックな目で眺めることで、ハウエルズは『アルーストゥク号の貴婦人』で賛美していたエデン的な新世界というアメリカ神話の虚構性を暴露しているのである。

だが、この小説の途中で、中心的な役割を演じていたバートリーが不自然なまでにそそくさと退場させられ、それまで端役をあたえられていた弁護士ユースタス・アサートンが舞台の中央で活躍し始める。アサートンは教訓的な発言を繰り返すだけの、きわめて道徳的な人物であって、彼の基本的な哲学は、「秩序に反するものは一切これを憎む」という彼自身の言葉に要約されている。この道徳臭の強い人物をハウエルズが登場させたのは、理想的に思われたバートリー夫妻の離婚という形で露呈したアメリカ社会の混乱と不安に耐えられなくなった彼が、みずからの代弁者としてのアサートンの姿を借りて作品のなかに入り込み、道徳的秩序の回復を図ったのではないか、という見方がなされている[11]。ジェファソン的共和国の崩壊を感じ取ったハウエルズの一種の防御本能の働きを読み取ることもできよう。だが、はたしてアサートンはハウエルズの意見を代弁するスポークスマンなのだろうか。この疑問に答えるためには、第三の男ベン・ハレックの存在に注目しなければならない。

バートリーの大学時代の友人で、結婚前のマーシャを見かけて恋心を燃やしたことがあったベンは、最初に登場したときから、バートリーとは対照的に描かれていた。開放的で外向的な自然人としてのバートリーに対して、瞑想的で内向的な教養人としてのベンといった具合に、二人が本質的に異なった性格の持ち主であることをハウエルズは強調している。だが、同時にまた、この二人は名前のイニシャルが同じであり、同じ大学に通っていたことはもちろん、マーシャという同じ女性を愛したという点でも、意外な共通性を示している。ハウエルズはベンとバートリーを精神的な双生児に仕立て上げている、と考えたいが、バートリーが退場させられたあと、彼の分身として登場したベンがバートリーの物語をちがった角度から展開、継続させている、と仮定するならば、アサートンの道学者ぶりに別の解釈を加えることができるのである。というのも、弁護士アサートンにとって、ベンこそは「無私と他者に対する責任との高貴な理想」であり、アサートンの希求する「秩序」を象徴する「純粋な修養と伝統の人間」に他ならなかったが、この人物は弁護士の説教じみた言葉に耳を傾けようとしない。二人の間には何の意見の一致もないばかりか、ベンの発言はアサートンを当惑させるばかりである。

『ありふれた訴訟事件』の最後の三分の一の部分におけるハウエルズは、道学者的なアサートンにまことしやかな説教をさせながら、その説教の空しさ、無意味さを、バートリーの分身であるベンの口を借りて、徹底的に批判攻撃している。アサートンのヒステリックな声とは別に、ベンの苦悩にあふれた人間的な声もまた、それを打ち消すように、やはり基調低音として響いているとすれば、「アメリカ的イデオロギー」を謳い上げるアサートンがハウエルズのスポークスマンであるという見解は、まったく成り立たないことになる。バートリーの追放、アサートンへの脚光という形で、「アメリカ的イデオロギー」を主張しているかに見えながら、実はそれをひそかに否定する目的で、作者はバートリーの精神的双生児としてのベンを登場させていたのである。『ありふれた訴訟事件』という小説は、醒めた目でアメリカの現実を見つめ、「人生のほほえましい側面」を否定しようとするリアリスト・ハウエルズの真摯な努力を窺わせる作品であると言わねばならない。

あらためて書き立てるまでもなく、一八八五年出版の『サイラス・ラパムの向上』(12)は、一般にハウエルズの最高傑作として高く評価され、彼の名前と同義語的であると言ってもよいほどに広く知られている。ヴァーモントの片田舎に生まれた主人公サイラス・ラパムが塗料会社の社長として成功し、ボストンの社交界に進出しようという野望を抱く。だが、彼は結局、社交界に入り込むこともできず、さらには事業の上でも不振に陥って、ついには破産してしまう。実業家として彼は、不正な行為をやってのけることができさえすれば、経済的な危機を回避することができたのだが、敢えて物質的に没落する道を選び取ることによって、精神的に向上することができる。この主人公の精神的な成長あるいは覚醒という本筋にからめて、ボストンの名門の御曹司とラパムの二人の娘の恋愛というエピソードが描き込まれている。『サイラス・ラパムの向上』に捧げられている賛辞は枚挙に遑がないほどであって、そこに見られるハウエルズの技巧の冴え、象徴的な手法、アメリカ的モラルの追求などが絶賛されている。

だが、この小説の調子が途中から急に変化して、前半の喜劇部分と後半の悲劇部分に分裂していることは否定できない(13)。物語の最初のほうで描かれている主人公ラパムと新聞記者バートリー・ハバードのインタビューの場面や、コーリー家での晩餐会の場面などで見られたような、成り上がり者のラパムをめぐる喜劇的なタッチは、小説が終わりに近づくにつれて完全に影を潜めてしまう。前半で喜劇的な役柄を演じていた主人公は、結末近くになると悲劇のヒーローに変身してしまっているのである。たしかに、『サイラス・ラパムの向上』の結末における主人公は、イギリス人の業者やニューヨークの会社との交渉において、一切の妥協や不正を退け、あくまでも正直な実業家として行動するという使命を、絶対の義務としてみずからに課している。小説の最後で、「彼は自分自身以外の誰の敵でもなかった。一ドル残らず、一セント残らず、借金の返済に当てられた。彼は手を汚さずに切り抜けた」ことが明らかになり、ラパム夫人にとっての彼は「最も高貴で、最も偉大な男性」、「完全な英雄」となった、とも書かれている。それは彼が正直という美徳にこだわり続けた結果であり、この美徳を守るために苦悩し、敢えて破産する道を選び取ったという意味で、ラパムを悲劇的な人物と呼ぶことができるかもしれない。

だが、ここでラパムがこだわり続けた正直という美徳は、十八世紀以来のアメリカ共和国を根底から支えてきた、きわめてアメリカ的な美徳に他ならなかった。それはまた、ハウエルズ自身が大統領候補のための選挙用伝記のなかで繰り返し言及していた共和主義の精神と切り離せない美徳であった。さらに、実業家としてボストンにやってくる以前の主人公が、ヴァーモントの片田舎で農民としての生活を送っていたことを思い出すならば、彼における正直という美徳は、トマス・ジェファソンが賛美していた農民の美徳であったとも言えるだろう。「神の選民」としての農民には「道徳の退廃」は存在しないと断じたのは『ヴァジニア覚え書』（一七八五）の著者ではなかったか。そこでは「もし神が選民をもつものとすれば、大地に働く人びとこそ神の選民であって、神はこれらの人びとの胸を、根源的で純粋な徳のための特別な寄託所として選んだのである。それは神があの聖火を燃えつづけさせる焦点であって、それがなければ聖火は地の面から消えうせるかもしれないのだ。耕作者の大部分が道徳的に腐敗するという現象は、いまだかつてどの時代にも、またどの国民にも実例のあったためしがない」[14]ことが明らかにされていた。ラパムが再びヴァーモントに帰って行くという小説の結末は、永遠に失われたはずのアメリカ共和国の過去への回帰を意味している、と受け取らねばなるまい。この小説をハウエルズの「逃避への試み」[15]と呼んでいる批評家がいることを付け加えておこう。

『サイラス・ラパムの向上』が出版された当時のアメリカが共和主義の精神を失って崩壊寸前の状況にあったことは、ハウエルズの小説と同じ一八八五年に刊行されたジョサイア・ストロング（一八四七—一九一六）の『我らの国』で詳しく分析されていた。この会衆派の牧師は、世紀末のアメリカ人が直面している「危険」としてカトリシズム、モルモン教、移民、飲酒、社会主義、富、都市の七つを挙げ、かつてジェファソンが蛇蝎視していた都市こそが最大の「危険」に他ならない、という診断を下していた[16]。それから五年後に、フロンティアの消滅という危機的な事態を迎えようとしていたアメリカ人の読者にとって、共和国の美徳に殉じた悲劇的な実業家の物質的失敗と精神的向上の物語は、きわめて感動的な小説であったにちがいない。この作品がジェイムズ・ラッセル・ローウェルやチャールズ・エリオット・ノートンのような知識人によって愛読されたという事実は、そのことを何よりも雄弁に証明している。だが、現在の読者の目から見れば、そこにはアメリカ社会の「ほほえましい側面」が描かれているだけであって、この作品をハウエルズの最高傑作とする意見には、到底賛成することができない。『サイラス・ラパムの向上』は『アルーストゥク号の貴婦人』のレベルにまで後退したセンチメンタルとしか呼びようのない作品であって、『ありふれた訴訟事件』におけるハウエルズのリアリズムはどこにも窺うことができないのである。

こうした『サイラス・ラパムの向上』における甘い現実認識とは対照的に、五年後の一八九〇年に出版された『新しい運命の浮沈』[17]こそは、世紀末アメリカの現実を冷静に捉えたリアリスト・ハウエルズの最高傑作であると考えたい。ハウエルズ自身、この小説が彼の作品群のなかで「最大のキャンバス」をもち、「私の小説のなかで、最も活力にあふれて」いることを認めている[18]。そこには南北戦争後の巨大化したアメリカを象徴するニューヨークが取り上げられているが、登場人物の一人が語っているように、「アメリカ全体に属している都市は、たった一つしかなくて、それがまさにニューヨークに他ならない」からである。この小説を都市小説と見なすことには、まず異論はないと言ってよいだろう。さらに、『新しい運命の浮沈』が地理的フロンティアの消滅した一八九〇年に出版されているという事実は、そこに描かれているニューヨークが新しい都市的・産業的フロンティアとして登場していることを意味している。この作品の題名はシェイクスピアの『ジョン王』から取られているが、そこに新しい土地で「新しい運命を切り開こう」としている人々が登場していたように、この小説でもまた、過去の生活から根こぎにされた形でニューヨークに集まった人物たちが、そこで文字どおりに「新しい運命の浮沈」を経験するに至るのである。

この小説には、ニューヨークで新しく出版される予定の文芸雑誌の編集に携わることになったバジル・マーチン、オハイオ州の元農民で雑誌のスポンサーとなる百万長者のジェイコブ・ドライフーズ、その息子で牧師志望のコンラッド青年、ドイツからの移民で、かつてマーチにドイツ語を教えたことのある社会主義者バートホールド・リンダウ、芸術家でプレイボーイのアンガス・ビートンなど総勢十五名にも及ぶ人物が登場している。ハウエルズは彼らの生活と意見を通して、近代都市ニューヨークの意味を検討しているが、そこに浮かび上がってくるのは、「大きくて、残忍で、薄汚れた都市」のイメージであって、アメリカ生活の「ほほえましい側面」はどこにも見当たらない。「巨大で、喧しくて、醜悪な」世界が人間をすっぽりと飲み込んでいるという印象を与えるばかりである。「ニューヨークの生活には、すべての人間を一般的なレベルに引き下げる溶媒のようなものがあり、それが強力な魔法で誰彼の区別なく触れると、奥深い所に潜んでいた取るに足らない人間が表面に現れてくる」とハウエルズは書いている。新しいフロンティアとしてのニューヨークに希望を抱いてやってきた個人は、そこでの生活を続けるうちに解体し始め、ついには自立性を失った「取るに足らない人間」になってしまわざるを得ないというのである。個性すらもが溶解してしまうニューヨークをどうして新しい可能性のフロンティアと呼ぶことができるだろうか。

『新しい運命の浮沈』における都市空間の意味を考えようとする場合、バジル・マーチというハウエルズの分身的な人物の反応を無視することはできない。ボストンからニューヨークに移り住んだ当座の彼は、きわめてロマンチックな都市観の持ち主であって、すべてを「完全に審美的な視点」から眺めることに満足しきっていた。「下層階級の生活の諸相は、すごく絵画的である」と公言したり、さまざまの人種がひしめきあっているバワリー地区に足を運んでも、そこに「形もなければ、品もない、危険な絵画性」を見いだすばかりであった。「陽気な醜悪さ」に魅せられて、巨大都市の探訪に乗り出す彼の足取りには、未知の世界、未開のフロンティアに憧れる冒険家のそれを思わせるものがあった。だが、この健康な都市観の持ち主も、ニューヨーク暮らしが続くうちに、「陽気な醜悪さ」の背後に潜む現実が見え始める。高架鉄道の窓から市民の生活を眺めていた彼は、都市的風景が「はげしい生存競争」と切り離せないことに気づき、彼が当初、都市に対して抱いていた期待とは裏腹に、何もかもが「法もなく、神もない」状態に投げ込まれていることを発見する。ニューヨークの「巨大な無秩序における理性的で、包括的な目的の欠如」を感じ取り、都市に充満しているのは「個人の利己心がつねにもたらしている混沌」ではあるまいか、と考えたとき、マーチの感情教育は完成するのである。

一八七六年の建国百年記念博覧会で、ハウエルズがアメリカの機械文明や産業主義に手放しの賛辞を呈していたことは、すでに触れておいた。この印象記のハウエルズに見られる「文化の進歩に関する自信にあふれたヴィジョン」と、『新しい運命の浮沈』に表明されている「文化をめぐる絶望」との大きな落差に驚くのは、アラン・トラクテンバーグだけではあるまい[(19)]。それはわずか十五年足らずの間に、ハウエルズの産業化、都市化に対する考えが大きく揺らいだことの、何よりの証拠と言えるだろうが、彼自身における開眼がそのままニューヨークという都市空間をめぐるバジル・マーチの開眼につながっている、と見ることもできるだろう。『新しい運命の浮沈』においては、都市的・産業的な世紀末のアメリカにジェファソン的な秩序とハーモニーを回復することができる、などといった革新主義時代の神話は根底から覆されている。この時代のアメリカ人に新しいアメリカの夢を夢見ることを教えた歴史家チャールズ・ビアードの予言を、その著『産業革命』（一九〇一）の出版される十年前に、ハウエルズは断固として粉砕していたのである[20]。ここでの彼は、『サイラス・ラパムの向上』における彼自身のセンチメンタルで楽観的な現実認識を完全に否定し去っている、と言い換えてもよい。

こうして、一八九〇年のハウエルズは、ほぼ同時期に生まれたマーク・トウェインやヘンリー・アダムズやヘンリー・ジェイムズなどと共に、地理的・農業的フロンティアの消滅という形で露呈されたアメリカの夢の崩壊を目撃しなければならなかった。だが、この世紀末の危機的状況に対する彼の反応が、一見思われるほどに単純ではなかったことは、『新しい運命の浮沈』と同じ年に古き良きアメリカの過去への郷愁に満ちた自伝『少年の町』（一八九〇）[21]を発表しているという事実からも想像できるにちがいない。

『少年の町』には、ハウエルズが一八四〇年から四八年にかけてオハイオ州ハミルトンで過ごした少年時代の思い出が、彼のペルソナ的な人物の目を通して語られている。「少年の町」のまわりには「太古の昔」のままの森が迫っていて、「おそらく、そう遠くない過去に、それは、オハイオの荒野に初めてやって来る人々の目を奪うあの広大な、風に揺れる草原のある、大草原地帯だった」という説明からも明らかなように、この自伝に描かれた一八四〇年代のオハイオは「開拓者の時代」の雰囲気をそのまま残しているフロンティア的世界であった。『少年の町』の読者は、牧歌的な農業共和国の精神が生き続けているアメリカに連れ戻されることになるが、その点との関連において、ハウエルズが父のウィリアム・クーパーに『オハイオでの生活の回想』（一八九五）[22]という自伝を書かせている、という興味ある事実を指摘しておきたい。しかも、ハウエルズは父の死後、序文の筆を執り、さらに父の死までを扱った最終章をも用意した上で、それを一八九五年に出版しているのである。この回想記も『少年の町』も共にオハイオが都市化や産業化の波が押し寄せる以前のフロンティア的空間であったことを物語っていることは言うまでもないが、前者が一八一三年から四〇年にかけての生活の回想であったのに対して、後者は一八四〇年から書き起こされている。つまり、父親の回想が終わった時点から息子の自伝が始まっているのであり、この時間的に切れ目のない、密接に結び付けられた父と子の物語を読みつなぐことによって、読者は一八一三年から四八年にかけての牧歌的なオハイオの過去への退行を経験することになるのだが、この点については、次章でもっと詳しく説明することにしたい。

『少年の町』に描かれたハミルトンの町は、「文明の境界線」の彼方にある、「詩やロマンスの輝き」にあふれた楽園のような世界で、そこでは時間が完全に停止しているように思われる。少年時代に見かけたささやかな風景が、この自伝を執筆している時点でも、「時間や変化に損なわれることなく」眼前に浮かんでくる、とハウエルズは記しているが、このハミルトンもまた、結局は時間や変化を超越した空間ではあり得なかった。家族と共にそこを離れて、もっと大きな都会で暮らすようになった後、少年はしばらくぶりにハミルトンの町を訪ねる。だが、かつての面影はどこにも残っていない。「呼び戻すことのできない何かがなくなり、見つけることのできない何かが失われてしまった」ことに少年は思い至るが、このハミルトン再訪の旅から戻ってきた彼は、すでに「旅なれた、経験のある人間」になっていた、とハウエルズは説明している。自伝『少年の町』が、時間と変化から自由になることのできない人間の条件を発見する、一人の少年の悲劇的な開眼の物語であることは、あらためて指摘するまでもないだろう。

ハウエルズはまた、「過去は永久に失われてしまい、そこに戻って行けないことを、彼はますます意識するようになった」と書き留めているが、この一文は『少年の町』が一八九〇年、つまりフロンティア消滅の年に出版された作品であって、三年後に発表されることになる歴史家フレデリック・ジャクソン・ターナーの論文「アメリカ史におけるフロンティアの意義」（一八九三）の主題を先取りしているという事実を読者に気づかせるにちがいない。「過去は永久に失われてしまい、そこに戻って行けない」という言葉は、単なる一人の少年の個人的感慨を語っているにすぎないだろうが、「フロンティアはすぎ去り、それとともにアメリカ史の最初の時代が終わったのである」というターナーの結論(23)と重ね合わせると、その歴史的な広がりがにわかに明らかになってくるのを感じることができる。『少年の町』は一八四〇年代におけるハウエルズの牧歌的な少年時代を扱った作品であるにもかかわらず、すでに論じた『新しい運命の浮沈』の場合と同じように、そこにはフロンティアの消滅によってもたらされたアメリカの夢の崩壊という悲劇的状況が色濃く映し出されているのである。

だが、『少年の町』から四年後の一八九四年に、一八九二年十一月から九三年十月にかけて『コズモポリタン・マガジン』に連載された『アルトルーリアからの旅人』(24)が出版されているという事実は、一体どのように説明すればいいのだろうか。この作品は、地球上のどこかにあるアルトルーリア共和国から使節としてアメリカ合衆国を訪れているアリスタイディーズ・ホモス氏と、彼を取り巻くさまざまのタイプのアメリカ人との交渉を描きながら、世紀末アメリカの理想と現実という問題にメスをいれている。ホモス氏の説明によると、アルトルーリアはジェファソンが重視していた根源的で純粋な美徳が生き続ける共和国であって、それは生命、自由、幸福の追求というアメリカ独立宣言の主張の上に築かれている。同時にまた、このアルトルーリアという美徳の共和国では、テクノロジーが人間生活に見事に溶け込み、テクノロジーによって牧歌的なユートピアが可能になっている。都市が理想的な空間となったユートピア的アメリカというハウエルズのヴィジョンは、『新しい運命の浮沈』におけるアメリカのヴィジョンとは完全に食い違っている。小説家ハウエルズの明るいオプチミズムは、この小説が連載されていた一八九三年のシカゴの学会における歴史家ターナーの暗いペシミズムと鮮やかなコントラストをなしているのである。

ターナーの論文が発表されたシカゴでは、コロンブスの新大陸上陸四百年を記念する万国博覧会が開催されていたが、この「ホワイト・シティ」の別名で知られる博覧会にも、ホモス氏ははるばるニューヨークから見物に出掛けている。その印象は『コズモポリタン・マガジン』に一八九三年十一月から九四年九月にかけて連載された「アルトルーリアからの旅人の手紙」の第二書簡に書き留められているが、そこで彼は「アルトルーリア的原理の、最初の偉大な勝利」を見出し、「アルトルーリアの幻想」を楽しみながら「アメリカ滞在中の、最も幸福な日々を過ごした」のである。ホモス氏がシカゴの博覧会場で「アルトルーリア的奇跡」を経験したという事実は、「ホワイト・シティ」によって象徴される都市と、都市を可能にした産業主義によって、地理的フロンティアの消滅と共に失われた美徳の共和国が回復されるという信念をハウエルズが抱いていたことを物語っている。失われた地理的フロンティアに代わる都市的・産業的フロンティアの未来に夢をかけることによって、彼は世紀転換期アメリカの危機を克服することができると信じ、アメリカ共和国の永遠性という夢を夢見ることができたのである。

『新しい運命の浮沈』でアメリカの現実への絶望を表明していたハウエルズと、『アルトルーリアからの旅人』で世紀末の危機を見事に乗り越えているハウエルズ。デイヴィッド・ノーブルは「バジル・マーチがリアリスト・ハウエルズの代弁者であったとすれば、アルトルーリアからの旅人ホモス氏はユートピアン・ハウエルズの代弁者である」と説明し、「一八九〇年代のハウエルズは、未来に対して極度にアンビヴァレントな姿勢を取っていた」[25]と語っている。たしかに、悲観的なリアリストと楽観的なユートピアンを彼のなかに見つけだすことになった読者は、一体どちらのハウエルズが本当のハウエルズなのか、という疑問を禁じ得ないし、この変わり身の早さが彼のリアリズムの生ぬるさを生み出している、と言いたくなってくる。だが、この明るいハウエルズと暗いハウエルズの共存は、例外としてのアメリカ共和国というパラダイム、スミスのいわゆる「アメリカ的イデオロギー」が南北戦争後の金メッキ時代に大きく崩れ始めていたという事実と切り離して考えることはできない。悲観と楽観、リアリズムとファンタジーの間を揺れ動く彼の振幅の大きさは、世紀末アメリカが直面していた共和主義の危機の深刻さを忠実に反映している。リアリストの醒めた目で歴史の現実を見つめていたからこそ、ハウエルズは敢えてシカゴでの「アルトルーリアの奇跡」にアメリカの夢を託するセンチメンタルなユートピアンに変身する道を選んだのではないだろうか。このハウエルズにおける二重性は、彼が「癒し難い楽天主義」などといったレッテルだけでは捉えきれない複雑な作家、意外なまでに深い奥行きを備えた作家であったことを暗示している。彼の「極度にアンビヴァレントな姿勢」は、「乗り越え難い障害」としての「アメリカ的イデオロギー」と悪戦苦闘していたリアリストの栄光と苦悩を象徴している、と考えたい[26]。

注

(1) William Dean Howells, *Selected Literary Criticism: 1888-1897* (Bloomington: Indiana UP, 1993) 35; Paul A. Eschholz, ed., *Critics on William Dean Howells* (Coral Gables: U of Miami P, 1975) 51.

(2) Henry Nash Smith, *Democracy and the Novel: Popular Resistance to Classic American Writers* (New York: Oxford UP, 1978) 77; Smith, "Fiction and the American Ideology: The Genesis of Howells' Early Realism," *The American Self: Myth, Ideology, and Popular Culture*, ed. Sam B. Girgus (Albuquerque: U of New Mexico P, 1981) 54.

(3) William Dean Howells, *The Life of Abraham Lincoln* (Columbus: Follett, Foster, 1960).

(4) William Dean Howells, *The Life and Character of Rutherford B. Hayes* (Boston: Houghton, 1876).

(5) Sacvan Bercovitch, *The American Jeremiad* (Madison: U of Wisconsin P, 1978).

(6) William Dean Howells, "A Sennight of the Centennial," *Democratic Vistas, 1860-1880*, ed. Alan Trachtenberg (New York: George Braziller, 1970) 83-100.

(7) Alan Trachtenberg, *The Incorporation of America: Culture & Society in the Gilded Age* (New York: Hill and Wang, 1982) 47.

(8) William Dean Howells, *The Lady of the Aroostook* (Boston: Houghton, Osgood, 1879).

(9) P.J. Eakin, *The New England Girl: Cultural Ideals in Hawthorne, Stowe, Howells, and James* (Athens: U of Georgia P, 1976) 89.

(10) William Dean Howells, *A Modern Instance* (Bloomington: Indiana UP, 1977).

(11) P.A. Eschholz, "Howells' *A Modern Instance*: A Realist's Moralistic Vision of America," *Critics on William Dean Howells*, ed. P.A. Eschholz (Coral Gables, Florida: U of Miami P, 1975) 77; R.H. Brodhead, "Hawthorne among the Realists: The Case of Howells," *American Realism: New Essays*, ed. E.J. Sundquist (Baltimore: Johns Hopkins UP,1882) 36.

(12) William Dean Howells, *The Rise of Silas Lapham* (Bloomington: Indiana UP, 1971).

(13) George Arms, Introduction, *The Rise of Silas Lapham* by William Dean Howells (New York: Holt, Rinehart and Winston, 1949) viii; G. Thomas Tanselle, "The Architecture of *The Rise of Silas Lapham*," *The Rise of Silas Lapham*, ed. Don L. Cook (New York: Norton, 1982) 482.

(14) Thomas Jefferson, *Notes on the State of Virginia, Writings*, ed. Merrill D. Petersen (New York: Library of America, 1984) 290.引用は中屋健一訳によっている。

(15) David W. Noble, *The Eternal Adam and the New World Garden: The Central Myth in the American Novel Since 1830* (New York: George Braziller, 1968) 72.

(16) Josiah Strong, *Our Country: Its Possible Future and Its Present Crisis*, ed. Jergen Herbst (Cambridge: Harvard UP, 1963) Chs. Ⅲ and X.

(17) William Dean Howells, *A Hazard of New Fortunes* (Bloomington: Indiana UP, 1976).

(18) William Dean Howells, "Bibliographical," *A Hazard of New Fortunes* (Bloomington: Indiana UP, 1976) 3-4.

(19) Trachtenberg 47.

(20) David W. Noble, *The Progressive Mind*. Revised Edition (Minneapolis: Burgess, 1981) 27-36; Noble, *The End of American History: Democracy, Capitalism, and the Metaphor of Two Worlds in Anglo-American Historical Writing,1880-1980* (Minneapolis: U of Minnesota P, 1985) 31-64.

(21) William Dean Howells, *A Boy's Town, Selected Writings of William Dean Howells*, ed. Henry Steele Commager (New York: Randam House, 1950).

(22) William Cooper Howells, *Recollections of Life in Ohio, 1813-1840*, ed. William Dean Howells (Cincinnati: Robert Clarke, 1895).

(23) Frederick Jackson Turner, "The Significance of the Frontier in American History," *Frontier and Section: Selected Essays of Frederick Jackson Turner* (Englewood Cliffs: Prentice-Hall, 1961) 37-62.引用は西崎京子訳によっている。

(24) William Dean Howells, *The Altrurian Romances* (Bloomington: Indiana UP, 1968). ハウエルズのアルトルーリア関係の作品は全て本書に収められている。

(25) Noble, *The Eternal Adam* 77, 76-77.

(26) ここで取り上げたハウエルズの作品は、拙著『フロンティアのゆくえ—世紀末アメリカの危機と想像』（開文社出版、一九八五）、『美徳の共和国—自伝と伝記のなかのアメリカ』（開文社出版、一九九一）、『ホワイト・シティの幻影—シカゴ万国博覧会とアメリカ的想像力』（研究社出版、一九九三）、佐々木隆・大井浩二・明石紀雄・岡本勝編著『一〇〇年前のアメリカ—世紀転換期のアメリカ社会と文化』（京都修学社、一九九五）で詳しく論じられているので参照されたい。

V 失われたフロンティア
——W・D・ハウエルズ再読(2)

ウィリアム・クーパー・ハウエルズ(一八〇七—九四)の未完の回想記は、『一八一三年から一八四〇年にかけてのオハイオでの生活の思い出』[1]と題して一八九五年に出版されるが、それには当時、アメリカ文壇の大御所として絶大な影響力をもっていた息子ウィリアム・ディーン・ハウエルズの序文がついていた。この回想記の性格や、それが執筆されるに至った事情を説明して、この高名な小説家は「わたしの父が十年か十二年まえに、若いころの事実を書き記し始めたのは、わたしの示唆によってであった」と述べている。この自伝的な文章は、ベンジャミン・フランクリンの場合と同じように、本来は家族の者のためにのみ書かれたのであったが、父親の死後、それを刊行することを息子が思い立ったのは、「この回想記が一般大衆に対してもっている価値は、もちろん、それが遠い過去となってしまった時代や状況について与えるパースペクティヴのなかに存在する」と感じたからに他ならない。小説家ハウエルズはまた、最初の三十三年間の生活が描かれた父親の回想記のために最終章をわざわざ用意して、「八十七年に及ぶ生涯」に起こったさまざまの事柄を素描してさえいるのである。

一八〇七年に南ウェールズで生まれたという事実から書き起こしたウィリアム・クーパー・ハウエルズは、一八〇八年にボストンに上陸してから一八四〇年に印刷業者としてオハイオ州ハミルトンで独立するまでの生活を興味深く綴っている。息子のハウエルズが三年前の一八三七年に誕生しているために、この父親の回想記は小説家の幼少年期を再現するための材料として、これまでにもしばしば利用されてきた。だが、この『オハイオでの生活の思い出』はただ単に息子の伝記を研究するための資料としての意義をもっているだけではない。それは同時にまた、ハウエルズ自身も指摘しているように、「この世紀のはじめにオハイオへやってきたイギリスの中流階級の家族は、未開の生活を多かれ少なかれ外側から眺めることができた」という理由で、十九世紀前半の開拓者たちの風俗や習慣に関する資料としても、見逃すことのできない価値をもっている。ウィリアム・クーパーが、ふたたび息子の言葉を借りると、「つねに自然と人間の両方の、非常に綿密で批判的な観察者」であったという事実によって、読者は開拓時代のアメリカにおけるフロンティアの生活の諸相にじかに触れることができるのである。

小説家の祖父ジョセフ・ハウエルズは、ウェールズの羊毛工場を売り払ってアメリカに移民するが、織物工場を設立するという試みに失敗したために、ニューヨーク州からヴァジニア州へ移住したあと、最後にオハイオ州に定住することになる。だが、職工として町から町へ転々としながらも、どこかの土地で自分の農場を所有することを彼はいつも夢見続けていたが、かといって、それ以前に農民として働いたという経験があったわけではなかった。この父の夢について、ウィリアム・クーパーは「農場に移り住まねばならないというのが、つねに一家の主義となっていたのであり、父は農地を買い取って、その耕作に没頭できる日のくるのを楽しみにしていた。農場をつねに確固たる家庭とみなし、どこかの土地に定着しようとする自然な感情が文明人には備わっているという以外に、父がそのようなことを考えた理由を想像することができない」と書き留めている。こうして、ウィリアム・クーパーがやっと十二歳になった頃から、一家は何回となく農場に投資しはじめることになるが、その経営にはつねに困難をおぼえ、収支を償わせることすらできなかったことが明らかにされている。

三年間に及ぶ悪戦苦闘の揚げ句に最初の農場が失敗に終わったとき、一家の者たちは「彼らが農民の階級に属していない」ことを実感する。ウィリアム・クーパーによると、「両親の礼儀や趣味に関する基準は、田舎で付き合うことになる人々のそれよりも立派であって、それが子供たちに及ぼす影響は、近所の人たちに対する傲慢な優越感を子供たちに植え付けることであったが、それを近所の人たちが見逃すはずもなく、軽蔑することも忘れなかった。肝心の仕事において、わたしたちが彼らにはるかに劣っていたので、なおさらであった」。だが、こうした困難な状況にもかかわらず、「田舎で暮らして、農業をやろうという考えは、碌でなしの子供に対する愛情のように、いつまでも父親にまつわりついていた」と著者は回想している。こうして、一つの農場を失ったかと思うと、また別の農場を捜しはじめるといった調子で、ある時などは、主人公の祖父から受け継いだ遺産のすべてを小さな農場の購入に充てることまでやってのけているが、その場合でさえも、「わたしたちは熟練した農民でないので、ここでの農場の仕事は失敗である」ということが、初めから分かっていたのである。

『オハイオでの生活の思い出』に語られているさまざまの事件やエピソードから、かつてのフロンティア時代の農民が経験することを余儀なくされていた単調な生活や苦しい労働について知ることができる。いくつかの農場で過ごした子供時代を振り返って、ウィリアム・クーパーはこう書いている——「わたしとしては、田舎の生活が大変気に入っていた。自由で、ロマンチックで、詩的であったからである。わたしはまた、しなければならない仕事が好きだった。だが、しなければならない仕事の量とか、明けても暮れても専念しなければならないことなどのために、それはわたしにとって奴隷のような、退屈な仕事となったが、それは書物や文字に対するわたしの趣味を満足させることができないようになったからである」。彼はさらに、「わたしたちの生活の最も悪い点は、わたしたちの時間の浪費と、当然受けてしかるべきであった種類の教育の欠如であった」と付け加えている。小説家ハウエルズの伝記のなかで、「フロンティアとそこに住む人々に関して、ウィリアム・クーパーの回想記は並外れて人間的で、洞察に富む記録となってい る。彼は人々を苦しめていた過労、欠乏、野蛮、風食された文化などを目の当たりにしていた」(2)と語っているエドウィン・H・ケイディの発言に同意せざるを得ないだろう。

しかしながら、同時にまた、この回想記の読者としては、フロンティアの農民の生活に対するさまざまの不平不満にもかかわらず、ウィリアム・クーパーが「とりわけ印象的であったのは、万事が平等である点と、みんなが等しく近隣の人々の親切と他の人々の好意に依存している点であった」と述べている事実を見逃すべきではない。当時きわめて一般的であった「野蛮で、素朴な類いの生活」について語るにあたって、たとえば著者は丸太小屋が丸太を持ち寄った近所の人々の協力によって建てられる有り様を説明している。あるいはまた、彼は近隣の農家の家族が集まっておこなっていた作業の実例として、トウモロコシの皮を共同でむく「コーン・ハスキング」を挙げているが、それはウィリアム・クーパーの意見では、「現代の農業からは完全に消えてしまっている」けれども、「かつては例外なしに楽しい作業であった」というのである。父親の書物につけた序文のなかで、「彼は［過去が］しばしば粗野で、つらくて、がさつであることを知っていた。だが、頭のなかと同じように、一切の礼儀がひそんでいる人間の暖かい心が、乱暴で薄汚い外観のもとにあるということに、彼は気づいていた。過去は子供時代と結び付くことで、彼にとって懐かしいものとなっていた」と書き記したとき、小説家ハウエルズの念頭にあったのは、このような農民たちの触れ合いの場としての集いではなかったろうか。『オハイオでの生活の思い出』の五分の四近くが古き良きフロンティアでの農業社会の描写に充てられているという理由で、この書物には「あるアメリカ農夫の回想」というもう一つの、もっと相応しい書名を付けることができるのである。

もちろん、このウィリアム・クーパーの回想記に浮かび上がってくるようなフロンティアの農民の姿を描き上げることに独創性があるとか、新鮮味があるとかいうのではない。すでに前章でも触れたように、トマス・ジェファソンが『ヴァジニア覚え書』のなかで、「もし神が選民をもつものとすれば、大地に働く人々こそ神の選民であって、神はこれらの人々の胸を、根源的で純粋な徳のための特別な寄託所として選んだのである」[(3)]と喝破して以来、自営農民はアメリカ的想像力のなかで特異な位置を占め、きわめて象徴的な意味を付与されてきたように思われる。フロンティアの農民が一種の主人公として登場するハウエルズの父親の作品は、要するに典型的なアメリカ人は大地で働く農民である、という十八世紀以来の一般的な概念に表現を与えているだけはないか。理想的な農民像を描きあげているといっても、たとえばクレヴクールの『アメリカ農夫の手紙』のように文学作品として高い価値が備わっているとは言いがたいし、アメリカ人の自伝としても、同じように子孫のために書かれたフランクリンの名著にははるかに及ばないということは、誰の目にも明らかであるにちがいない。

とすれば、この父親の個人的な回想記を出版することに、一体どのような意義をハウエルズは認めたというのだろうか。とりわけ、それに付けた序文のなかで、それが「単純で、ありふれた事柄を、現在では遠く離れているためにロマンスの雰囲気が与えられてもおかしくないような状況のなかで扱っている」にすぎない、と指摘しているにもかかわらず、その出版に踏み切った理由はどこに求めるべきだろうか。父親の私的な回想のもつ「公的な」価値が「遠い過去になってしまった時代や状況について与えるパースペクティヴ」のなかに存在する、とハウエルズに感じさせたのは、一体何であったのだろうか、という疑問を禁じ得ないのである。

すでに述べたように、ウィリアム・クーパーの書物が刊行されたのは一八九五年であったが、すでにこの時点において、地理的、農業的フロンティアは過去のものとなっていた。いや、彼が息子の勧めで執筆し始めたと思われる一八八〇年代の半ばにおいてさえも、急速な都市化と産業化のために、アメリカ社会はきわめて深刻な危機に見舞われていた。たとえば、『オハイオでの生活の思い出』の十年前の、というよりもジェファソンの『ヴァジニア覚え書』から正確に百年後の、一八八五年に出版されてベストセラーとなった『我らの国』には、そうしたアメリカ人の危機意識がはっきりと露呈している。ここでのジョサイア・ストロングは、たしかに、アメリカ合衆国の発展が「西部の比類なき資源」によって支えられている、と断言している。「西部は政府の方針に方向を与え、その圧倒的な人口と影響力によって、わが国の性格を、それゆえにわが国の運命を決定するだろう」と信じるストロングは、ジョージ・バークレーを思わせるような口調で、「東部で立ちのぼった帝国の星は、諸国の富と力を西へ西へと差し招いてきた」とも書いている。だが、『我らの国』の著者が、この西部の未来に明るい希望の光を見出すことができなかったのは、すでに指摘しておいたように、都市を中心とする七つの「危険」が「アメリカ合衆国を脅かし、とりわけ西部を脅かす危険」である、と考えたからであった。しかも、彼の見解に従えば、「都市がわが国の文明にとって深刻な脅威となっているのは、モルモン教を除いて、われわれが論じてきた危険のそれぞれが、都市において増大し、すべての危険が集中しているからである」[4]ということになる。

アメリカの「西部」が都市化、ひいては産業化の危機にさらされているという指摘は、その「西部」において営まれてきたアメリカの農業が危機に瀕していることを意味しているのだが、このストロングの発言は、「一般的にいえば、どの国家においても農民以外の市民階級の総計と農民の総計との比率は、その国の不健全な部分と健全な部分との比率なのであり、またそれは、その国の腐敗の程度を十分に測りうる絶好のバロメーターでもある」という『ヴァジニア覚え書』でのジェファソンの指摘[5]を、ほとんど自動的に思い出させはしないか。ストロングのいわゆる七つの「危険」の存在は、ジェファソンが軽蔑して止まない「大都市の衆愚」がアメリカ合衆国の「純粋な政治体制」を脅かし始めていることを物語っているがゆえに、一八八〇年代のアメリカ人にとって、この上なくショッキングな事態に思われたにちがいない。「合衆国が文化的な退廃の下降線をたどり始めた、という不安」が中西部と南部において最も強く感じられた理由を説明して、デイヴィッド・ノーブルは、「ここには最もアメリカ人らしいアメリカ人である自営農民の拠点があったし、こうした選民たちを自然の美徳との調和から文化の複雑さの不調和へと追いやろうとしている工場や都市や企業の勢力との戦いが、ここでは遂行されていた」[6]と述べている。別の言い方をすれば、農本主義を国是としてきた、例外としてのアメリカ共和国は、一八八〇年代において、その例外性の経済的基盤を失おうとしていたのである。

こうした南北戦争後の危機的な状況は、一八八三年に出版されたE・W・ハウの小説『ある田舎町の物語』(7)のなかで、きわめてリアリスティックに描かれている。この作品はハウの最高傑作として高く評価されているが、そこに忠実に再現されているのは、西部の開拓者たちが置かれていた、牧歌的とはとても呼ぶことのできない悲惨な生活の状態に他ならない。だが、この作品と『オハイオでの生活の思い出』との間には、いくつかの奇妙な共通点が見いだされる。たとえば、ウィリアム・クーパー・ハウエルズと同じように、著者のハウも正規の教育をほとんど受けていなかったが、小さな町の新聞の発行人兼編集者としての彼は、印刷所のなかで人生と文学について学ぶことが多かったという点でも、ハウエルズの父親と似通っている。ミズーリ州ハリソン郡に舞台をとった『ある田舎町の物語』は、ハウエルズの父親の回想記がそうであったように、中西部のフロンティアの存在を抜きにしては考えられない。さらにまた、ハウの小説は一人称の語り手が登場して、少年時代の過去を振り返るという形を取っているだけでなく、ハウという作家は個人的な体験を材料にしているときに本領を発揮することができたと言われているので、『ある田舎町の物語』は、ハウエルズの父親の回想記に劣らず自伝的であった、と主張できるのではないか。しかしながら、こうしたいくつかの類似点にもかかわらず、二冊の作品を読み比べたとき、読者は、フロンティアの生活について、まったく異なった印象を抱くことになってしまうのである。

この小説の語り手はネッド・ウエストロックと呼ばれる人物であるが、彼はまだ十代の少年であった頃に住んでいた田舎町で、彼自身や彼の周囲の人たちに降りかかったさまざまの事件を回想する。作品の冒頭での彼は、きわめて明るい、楽観的な口調で、「わたしたちの地域は、西部にある大草原のそれであって、わたしたちはそこへ、アメリカとともに大きくなるために出掛けたのであった」と語りはじめ、彼の父親が買収した新聞の発行されていた町についても、「世界の庭園のような場所」という表現を用いている。このように西部の土地を「世界の庭園」と同一視する姿勢に、フロンティアをエデン的空間、あるいはヘンリー・ナッシュ・スミスのいわゆる「ヴァージン・ランド」とみなす、きわめて神話的なパターンが窺われることは、あらためて書き立てるまでもないが、同時にまた、この小説の語り手は、そうした神話と象徴としての西部という捉え方に疑問を投げかけることを忘れていない。彼によると、「文明の西部への行進」は「土埃にまみれていた」のであり（ハウの同時代の小説家ハムリン・ガーランドもまた、「西部の本街道」を描くにあたって、やはり同じ修飾語を用いていたことを思い出すべきだろう）(8)、「わたしたちの仲間は惨めで、不満だらけのように思われた」とも書かれている。ジョン・W・ウォードは、「灰色の、じめじめした陰鬱な気分が作品の最初から最後まで染み付いている」と指摘したあと、西部のフロンティアに理想的な社会を建設するというアメリカの夢が、そこでは「悪夢」と化してしまっている、という理由で、「一八八三年においては、『ある田舎町の物語』は危険な小説であった」(9)と結論しているのである。

ハウの小説においては、登場する人物は男も女も日常の生活から喜びや楽しみを完全に奪われ、どうしようもなく絶望的な毎日を送ることを余儀なくされている。ネッドの叔父のジョーは妻と離婚した揚げ句の果てに、別れた彼女が再婚した相手を殺害したあと、監獄で自殺してしまう。説教師として、新聞の発行人として、何不自由ない生活を送っていたかに見える父親も、それまでの退屈な人生に「不満足で」あったことを告白するばかりか、夫のある、そして彼が愛してもいない女性と駆け落ちをするに至る。ネッドの母親は、夫に捨てられたあともずっと帰りを待ち侘びて、毎晩おそくまで灯火を消さずに座り続けているが、夫の帰宅する直前に息を引き取ってしまうのである。フロンティアの生活といえば、一般に牧歌的な田園のイメージで描かれることを読者は期待するはずであるけれども、それがけっして幸福や満足を約束する世界ではないことを、ハウの小説は繰り返し強調している、と言い切ってよい。そして、そうした荒涼とした冬枯れの風景がけっしてハウだけの例外的な風景でなかったことは、「わたしの暗い気分は父親の農場によって、さらに激しさを深めることになったが、そこでわたしが見いだしたのは、どこか他の場所で暮らすという期待を抱くこともなく、太陽に灼かれた、木の一本もない広大な平原の小さな小屋のなかに閉じ込められている母親の姿であった」(10)というハムリン・ガーランドの発言によって裏付けられているのである。

『ある田舎町の物語』の第二版が出版されたとき、小説家ハウエルズは、その書評を一八八四年八月の『センチュリー』誌に書いている(11)。彼はまず、ハウの小説に「並外れて面白い」という賛辞を贈り、西部の田舎町に住んだことのある読者なら、そこに描かれている「光景の厳然たる真実」を認めるにちがいない、と述べたあと、「田舎の地方の女たちの疲れ果てた、ほとんど絶望的な生活と、新しい土地を手に入れるためにやって来たときの夢の輝きが苦役と欠乏のために消されてしまった男たちの重苦しい失望感」が見事に表現されている、と論じている。「この本には素朴さがあふれているが、けっして野卑ではない。それは西部を誉めそやすこともなければ、その粗野で粗暴な性質を英雄的であるかのように描くこともない。それはただ目を留め、表現するだけだが、その結果は、美やペーソスが一切失われることのない、完全に想像できるアメリカ的状況となっている」というのが、ハウエルズの書評の結論であった。リアリストとしての彼は、『ある田舎町の物語』のなかに、かねてから彼が唱導するリアリズムの精神の見事な成果を見いだしていたにちがいない。

すでに触れたように、ハウエルズが一八九五年に出版された回想記を書くこと父親に勧めたのが、それから十年か十二年前のことであったとすれば、それはどうやらハウエルズがハウの小説の書評を書いた一八八四年前後の時期であった、と推測できるのではないか。さらに、回想記につけた序文のなかで、父親が「自分の失敗に関して、病的な見方や絶望的な見方をすることは絶対になかった」と書いていることからも察することができるように、オハイオでの生活に対する父親の姿勢がミズーリでの生活に対するハウのそれとは本質的に異なっていることに、ハウエルズは気づいていたにちがいない。一八八四年に読んだハウの小説から浮かび上がってくる、南北戦争後の開拓農民の生活の陰鬱極まりない雰囲気に接したことが原因となって、それとはまったく対照的な、十九世紀初頭の開拓者たちが置かれていた牧歌的な過去の世界に関する回想記を父親に書かせることを思いついたのではないか、と考えても、それほど見当外れではあるまい。

さらに興味深いことに、ハウエルズ自身、『オハイオでの生活の回想』の五年前に出版された代表作『新しい運命の浮沈』（一八九〇）[12]において、アメリカ農民の精神的な堕落のプロセスを克明にたどっていた。これはニューヨーク市を主要な舞台として展開する小説で、かなり早い時期の都市小説の実例とみなされているが、都市は道徳的に腐敗した場所であるというジェファソン的な主張が、長年にわたってオハイオで（ハウエルズの父親がそうであったように）農業に携わっていたジェイコブ・ドライフーズという人物の変身ぶりによって証明されている。ドライフーズは、自分の土地に天然ガスが発見されたあと、田畑を売り払って、家族ともども大都市ニューヨークに出てくると、そこで結局は、金銭の魅力に取り付かれ、自分の利益のことしか考えられない拝金主義者となってしまう。つまり、彼は農民であることをやめた瞬間から、ジェファソンが大地を耕す者には永遠に無縁であると喝破していた「道徳的に腐敗するという現象」を経験し始めることになったのである。このかつては善良な農民であったドライフーズにおける精神の堕落のプロセスを説明して、ハウエルズは「彼の道徳的退廃は、農場を売ったあとに現れた一獲千金の機会を目の当たりにしたときに始まった」と書き、さらに「彼がなんの苦労もなんの働きもなしに稼ぐ金銭が、彼のなかに邪悪な自己主義を生み出した」とも説明している。ドライフーズがかつては善良な農民であったというだけでなく、彼自身が「もっとも優れた政府は、統治することのもっともすくない政府である、と考えるように育てられた」と語って、みずからのジェファソン主義とのつながりを認めているだけに、彼における「道徳の腐敗」は、農民を神の選民とみなすジェファソン的信念の崩壊を浮き彫りにしているのである。

ニューヨークに移り住んだあとのドライフーズは、中西部でのもとの生活に戻って行くという希望を一切諦めなければならないことを思い知らされる。『新しい運命の浮沈』におけるもっとも印象的な場面で、大都市での生活に疲れ果てた妻が「いますぐにでも農場に帰れたらいいのに」と悲痛な声で叫ぶの聞いた彼は、「おれたちは帰れないのだ」と言い返している。彼はさらに言葉をつづけて、「この瞬間に、全財産を投げ捨てたとしても、農場へは帰ることができないのだ。あそこにいる娘たちが昔の子供時代に戻ることができないのと同じようにな。（中略）おれは手も足も縛られているような気持ちだ。どっちに行っていいのか、わからない。なににつけても、どうするのが一番いい方法なのか、わからない」と語っている。このドライフーズの置かれている悲劇的な状況について、ロバート・W・シュナイダーは「ドライフーズがもとの農場に帰ることができないのは、一八八五年の産業化するアメリカが一八三〇年の農業的な社会に帰ることができないのと同じであった」[13]と説明している。

別の言い方をするならば、『ある田舎町の物語』と『新しい運命の浮沈』から浮かび上がってくる世紀転換期のアメリカの農民の状況は、「一八八五年の産業化するアメリカ」（ハウやハウエルズの小説におけるアメリカ）が「一八三〇年の農業的な社会」（ハウエルズの父親の回想記におけるアメリカ）に取って代わってしまったことをはっきりと示している。そのことは同時にまた、アメリカ共和国が、かつて約束されていた、輝かしい栄光の高みから転落して、果てしない腐敗と堕落の淵に落ち込んでしまったことを物語っている。なぜなら、アメリカ共和国の運命は、「道徳的に腐敗するという現象」を知らない自営農民の美徳によって支配されていたからに他ならない。古典的共和主義のイデオロギーにおける美徳の重要性を説明したゴードン・ウッドは、「節約、勤勉、節制、質朴 ― 頑強な自営農民の質素な特性 ― が社会を強固にする材料であった」と論じて、アメリカ共和国において農民の美徳がもっている意味を明らかにしていた。G・W・シェルドンもまた、「土地所有者の公徳を生み出し、政治に参加する資格を彼に与えるのは、その経済的な独立である」と説明している[14]。『ヴァジニア覚え書』におけるジェファソンが「大地に働く人々」を「神の選民」と呼び、「もう一度くり返すが、大地に耕作する者はもっとも高潔でかつ独立した市民なのである」と述べて、自営農民の政治的重要性を強調して止まなかったのは、農民の美徳が共和主義的イデオロギーと切り離すことができなかったからである。「一つの共和国を生き生きとした状態に保つものは、人民の習俗と意気とである。これらが腐敗することは、たちまちにして共和国の法律と憲法との中枢に食い入る癌なのである」[15]というジェファソンの信念は、彼の農民に関する見解がその政治理論と深く関わっていることを物語っていたのである。

したがって、世紀転換期においてフロンティアが失われ、開拓農民が「道徳的に腐敗するという現象」が現れたということは、ジェファソンが夢見ていたアメリカ共和国がみずからを「生き生きとした状態に保つ」ための活力にあふれた美徳を失い、過去のすべての共和国がそうであったように、きわめて深刻な危機的状況に直面していたことを意味していた。そのフロンティアの消滅が宣言された一八九〇年に、農民としての主人公の悲劇を描いたハウエルズの小説『新しい運命の浮沈』が出版されているのは、けっして偶然ではないし、それから三年後の一八九三年に、歴史家フレデリック・ジャクソン・ターナーが発表した論文「アメリカ史におけるフロンティアの意義」[16]のなかで、フロンティア以後のアメリカ共和国のゆくえに対する暗いペシミズムが表明されることになったとしても不思議はない。そこでのターナーは「広大な自由土地の存在、そのたえざる後退、そしてアメリカの開拓の西進がアメリカの発展を説明している」と主張しながら、結局は「フロンティアが消え去り、その消滅とともにアメリカ史の第一期がおわった」と述べていた。この記念碑的な論文から二年後に出版された『オハイオでの生活の思い出』は、すでに失われてしまったロンティアの農民の牧歌的な生活ぶりを活写しているという意味で、「大いなる歴史的運動の終末」について語っている歴史家ターナーの論文と完全なコントラストを示していると言えるのである。

こうした歴史的コンテクストにおいて『オハイオでの生活の思い出』を考えたとき、父親の書物のなかに描かれた一八一三年から四〇年にかけての、つまりターナーのいわゆる「アメリカ史の第一期」におけるフロンティアの開拓農民の牧歌的な世界の「自由で、ロマンチックで、詩的な」生活に、息子のハウエルズが強く引き付けられた理由が明らかになってくる。たしかに、リアリストとしてのハウエルズは、一八八〇年代のアメリカ共和国に何が起こっているかを正しく理解していたにちがいない。すでに触れたように、フロンティアの消滅が宣言された一八九〇年に『新しい運命の浮沈』という都市小説を発表している彼としては、地理的、農業的フロンティアを失って、都市的、産業的フロンティアで生きて行かねばならなくなったアメリカ国民の直面している危機的状況を意識していたと考えていいだろう。だが、その危機意識にもかかわらず、というよりもむしろ、その危機意識のゆえにかえって、ハウエルズは古きよきオハイオで過ごした幸福な日々を回想することを父親に提案し、オハイオでの農民としての生活の現場に父親を送り返す（すくなくとも想像の領域において）ことになったのではないか。逆に『オハイオでの生活の思い出』の著者としては、それを書き上げることによって、南北戦争以前の「農業的な社会」の「時代と状況」を、一八九五年の、フロンティア以後の「産業化するアメリカ」のなかに呼び起こすことができたのではないか。結局のところ、父親の回想記の出版をハウエルズが思い至ったのは、十九世紀前半の牧歌的な時代における開拓農民としての父親の経験を追体験することによって、アメリカの過去をノスタルジアをこめて再現し、理想の共和国に必要不可欠な農民の美徳を呼び戻すという不可能な夢を実現することを願ったからである、と結論することができるかもしれない。

ここまで考えてきた読者は、『新しい運命の浮沈』が出版された一八九〇年、さらに言えばフロンティアの消滅が公式に明らかになった一八九〇年に、ハウエルズが彼自身の自伝『少年の町』[17]を発表していたという事実に注目しなければならない。ここでの彼は「三歳から十一歳まで」、つまり一八四〇年から四八年にかけての少年時代を過ごしたオハイオ州ハミルトンでの生活を、ペルソナ的人物の目を通して振り返っている。その町のまわりには「太古の昔」のままの森が迫っていて、「おそらく、そう遠くない過去に、それは、オハイオの荒野に初めてやって来る人々の目を奪うあの広大な、風に揺れる草原のある、大草原地帯だった」という説明からも明らかなように、この自伝に描かれた一八四〇年代のオハイオには「開拓者の時代」がそのままの形で残っていた。そうした「開拓者の時代」に対するハウエルズの憧憬が『少年の町』に表現されていることは言うまでもないが、その事実はただ単に半世紀近く昔の「農業的な社会」に戻って行こうとする彼の努力を物語っているだけではない。

『少年の町』と『オハイオでの生活の思い出』が、いずれも南北戦争以前のオハイオを舞台に展開する自伝であり、「開拓者の時代」に過ごした少年時代を描いている、などといった点で共通していることは、あらためて指摘するまでもない。たとえば、少年たちの遊びの天国であった「島」について、ハウエルズは「文明の境界線の向こうにあるように思われた」と書いているが、ハウエルズの父親もまた、「開墾されていない、家畜の足の及ばないところ」にある「島」での「正真正銘のロビンソン・クルーソー的な冒険」を回想している。父と子のいずれの作品も、フロンティアとしてのオハイオが都市化や産業化の波の押し寄せることのない「島」のような空間であったことを読者に語っている。だが、『オハイオでの生活の思い出』が、一八一三年から四〇年にかけての生活の回想であったのに対して、『少年の町』の記述は、一八四〇年から書き起こされている、という事実は、父親の物語が終わった時点から息子の物語が始まっているということを意味している。この時間的に切れ目のない、密接に結び付けられた父と子の二冊の作品を読みつなぐことによって、読者は一八一三年から四八年にかけてのオハイオ、産業化、都市化の波が及ぶ以前の牧歌的なアメリカの過去へのタイムスリップを経験することができるのである。

『少年の町』は『オハイオでの生活の思い出』よりも五年前に出版されているけれども、ハウエルズは、一八四〇年で終わっている父親の書物にわざわざ序文と最終章を書き加えることによって、自分自身の自伝のなかで回想した少年時代の世界を父親の自伝のなかで回想されている開拓時代の世界にさらに近づけることを、おそらくは無意識のうちに意図していた、と主張できるのではないだろうか。

その『オハイオでの生活の思い出』につけた最終章のなかで、ハウエルズは父親について「彼はわれわれの社会的、政治的実験の現在の結果を満足して眺めることができなかったし、自由と平等と友愛の精神をもって働く者が支配し、すべての者が働くことのできる真の共和国を、わたしと同じように希望していた」と語っている。この「真の共和国」をハウエルズが希望していたという事実は、地理的フロンティアが失われてしまったあとにおいてもなお、自営農民の美徳によって支えられた、十八世紀の理想的なアメリカ共和国のヴィジョンが彼のなかに生き続けていたことを物語っているのではないか。ハウエルズが父親の個人的な回想記のなかに「公的な」価値を見つけだし、アメリカが最も深刻な文化的危機に直面している時期にそれを出版しようとしたのは、父親に対する尊敬と愛情の気持ちが働いていたためだけではなく、彼の内部の奥深くまで根を下ろしている、「真の共和国」を希求して止まない「アメリカ的イデオロギー」(18)につき動かされていたためであった、と考えたい。読者としては、世紀転換期における共和主義的イデオロギーの崩壊という事態に遭遇した結果、リアリズムの精神に背いてまでも、時間と変化を否定するセンチメンタルな「アメリカ的イデオロギー」にこだわり続ける小説家ハウエルズの強烈な危機意識を、そこに読み取ることができるのである。

注

(1) William Cooper Howells, *Recollections of Life in Ohio, 1813-1840* (Cincinnati: Robert Clarke, 1895).

(2) Edwin H. Cady, *The Road to Realism: The Early Years, 1837-1885, of William Dean Howells* (Syracuse: Syracuse UP, 1956) 5.

(3) Thomas Jefferson, *Writings*, ed. Merrill D. Petersen (New York: Library of America, 1984) 290. 引用は中屋健一訳によっている。

(4) Josiah Strong, *Our Country: Its Possible Future and Its Present Crisis*, ed. Jergen Herbst (Cambridge: Harvard UP, 1963), Chs. Ⅲ and X.

(5) Jefferson 291.

(6) David W. Noble, *The Progressive Mind, 1890-1917*. Revised Edition (Minneapolis: Burgess, 1981) 4.

(7) Edgar Watson Howe, *The Story of a Country Town*, ed. Sylvia E. Bowman (New York: Twayne, 1962).

(8) Hamlin Garland, *Main-Travelled Roads*. Authorized Edition (Harper & Row, 1956) 2.

(9) John W. Ward, "Empiric of the Imagination: E.W. Howe and *The Story of a Country Town*," *Red, White, and Blue* (New York: Oxford UP, 1969) 97.

(10) Garland xi.

(11) William Dean Howells, *Selected Literay Criticism, 1859-1885* (Bloomington: Indiana UP, 1993) 337.

(12) William Dean Howells, *A Hazard of New Fortunes* (Bloomington: Indiana UP, 1976).

(13) Robert W. Schneider, *Five Novelists of the Progressive Era* (New York: Columbia UP, 1965) 32.

(14) Gordon S. Wood, *The Creation of the American Republic, 1776-1787* (Chapel Hill: U of North Carolina P, 1696) 52; Garrett Ward Sheldon, *The Political Philosophy of Thomas Jefferson* (Baltimore: Johns Hopkins UP, 1991) 76.

(15) Jefferson 301.

(16) Frederick Jackson Turner, "The Significance of the Frontier in American History," *Frontier and Section: Selected Essays of Frederick Jackson Turner* (Englewood Cliffs: Prentice-Hall, 1961). 引用は西崎京子訳によっている。

(17) William Dean Howells, *A Boy's Town*, *Selected Writings of William Dean Howells*, ed. Henry Steele Commager (New York: Randam House, 1950).

(18) Henry Nash Smith, *Democracy and the Novel: Popular Resistance to Classic American Writers* (New York: Oxford UP, 1978) 77; Smith, "Fiction and the American Ideology: The Genesis of Howells' Early Realism," *The American Self: Myth, Ideology, and Popular Culture*, ed. Sam B. Girgus (Albuqurque: University of New Mexico Press, 1981) 54.

Ⅵ センチメンタルなリアリストたち
――ハロルド・フレデリックとシンクレア・ルイス

数年前、エイミー・キャプランはアメリカのリアリズム小説が「その前提を裏切るようなノスタルジアやセンチメンタルないしはお上品なレトリックに後退してしまう」という事実に注目して、「何故リアリズム小説はそれほどまでにリアリスティックでない形で終わるように思われるのだろうか」と問いかけていた(1)。それはウィリアム・ディーン・ハウエルズやセオドア・ドライサー、あるいは『ハックルベリー・フィンの冒険』や『赤い武勲章』を意識しての発言であったが、ここではハロルド・フレデリックとシンクレア・ルイスというハウエルズ以後の二人の重要なリアリストたちの作品について、リアリズム小説のセンチメンタルな終わり方という問題を考えてみたい。

ハロルド・フレデリック（一八五六―九八）の名前は早くから知られていたが、最近になってにわかに注目を浴びるようになり、伝記や研究書が相次いで出版されている。フレデリックの代表作といえば、その死の二年前の一八九六年、四十歳のときに出版された『セアロン・ウエアの堕落』(2)であることは衆目の認めるところであるにちがいない。この小説は一八七〇年代か八〇年代に設定された物語で、ニューヨーク州北部のオクテイヴィアスという寒村に赴任してきたメソディスト派の青年牧師を主人公として展開するが、そこでの一年間に起こったさまざまの出来事を通して、世間知らずの若い牧師（「彼は極度に無知で、無作法なまでに経験不足な青年だった」と書かれている）を巻き込み、混乱に落とし入れるアメリカ社会の現実が詳細に語られている。この小説の冒頭近くで、赴任直後のウエアが見出したオクテイヴィアスの村は、「楡の木の風にそよぐ緑の梢」が「朝の光」のなかで、この上なく美しく、聞こえてくる「コマドリの歌声」にも「比類ない魅力」があふれている、などといった説明から察することができるように、不愉快な事件など何一つ起こりそうにもない、山懐に抱かれた平和な理想郷といった印象を与えずにはおかない。

だが、そうした表面的な印象とは裏腹に、この小さな村にも近代化の波が押し寄せ、混乱と無秩序が色濃い影を落としていることが明らかになってくる。そこにはサーストンと呼ばれる百貨店があり、「それが進歩を表していて、他の何にもまして村を現代的にするのに役立っていることは、たしかに誰も否定しなかった」と説明されている。そこでは商品を月賦で購入することができるし、ピアノのような高級な品物も販売されている。豊かな工場主と貧しい労働者の姿も垣間見ることができるし、「あらゆる点で、富が支配することのできるすべてによって和らげられ、豊かにされた生活」といった表現からも、オクテイヴィアスの実態が窺われるだろう。さらに、この村にはアイルランドからの移民が大量に流れ込んでいて、プロテスタントの牧師であるウエアとしては、当然のことながら、「カトリックの信者の力と規模」に当惑を覚えざるを得ない。さらに、村の一方の端には未開の森が広がっているとしても、もう一方の端は「工場の煙に半ば隠れている」状態で、村全体としては「原始的な質朴と都市的な複雑」の混ざり合った様相を呈しているのである。

こうした一連のオクテイヴィアスの村の描写は、『セアロン・ウエアの堕落』からほぼ十年前に出版された『我らの国』（一八八五）におけるジョサイア・ストロングの現状分析を思い出させはしないか。そこでは、すでに触れておいたように、もう一人のプロテスタントの牧師ストロングが、世紀末のアメリカ合衆国を脅かす七つの「危険」として、カトリシズム、モルモン教、飲酒、社会主義、富、移民、都市を上げていた(3)。フレデリックの作品には、その「危険」の大半が導入されているだけでなく、ストロングが七番目の最大の「危険」と呼んでいた都市の典型としてのニューヨークの街路を、酒に酔っ払った主人公が彷徨い歩くという、結末近くに用意された場面は、『セアロン・ウエアの堕落』に描かれた世界が、まことに意外なことに、危機的状況に置かれた世紀末アメリカ社会の正確な縮図となっていることを暗示している。あるいは、この村の旧式な家並みを描写するに当たって、語り手が「数も少なくて、満足していた同質的な人々の初期の伝統が、まだ共和国において強かった」時期に建てられた、と説明しているのは、現在のオクテイヴィアスの村から、古き良きアメリカ共和国の「初期の伝統」がすでに失われてしまっていることを物語っている、と受け取ることができるのではないか。ここに描かれているのは、『我らの国』からちょうど百年前に出版された『ヴァジニア覚え書』で、トマス・ジェファソンが夢見ていた理想の共和国の美徳が完全に消失してしまったアメリカの現実に他ならないのである。主人公セアロン・ウエアの「堕落」は、まさにアメリカ共和国そのものの「堕落」であった、と言い切ってよい。

もちろん、ウエアの破滅の直接の原因となったのが、シリア・マッデンという女性との交渉であったことは、忘れずに付け加えておかねばなるまい。ウエアは妻のアリスと平凡ながらも幸福な生活を送っているが、アリスがアメリカ建国以来の共和主義的イデオロギーが要求する条件を備えた、きわめて家庭的な女性であったことは、第二章の冒頭でアリスが台所の戸口に現れたとき、「キラキラ光る五月の朝の日光の洪水が、シンプルで糊のきいたキャラコの部屋着を身にまとった彼女の少女のような姿をすっぽりと包み込み、その淡い茶色の髪の毛の上で黄金色の斑点となって輝いていた」という描写からも、容易に推察することができる。他方、ウエアの前に姿を見せる神秘的な女性シリアは、村のカトリック教会のオルガン奏者であって、異教徒の彼女の謎めいた言動に、世間知らずの牧師ウエアは翻弄され続ける。やがて人里離れた森のなかで出会った二人は口づけを交わすが（この辺りの設定はホーソンの『緋文字』における森の場面を連想させる）、「そのキスの思い出は、セアロンから消えなかった。それはアロンの杖のように、すべての競い合う思考と記憶を一つまた一つと飲み込み、彼の頭脳はその奴隷になってしまった」のである。この誘惑者としての女性に妻のアリスのアナグラムであるシリアという名前を敢えて与えているのは[(4)]、アリスと対照的なシリアにおける反ドメスティックな異端性、反社会的な性的エネルギーを浮き彫りにするためのフレデリックの大胆な戦略であった、と考えてよい。

このシリアという女性について、バート・ベンダーは「間違いなく、十九世紀アメリカ小説における最も注目すべき女性の一人」と指摘しているし、エヴェレット・カーターもまた、「この小説の迫力のほとんどは、本源的なエネルギーとしての性を、フレデリックが彼女を介して投射したところから生まれている」と述べている[5]。だが、この小説におけるフレデリックは、性を単に「本源的なエネルギー」として捉えているだけでなく、シリアという女性のセクシュアリティを、移民やカトリシズムや都市と同じ意味をもった象徴、つまりアメリカ共和国の終焉を告げる混沌と腐敗の象徴と規定しているのではないか。共和主義的イデオロギーの図式においては、合理性や秩序を表す「美徳（ヴァーチュ）」と不合理性や混沌を表す「運命（フォーチュン）」とは対立関係に置かれているが、その場合、男性の属性としての「美徳」に対して、「運命」が女性の属性と見做されていたことは、たとえばハンナ・ピットキンのマキアヴェリ研究によって明らかにされている[6]。『セアロン・ウエアの堕落』の著者は、女性のセクシュアリティを「美徳」に対立する「運命」のシンボルとして用いることによって、世紀末アメリカにおける美徳の共和国の終焉という悲劇的状況を浮かび上がらせているのである。

エヴェレット・カーターの指摘によると、「このように性の力をリアリズム小説の背景から前景へと持ち出してきた点が、フレデリックと彼の伝統との断絶の最も印象的な側面であった」[7]が、ここで言及されている「彼の伝統」がアメリカン・リアリズムの確立者とも呼ぶべきウィリアム・ディーン・ハウエルズの「伝統」を指していることは疑問の余地があるまい。フレデリックの先輩作家ハウエルズは、たとえば代表作『新しい運命の浮沈』（一八九〇）のような作品において、新しいフロンティアとしての都市的空間の不毛性を克明に描いていたが、他ならぬ「運命」の象徴としての女性のセクシュアリティに注目していたならば、世紀転換期アメリカの現実をもっと強烈に、もっとリアリスティックに描出することができたにちがいない。その意味で、『セアロン・ウエアの堕落』におけるフレデリックは、お上品なハウエルズのリアリズムの伝統と訣別していた、というカーターの指摘は正しい。このフレデリックの作品から数年後に相次いで出版されることになるケイト・ショパンの『目覚め』（一八九九）やセオドア・ドライサーの『シスター・キャリー』（一九〇〇）においてもまた、女主人公のセクシュアリティに共和主義的イデオロギーの崩壊あるいは行き詰まりを暗示する象徴的な意味が付与されていることを、ここで思い出してもいいだろう。

こうして、世紀末アメリカの状況を見事に活写したリアリズム小説『セアロン・ウエアの堕落』の重要性は否定すべくもないが、その結末の何と慌ただしく、何とあっけないことか。シリアとのスキャンダルに身も心も疲れ果てた主人公は、田舎町での牧師の仕事に見切りを付け、妻アリスとともに新天地を求めてワシントン州シアトルに旅立つことを決意する。遠い西部のフロンティア的世界で、不動産業者として再出発するばかりでなく、やがては上院議員に転身することも考えている、などとウエアは口走っているが、このほとんど機械仕掛けの神のような結末においては、作品内部で提起されていた問題は何一つとして解決されない。いや、世紀末のアメリカ共和国の置かれていた状況をリアスティックに描出しただけで、フレデリックはリアリストとしての仕事を十二分に果たしている、という見方も成り立つだろうが、それにしても、一八七〇年代ないしは八〇年代に舞台を取った小説の主人公が、失われるべく運命づけられているアメリカ西部に再生の場を求めるという設定は、一体何を意味しているのだろうか。

『セアロン・ウエアの堕落』が「二十世紀のモダニズムの中核にある文化的疎外を先取りしている」と考えるロバート・マイヤーズは、「セアロンの基本的な問題は、古い共和主義的価値へのノスタルジアと［南北］戦争後に展開してきた新しいアメリカ文化の現実との葛藤である」[(8)]と論じている。たしかに、フレデリックの小説においては、すでに見たように、金メッキ時代のアメリカ合衆国が経験した「新しいアメリカ文化の現実」が提示されているが、主人公がかつてのアメリカ共和国の存続を可能にしていたアメリカ的風景が広がっている（と思われる）フロンティア的西部へ逃避するという結末は、彼が「古い共和主義的価値へのノスタルジア」を露骨に表明していることを物語っている。この結末について、バート・ベンダーは「小説は曖昧な形で終わる」と述べ、ブリジット・ベネットも「フロンティア・スピリットのパロディ」と断定しているが[(9)]、一八九〇年のフロンティア消滅を目前にした時点で、フロンティアの無限の可能性を追求しようというセアロン・ウエアの野心は、この上なく時代錯誤的であった、と断定せざるを得ない。リアリズム小説『セアロン・ウエアの堕落』の結末が限りなくセンチメンタルであるとすれば、それはハロルド・フレデリックが十八世紀以来の美徳の共和国の夢を捨て切れなかったためであるとしか言いようがあるまい。

この小説がベストセラーになった一八九六年には、爆発的な人気を呼んだチャールズ・シェルドンの『御足の跡』、それにマーク・トウェインの『ジャンヌ・ダルクの個人的回想』が出版されている。前者は、後で詳しく論じるように、ある牧師の「イエスならどうするか」という問いかけに答えることで、「罪と恥辱と堕落」のない理想的なアメリカを実現しようとした人々が活躍する様子を物語った説教であり、後者は無垢な救済者としての「オルレアンの少女」の生涯をひたすら美化することを目指した小説的伝記であったが、いずれも美徳の共和国の失われた、腐敗と混迷の支配する金メッキ時代のアメリカの危機的状況からの脱出口を模索するために書かれた作品であった[10]。この二冊のファンタジーの著者たちを突き動かしていたのは、「古い共和主義的価値へのノスタルジア」であったという意味で、『セアロン・ウエアの堕落』の結末部分との共通点を指摘できるだろう。だが、同時にまた、このセンチメンタルな結末は、「超自然的な無垢」を賛美するハウエルズの『アルーストゥク号の貴婦人』(一八七九)の結末で、結婚した身分違いの男女がカリフォルニアの牧場、つまり西なるフロンティアの土地で平穏無事に暮らすことになるという設定と完全に重なり合っている。このハウエルズの用意した結末について、それはアルーストゥク号での牧歌的雰囲気を無限に延長させるための「おとぎ話的な解決」であって、世紀末アメリカにおける「田園生活から都市生活への移行に伴って生じる問題」は一切締め出されている、とP・J・エイキンは論じているが(11)、この評言はそのまま『セアロン・ウエアの堕落』に当てはめることができるのである。

たしかに、時代に先駆けて女性のセクシュアリティに注目したという点では、『セアロン・ウエアの堕落』におけるフレデリックは、ハウエルズの伝統と訣別していたかもしれない。だが、リアリストとしてのフレデリックはハウエルズの弟子であることを自認していただけでなく、ハウエルズを「アメリカ小説家の首領」と見做し続けていた、とエヴェレット・カーターは伝えているし、ロバート・マイヤーズもまた、「ノリスやクレインとはちがって、フレデリックはハウエルズに対する息子のような忠誠心を棄てることはなかった」と論じている(12)。『セアロン・ウエアの堕落』に対するハウエルズの批評を彼がひどく気にしていた、というエピソードも残っているが、それはこの作品にシリア・マッデンのような女性を登場させていたからであった、と考えていいだろう。だが、すでに別の箇所で論じておいたように、リアリスト・ハウエルズに『アルーストゥク号の貴婦人』のようなセンチメンタルな小説を書かせたのが、彼における美徳の共和国への抜き難い憧憬であったとすれば、もう一人のリアリスト・フレデリックの場合にもまた、尊敬する先輩作家ハウエルズの場合と同じように、『セアロン・ウエアの堕落』の結末において、浅薄なセンチメンタリズムが十八世紀以来のリパブリカニズムの伝統と背中合わせになって露呈している、と結論できるにちがいない。

ハロルド・フレデリックの場合、先輩作家ハウエルズを心から尊敬していたのであって、彼の作品にハウエルズ的オプチミズムが露骨に窺われるとしても、あるいは何の不思議はないかもしれない。だが、もう一人のリアリストであるシンクレア・ルイス（一八八五—一九五一）の場合はどうだろうか。

現時点でルイスが受けている評価がどのようなものであれ、彼が最初にノーベル文学賞を手にしたアメリカ作家として文学史に名を留めていることは否定できない。一九三〇年十二月十二日に行われた受賞記念の講演において、ルイスはアメリカ文学の現状について語っているが、そこでの彼は「お上品で、伝統的で、退屈な」文学的基準を持ち込んだ張本人であるという理由で、先輩作家ハウエルズを名指しで厳しく批判しているのである[13]。「ハウエルズ氏は最もお上品で、最も優しくて、最も正直な人間の一人であったが、彼は牧師館でお茶をご馳走になることが無上の喜びであった信心深い老嬢のような習性を持っていた」と述べている。「冒涜」と「猥褻」を忌み嫌うお上品この上ないハウエルズの影響を受けたために、マーク・トウェインもハムリン・ハーランドもリアリズムの精神を忘れ果ててしまった、とルイスは嘆き、「人生のファンタスティックなヴィジョン」を「無邪気にもリアリスティックと思い込んでいる」ハウエルズはアメリカの現実を「にこやかに」眺めていた、とも論じている。この記念講演から判断する限りでは、リアリスト・ルイスの創作の目的は、ハウエルズ的な「人生のファンタスティックなヴィジョン」を根底から否定することであった、と言ってよいだろう。

一般にルイスの最高傑作の一つと見做され、何種類か翻訳もあって我が国でも広く読まれている『アロウスミス』（一九二五）[14]は、フレデリックの『セアロン・ウエアの堕落』からほぼ一世代隔てて出版されているだけでなく、まったくの偶然とはいえ、この小説が発表された時点のルイスもまた、フレデリックと同じ四十歳であった。同じ年齢の二人のリアリストたちが眺めたアメリカ的風景は、果たして何らかの共通点を示しているのだろうか。『セアロン・ウエアの堕落』の結末には、「人生のファンタスティックなヴィジョン」が肯定的に導入されていた、と考えられるが、『アロウスミス』の著者は、そうしたハウエルズ的オプチミズムに断固たる否！を突き付けているのだろうか。

このピュリッツァー賞の対象となった『アロウスミス』は、一種の遍歴小説とでも呼ぶべき作品であって、中西部の片田舎に生まれ育った主人公のマーティン・アロウスミスが医学を志し、たえず試行と錯誤を繰り返しながら、研究者としての理想と信念を貫き通そうとする姿が描かれている。物語は理想と現実の間の往復運動を飽きることもなく続ける主人公のエピソードの連続から成り立っていて、読者は彼の性懲りもない失敗や愚行に苦笑したり、時として退屈を覚えたりすることさえもあるけれども、アロウスミスのほとんど殉教者的な生きざまに圧倒されてしまう。医学部の学生時代にも、総合病院のインターンとして働いているときにも、田舎医者として不遇の日々を送っているときにも、つねに彼を駆り立てて止まないのは、純粋な医学研究の世界への憧れに他ならなかった。そうした主人公の心理について、ルイスは「実験室や、前人未踏の発見の戦慄、・・・あたかも宗教心のあつい人間が愉しいその日その日の徳行以上に神の本性と怖ろしいまでの栄光とを称揚するように、科学者たちが（たとえどのように冒涜下劣な言葉をもって表現しようとも）一時的な治療以上に称揚する根本法則の探求 — そうしたものに対して、彼は郷愁の念を味わうのだった」と説明している。

ここで「宗教心のあつい人間」と「科学者」が同じ次元で捉えられ、「実験室」が一種の聖域のように扱われているのに、意外な印象を受ける読者がいるかもしれないが、この宗教家と科学者との同一視は、『アロウスミス』の他の箇所にも繰り返し表れているし、主人公が学生時代から心酔している科学者マックス・ゴットリープ博士の生活態度にもはっきりと窺われる。だが、念願かなってニューヨークの新しい研究所に勤めることになった主人公が、眼下の町並みを眺めながら、「神よ、曇りなき眼と、やっつけ仕事からの解放とを与え給え」という言葉で始まる「科学者の祈り」を口にする第二十六章の場面は、この小説の最も印象的な場面の一つに数え上げることができよう。この純粋で神聖な実験室という設定は、精神の自由を求めて止まない主人公マーティン・アロウスミスの俗界を超越した非日常的な理想主義をくっきりと浮き彫りにしているのである。ルイスは不変の真理の探求の場としての実験室を、キャッシュ・ネクサスだけが支配する日常世界の海に浮かぶ離れ小島であるかのように描いている、とでも言っておこうか。

こうして、アロウスミスはミネソタ州の片田舎からシカゴへ、さらにはシカゴからニューヨークへと探求の旅を続けて行くのだが、都市的フロンティアと化した二十世紀のアメリカ社会に無限の可能性を追求する彼の姿勢に、かつての西部の地理的、農業的フロンティアへと旅立った開拓者の面影を読み取ることも不可能ではない。現に、ロバート・グリフィンはアロウスミスを「現代のパイオニア」と呼び、シェルドン・グレブスタインは彼を「ある理念の象徴、アメリカのフロンティア・スピリットの現代的再生」(15)と形容しているが、そのように考えることによって、この小説の第一章の冒頭に描き込まれていた、主人公の曾祖母に関するさりげないエピソードの意味がようやく正しく理解できるのである。そこでは「オハイオの荒涼たる未開の森林や沼沢を縫ってがたがたと荷馬車を走らせていた」十四歳の少女が「西部へ行くのよ!そこじゃ初めてのものがたんと見られるんだわ!」と呟いていた。この「西部へ行く」精神こそ、十九世紀の終わり近くまで、アメリカ人を駆り立てて止まなかった精神に他ならなかった。「初めてのものがたんと見られる」西部の世界――それはヨーロッパ的な制度や伝統の一切から解放された世界、例外としてのアメリカ共和国の存続を保証するアメリカ独自の風景が広がる空間であった。そして、この小説の主人公アロウスミスは、曾祖母とは逆に「東部へ行く」ことを決意することによって、理想に燃える人間が完全な自由を手に入れることのできる純粋な世界を発見しようとしているのである。都市化したアメリカの現実のなかで古き良き共和国の美徳を追い求めているという意味で、彼の行動はきわめて革新主義的であった、と言い換えてもよいだろう。

だが、アロウスミスは都市的フロンティアに変貌した「東部」的世界のどこにも、超俗的で神聖この上ない場所としての実験室によって象徴される共和国の美徳の伝統を見出すことができない。マッガーク研究所の恩師ゴットリープのもとで働く機会を与えられたとき、彼は初めて本当の意味での生き甲斐を覚えるのだが、この理想的に思われる研究所もさまざまの策略と陰謀の渦巻く世界であることが判明する。第一次世界大戦が勃発すると、戦時下のアメリカ社会の混乱が非日常的な空間としての研究所にも否応無しに入り込んでくる。あるいはまた、ドイツからの移民であるゴットリープへの排斥運動という形で、共和国の美徳の失われてしまった現実世界の醜悪な実態がアロウスミスの前に暴露されたりもする。他方、彼自身としては、X原理の発見という素晴らしい業績を挙げはするけれども、再婚した妻はニューヨークの社交界の中心的人物で、彼のひたむきな研究を妨害するばかりである。結局、完全な世界を追求するという自らに課した理想にあくまでも忠実であろうとしたアロウスミスが、俗世間的な地位や名誉の一切を投げ捨てて、ヴァーモントの丘陵地帯にある親友テリー・ウィケットの山小屋のような実験室で、純粋な研究に没頭することを決意するところで、長編小説『アロウスミス』は幕を閉じる。

ここで『アロウスミス』の読者としては、共和国の美徳がもたらす秩序と統一に対立する要素として、たとえばマッガーク研究所の腐敗と混乱が導入されているだけでなく、『セアロン・ウエアの堕落』の場合と同じように、女性のセクシュアリティもまた反共和主義的な意味を持たされている点に注目しなければならない。アロウスミスの長年連れ添っていた妻のリオーラは、彼の理想主義を心から理解することのできる女性として描かれている。まさにアメリカ共和国が必要としている良妻賢母の典型とも言うべき女性、リンダ・カーバーの表現を借りれば、「共和国の母」(16)の手本のような女性であった。しかも、このドメスティシティの擁護者としての彼女が流産のために子供を産めない体になっているという設定は、リオーラがアロウスミスの代理母親的な存在になっていたことを物語っている。彼女が生物的な時間から解き放たれた女性、時間と変化にあふれた日常世界のなかで時間と変化を拒絶することのできる女性であったことをルイスは強調しているのである。このリオーラと対照的に、彼女の死後、アロウスミスが再婚するジョイスという大金持ちの未亡人は、「若くて、きれいで、言葉づかいが上品な女性」であったが、実験室での生活を最優先させようとするアロウスミスの情熱を理解することができず、長期間に及ぶヨーロッパ旅行や退屈なブリッジやゴルフを嫌悪する彼を変人扱いするばかりであった。やがて二人の間にジョンという男の子が生まれるが、生物的な時間と変化に支配されているジョイスは、フレデリックの作品に登場していたシリアと同じように、共和国の男性的な「美徳」に対立する女性的な「運命」を象徴する存在であった、と言わねばならない。

主人公がジョイスのセクシュアリティを最終的に否定して、ジョイスとジョンとの家庭生活を拒絶するという『アロウスミス』の結末は、この小説と同じ一九二五年に出版された『偉大なるギャツビー』(17)において、ジェイ・ギャツビーがデイジーとその娘パミーに対して取った態度を思い出させはしないだろうか。「過去は繰り返せませんよ」という語り手ニック・キャラウェイの否定的な発言にもかかわらず、ギャツビーは「いやあ、繰り返せますとも！」と言い切っているが、彼が五年前の幸福な瞬間を取り戻すためには、デイジーとトムとの結婚も、彼との間に生まれたパミーという娘も、つまりはデイジーのセクシュアリティや彼女が母親であるという事実のすべてを否定しなければならない。「灰の谷」としてのアメリカの現実にあって、「新世界のういういしい緑の胸」へのノスタルジアを抱き続けるギャツビーの基本的姿勢を、レオ・マークスは「センチメンタル・パストラリズム」と名付けていたが[(18)]、「ニューヨークのかなたに茫漠とひろがるあの広大な謎の世界のどこか、共和国の原野が夜空の下に黒々と起伏しているあのあたりにこそ、彼の夢はあったのだ」と語り手に言わせることによって、F・スコット・フィッツジェラルドはギャツビーのセンチメンタリズムに否定的な判断を下していたのである。

だが、『アロウスミス』の場合、ヴァーモントの牧歌的な自然のなかで、主人公が「何か永遠性のあるもの」を、つまり現実世界の混沌や腐敗から解き放たれた共和国の美徳を見出すことに成功するという結末には、シンクレア・ルイス自身のセンチメンタリズムがそのまま露呈している、と言わざるを得ない。このセンチメンタルな結末について、チャールズ・ローゼンバーグは「彼［アロウスミス］による社会とその要求との拒絶」に「青臭いロマンチシズム」を嗅ぎ付け、

「アロウスミスの最終的な決断は、力強いテリー・ウイケットとの牧歌生活——自然の純粋さによって支えられた牧歌生活のために、成熟と責任と妻子とを拒絶することである」と説明している。また、この結末が「いささかファンタスティックで、まったく説得力を持たない」と考えるマーク・ショーラーは、それが「制約の無い自然の、自然の貴人の英雄的な生活に関するシンクレア・ルイス自身のセンチメンタルな考え」に由来している、と説明しているだけでなく、「結末は別として」という但し書きを付けた上で、「『アロウスミス』は恐らくシンクレア・ルイスの最も緊密な構成を持った小説である」と指摘しているのである[19]。

つまるところ、『アロウスミス』の「緊密な構成」に破綻をきたすという危険を冒してまでも、ルイスがファンタスティックでセンチメンタルな結末を持ち込むことになったのは、「自然の純粋さによって支えられた牧歌生活」のなかにしか共和国の美徳は見出すことができない、という信念に彼がこだわり続けていたことを物語っているのである。『セアロン・ウエアの堕落』の場合にそうであったように、『アロウスミス』においてもまた、度し難いセンチメンタリズムは古典的共和主義の精神と分かち難く結び付いている、と結論しなければなるまい。だが、『アロウスミス』の主人公がヴァーモントの山中に引きこもるという結末から、大方の批評家によってハウエルズの代表作と見做されている『サイラス・ラパムの向上』（一八八五）の結末を連想する読者がいても不思議はないだろう。すでに触れた『我らの国』と同じ年に出版されたハウエルズの小説では、都市的フロンティアとしてのボストンでの事業に失敗した主人公が、正直という共和主義的な美徳にこだわり続けた結果、実業家になる以前に農民として暮らしていたヴァーモントの片田舎に帰って行くことを決意するが、この結末は永遠に失われたアメリカ共和国の過去への回帰を意味していると受け取ることができる。ハウエルズが主人公ラパムにおける美徳の重要性を強調しすぎたために、『サイラス・ラパムの向上』の構成に重大な欠陥が生じてしまい、この作品はリアリズム小説というよりも、むしろロマンチックな道徳劇あるいはアレゴリーに成り果てているのである。

『サイラス・ラパムの向上』には、ノーベル文学賞受賞記念講演におけるシンクレア・ルイスの言葉を借りれば、ハウエルズの「人生のファンタスティックなヴィジョン」が表明されているということになるだろうが、その「ヴィジョン」を厳しく批判したアンチ・ハウエルズ派のルイス自身が「何か永遠性のあるもの」を追求するアロウスミスを『サイラス・ラパムの向上』の幕切れの舞台と同じヴァーモントの自然のなかに連れ出し、「いささかファンタスティックな」と非難される結末を用意することになったのは、何ともアイロニカルな偶然の一致にちがいない。そして、この偶然の一致は、『セアロン・ウエアの堕落』に窺われたハウエルズ的オプチミズムの露頭とともに、アメリカ型センチメンタリズムと共和国の美徳の伝統との関係を考えるための実に興味深い材料を提供しているのである。

注

(1) Amy Kaplan, *The Social Construction of American Realism* (Chicago: Chicago UP, 1988) 159.
(2) Harold Frederic, *The Damnation of Theron Ware*, ed. Everett Carter (Cambridge: Harvard UP, 1996).
(3) Josiah Strong, *Our Country: Its Possible Future and its Present Crisis*, ed. Jergen Herbest (Cambridge: Harvard UP, 1963).
(4) Simon J. Bronner, " 'Novel Impressions': Literature and Consumer Culture in America's Gilded Age," *Borderlines* 3.2 (1996) 131.
(5) Bert Bender, *The Descent of Love: Darwin and the Theory of Sexual Selection in American Fiction, 1871-1926* (Philadelphia: U of Pennsylvania P, 1996) 251; Everett Carter, Introduction, *The Damnation of Theron Ware* by Harold Frederic (Cambridge: Harvard UP, 1996) xxi.
(6) Hanna Fenichel Pitkin, *Fortune Is a Woman: Gender and Politics in the Thought of Niccol Machiavelli* (Berkeley: U of California P, 1984) 109-69.
(7) Carter xxi.
(8) Robert M. Myers, *Reluctant Expatriate: The Life of Harold Frederic* (Westport: Greenwood, 1995) 130.

(9) Bender 260; Bridget Bennett, *The Damnation of Harold Frederic: His Lives and Works* (Syracuse: Syracuse UP, 1997) 181.

(10) Charles M. Sheldon, *In His Steps, Ten Nights in a Bar-Room and In His Steps*, ed. C. Hugh Holman (New York: Odyssey, 1966): Mark Twain, *Personal Recollections of Joan of Arc*, ed. Shelley Fisher Fishkin (New York: Oxford UP, 1996). 後者については拙著『金メッキ時代・再訪——アメリカ小説と歴史的コンテクスト』（開文社出版、一九八八）一八〇—二〇一を参照。

(11) P.J. Eakin, *The New England Girl: Cultural Ideals in Hawthorne, Stowe, Howells and James* (Athens: U of Georgia P, 1976) 89.

(12) Carter xi-xii; Myers 86.

(13) Sinclair Lewis, "The Nobel Prize Acceptance Speech," *The Complete Works of Sinclair Lewis*, ed. Hiroshige Yoshida. Vol. 26 (Tokyo: Rinsen Book, 1984) 338-55.

(14) Sinclair Lewis, *Arrowsmith*, ed. Mark Schorer (New York: New Ameriscan Library, 1961). 引用は鵜飼長寿訳を一部改変して用いた。

(15) Robert J. Griffin, Introduction, *Twentieth Century Interpretations of Arrowsmith* (Englewood Cliffs, N.J.: Prentice-Hall, 1968) 13; Sheldon N. Grebstein, *Sinclair Lewis* (Boston: Twayne, 1962) 87.

(16) Linda K. Kerber, *Women of the Republic: Intellect and Ideology in Revolutionary America* (New York: Norton, 1986).

(17) F. Scott Fitzgerald, *The Great Gatsby* (Harmondsworth: Penguin, 1984). 引用は野崎孝訳によっている。

(18) Leo Marx, *The Machine in the Garden: Technology and the Pastoral Ideal in America* (New York: Oxford UP, 1964) 362-63.

(19) Charles E. Rosenberg, "Martin Arrowsmith: The Scientist as Hero," *Twentieth Century Interpretations of Arrowsmith*, ed. Robert J. Griffin (Edgewood Cliffs, N.J.: Prentice-Hall, 1968) 56; Mark Schorer, Afterword, *Arrowsmith* by Sinclair Lewis (New York: New American Library, 1961) 435-36.

Ⅶ　アングロサクソン的美徳の伝統
――トマス・ディクソンとその周辺

一七七六年の建国以来、アメリカ共和国の例外性はフロンティアと呼ばれる、きわめてアメリカ的な空間によって保証されていた。トマス・ジェファソンの有名な発言を持ち出すまでもなく、共和国の精神を支えていたのは、自営農地を耕す、道徳の退廃を知らない農民たちであったが、一八九〇年におけるフロンティアの消滅とともに、神の選民としての農民によって象徴されるアングロサクソン的美徳は重大な危機にさらされることになる。この世紀末アメリカの危機を敏感に感じ取ったのは、すでに何度か引用した『我らの国』（一八八五）の著者ジョサイア・ストロングであったが[(1)]、そこに浮かび上がってくる都市的アメリカのイメージが、正確に百年前に出版された『ヴァジニア覚え書』（一七八五）でトマス・ジェファソンが思い描いていた農業的アメリカのそれとまったく異なっていることは言うまでもない。

こうした困難な状況において、北アメリカを「アングロサクソン民族の偉大な本拠地、その力の主要な所在地、その生活と影響の中心地」と見做すストロングは、「アングロサクソン化」という「神の最終的かつ完全な解決策」によって、アメリカ共和国のみならず全世界が抱え込んでいる問題を一気に片付けることができる、と主張する。さらに、「この大陸において、神はアングロサクソン民族をその使命のために訓練している」と考えるストロングは、「全てを征服するアングロサクソン民族」が「アルコールとタバコによって活力を奪われない限り、多くの弱小民族を追い払い、他の民族を吸収し、残余の民族に影響を及ぼして、結局は、非常に正しく重要な意味で、人類をアングロサクソン化する運命にあることに、正当な疑問の余地があるだろうか」と問いかけている。そこには「アングロサクソン化」によって、フロンティア以後の二十世紀アメリカに、失われた共和国の十八世紀的な美徳を取り戻すことができるのではないか、という彼の希望的観測が表明されているが、このセンチメンタルで時代錯誤的なアングロサクソン中心主義が、けっして『我らの国』の著者一人のものでなかったことは、今世紀初頭のアメリカ大衆文化の読み直しによって明らかになってくるにちがいない。

そのためにまず、トマス・ディクソン（一八六四―一九四六）の作品を取り上げてみたい。デイクソンはノースカロライナ州出身でバプティスト派の牧師であったが、一九〇二年に彼の最初の小説『豹の斑点』(2)を発表する。この作品は南北戦争の終わった一八六五年から一九〇〇年にかけてのノースカロライナ州を主な舞台としているが、再建時代における黒人の社会的地位の向上という現実と切り離して考えることはできない。それまでの白人と黒人、主人と奴隷、支配者と非支配者という関係が逆転した結果、南部社会の中核を占めてきたアングロサクソン系の白人は危機意識を抱くことになる。黒人が白人を支配するという南部の新しい現実を目の当たりにして、主要登場人物の一人であるジョン・ダラム牧師は、「中世の黒死病よりもひどい疫病が文明を抹殺しようとしている」と感じ、ある日の説教のなかで、「アングロサクソンの社会を消し去って、アフリカの野蛮状態をそれに代えようという計画が着実に実行されようとしている」と語ったりしている。彼が露骨なまでに差別的な発言のなかで、「自然の秩序を反転させ、社会を引っ繰り返して、ほんの昨日ジャングルから連れて来られたばかりの厚い唇をした、平べったい鼻の黒人を、二千年の歴史をかけて発展してきた最も誇り高い、最も力強い民族の支配者に仕立てようという、この現実の試み」は「とてつもない冗談」ではないか、と考えるのは、黒人と白人の対立の結果次第では、「この共和国が白黒混血となるか、アングロサクソン的となるかのいずれか」が決まってしまう、という不安を抱いていたからであった。

この小説では、白人の優越性を浮き彫りにするために、黒人の劣等性がさまざまな形で強調される。黒人の存在を否定するダラム牧師は言うまでもなく、農民のトム・キャンプは「俺は背が膝ぐらいの高さのときから黒人が嫌いだった。俺の親父もお袋も奴らが嫌いだった」と公言して憚らない。そのキャンプの娘フローラが黒人青年ディックに暴行されて殺されるという事件は、白人女性の生命を脅かす危険なレイピストという黒人男性のイメージを読者に植え付けずにはおかない。さらに、ある白人女性を侮辱した黒人ティム・シェルビーがクー・クラクス・クランによってリンチにかけられたときには、首を折られた死体の口から、「南部の女性を言葉で汚そうとする黒人の唇に対するアングロサクソン民族からの回答」という張り紙が垂れ下がっている、などといったグロテスクな場面を用意することで、トマス・ディクソンは黒人に対する彼の読者の嫌悪感をかき立てようとしている。この作品には「十九世紀後半に支配的であった、サンボとしての黒人という白人側のステレオタイプから、悪魔としての黒人のそれへのドラマチックな変化」が見られる、とデイヴィッド・ノーブルは指摘していた(3)。

柔順で忠実で白人の言いなりなるサンボとしての黒人といえば、その典型ともいうべきアンクル・トムの登場するハリエット・ビーチャー・ストウの作品がほとんど自動的に思い出されるが、事実、『豹の斑点』においては、その『アンクル・トムの小屋』の枠組みがきわめて意識的に、巧妙に利用されている。白人と対等の権利を要求し、白人女性を恐怖に陥れる黒人ディックやティムが、アンクル・トムの生活と意見を真っ向から否定する結果になっているという意味で、ディクソンの小説は『アンクル・トムの小屋』のパロディーを意図していると考えてよい。だが、この二つの作品を結び付ける共通点はそれだけではない。もともと「サイモン・レグリーの出世」という題名をディクソンが考えていたという事実からも予想できるように(4)、『豹の斑点』にはアンクル・トムを死に至らしめたレグリーがふたたび姿を現している(「十年ばかり前に、彼の農園でアンクル・トムを殺害したときよりもすこし老けていたが、その他の点では変わっていなかった」と書かれている)が、彼はいわゆるスキャラワグとして南部を食い物にするカーペットバガーたちの後押しをするだけでなく、黒人たちを扇動する黒幕的な人物となっている。さらに、ディクソンの小説には、『アンクル・トムの小屋』でオハイオ川を必死に渡って逃亡した黒人奴隷イライザ・ハリスの息子ジョージ・ハリスまでも登場させられていて、このハーヴァード出身の弁舌さわやかな秀才が、下院議員エヴェレット・ローウェルの手足となって働いているうちに、その娘である白人女性ヘレン・ロウエルとの結婚を夢見るようになるという設定は、ジョージもまた、レグリーと同じように、白人種の純潔性、「アングロサクソン文明の優越性」を脅かす危険な人物であったことを暗示している。

『豹の斑点』の読者は、「レグリーと黒人たちの支配」の下にある南部の現実に、主人公チャールズ・ギャストンの目を通して触れることになるが、このダラム牧師に教育された理想家肌の青年は、眼前に展開する南部の「アフリカ化」という事態に目覚めたとき、彼の「アングロサクソンの人種的怒り」がかき立てられた、とディクソンは説明している。「何百万という数に上る二つのそのような人種が民主主義のなかで一緒に生きて行くことはできない、という事実に、早晩われわれは直面しなければならない、という確信」を抱くに至ったギャストンは、「未来のアメリカ人はアングロサクソンか、黒白の混血のどちらかになるにちがいない」という考えをダラム牧師に教え込まれている。南部の救済者として立ち上がった彼は、「悪魔」としての黒人を排除することによって、南部を完全に「アングロサクソン化」することができるという信念に支えられているのである。いや、指導者ギャストンの活躍によって、南部は「この共和国の父祖たちの正気」を取り戻すことができただけではない。折りから勃発した米西戦争によって、アメリカ合衆国は「止めようのない力の意識」に目覚め、南北戦争以来ずっと分裂していた南部と北部のアングロサクソン民族は再統一されて、「人種的支配の最高位への資格」を獲得することになった、と『豹の斑点』の語り手は説明している。

すでに触れたように、『我らの国』の著者は、「全てを征服するアングロサクソン民族」の「使命」について語っていたが、『豹の斑点』のディクソンもまた、「この全てを征服するサクソン族を迎え入れる勝利の喝采」という表現を使っているだけでなく、「アングロサクソン民族は統合され、世界的な使命に取り掛かった」とも述べている。両者ともに「アングロサクソン化」という理念によって、混乱と無秩序の状態に投げ込まれた世紀末のアメリカを、「共和国の父祖たちの正気」に立ち返らせることを目指していたという意味で、ストロングはディクソンのなかに優秀な後継者を見出すことになった、と言い切ってよいだろう。すくなくとも、ヒステリックなまでに人種差別的な二冊の書物の背後に、読者は十八世紀以来のアングロサクソン的美徳の共和国の危機を感じ取ることができるにちがいない。

ほぼ同じことは、ディクソンが一九〇五年に刊行したベストセラー小説『クランズマン』(5)についても言えるのではないか。この一八六五年から七〇年にかけてのアメリカ、つまり前作同様、再建時代のアメリカを舞台にした小説においても、政治力を獲得した黒人の台頭によって、アングロサクソン系白人のアイデンティティが危機に曝された状況が描かれている。『クランズマン』は表面的には、北部のストーンマン家と南部のキャメロン家との交流を軸とする物語であって、前者のフィルとエルシーが後者のマーガレットとベンとの結婚をそれぞれ願っている、といった具合に展開する。だが、フィルとエルシーの父親オースティン・ストーンマン（実在の政治家サディアス・スティーヴンズをモデルにしていると言われる）がユニオン・リーグと呼ばれる団体を組織して、黒人に政治力と軍事力を保証し、南部の白人から奪った財産を黒人に与えることを目論んでいる陰謀家であることが判明したとき、この一見ロマンチックな恋愛小説は白人と黒人の熾烈な葛藤を描いた政治小説に変貌することになる。「南部の昔ながらの夢」を、美しい南部の風景をこよなく愛し、「もし黒い呪いさえなければ、南部は今は世界の庭園だろうに！」と語ってさえいるフィル・ストーンマンにとって、黒人に白人と同じ市民権を認めようとする父親はアングロサクソン民族に対する裏切り者以外の何物でもなかった、と言ってよい。同時にまた、しばしば指摘されているように、この「世界の庭園」というメタファーは、共和国の美徳を支えてきたアメリカ独自の風景を含意していたのである。

黒人に生活を脅かされた南部白人の危機意識を読者に印象づける目的で、ディクソンは『豹の斑点』の場合と同じように、「悪魔」としての黒人の性格を動物のイメージを多用しながら描いている。黒人の「下等な動物のような短くずんぐりした首」、「薄い眉毛の下で猿のように」光っている「不気味なビーズのような目」、「馬鹿でかい頬骨と顎骨」が繰り返し強調され、「四千年に及ぶ未開状態の闇に包まれた黒い人々」を前にしたオースティン・ストーンマンが、「彼らの動物的な力」に訴え、「彼らを雇うために、自由市民の強力な種族の生得権を売り渡す」場面も紹介されている。いや、彼と性的な関係を持っている黒人家政婦のリディア・ブラウンがやはり「不気味な、動物のような魅力と、豹のように落ち着きのない目をした奇妙な褐色の女性」であったことを忘れてはなるまい。

この小説でもまた、黒人は「世界の庭園」としての白人の南部に侵入した破壊者であって、その点を一層明確にするために、白人女性を黒人男性が襲うというステレオタイプ化された場面がいくつか用意されている。オースティン・ストーンマンは、娘のエルシーが彼の右腕となって働く混血の黒人サイラス・リンチに結婚を迫られたとき、やっと自らの裏切り行為が持っている意味に気づき、白人としての当然の人種意識に目覚める。他方、キャメロン家の親しい友人マリオン・ルノワールは黒人ガスにレイプされるが、その場面もまた「トラのように一気に跳びかかると、その野獣の黒い爪が柔らかな白い喉に食い込み、彼女は動かなくなった」と動物のイメージで描かれているだけでなく、その直後、純白のドレスをまとった彼女が母親と手を取り合って断崖から身を躍らせ、「オパール色の死の門」をくぐる場面と鮮やかなコントラストをなしている。この事件を切っ掛けとして、白人女性の、ひいてはアングロサクソン民族の純潔性を黒人の脅威から守るために、クー・クラックス・クラン、つまり題名となっている「クランズマン」の結社が組織されることになるという物語の展開については、くどくどと説明するまでもないだろう。

この『クランズマン』においてもまた、ディクソンが「全てを征服するアングロサクソン民族」の優越性を信じると同時に、アングロサクソン的美徳の危機を感じ取っていることは、彼の代弁者とも思える人物の発言からも容易に察することができる。「黒人は投票権によって守られなければならない。どんなに下等な人間でも向上するチャンスを持たねばならない。問題は民主主義である」と主張するオースティン・ストーンマンに対して、あくまでも「問題は文明である」と考えるベン・キャメロンの父親リチャード・キャメロン博士は、黒人を「半ば子供で、半ば動物のこの生き物、衝動と気まぐれと自惚れに翻弄される者」と一刀両断的に規定し、黒人に投票権など与える必要はまったくない、と断言するばかりか、「この共和国が偉大である」理由を説明して、こう語っている――「この大陸を開拓し、国王の権力に歯向かい、荒野を自由の住処としたパイオニアの白人の自由市民の天与の才能のゆえに、われわれは偉大である。われわれの未来は、この人種の純粋性にかかっている。未開人に近い何百万人という連中に対する投票権の認可や、その後に起こった乱暴狼藉は、人類の進歩に対する犯罪である」と。ここにもジョサイア・ストロングのいわゆる「アングロサクソン化」の残響を聞き付けることは難しくない。「この犯罪を処罰し、犯罪者たちが醜行を繰り返そうとするのを妨げるために、アングロサクソン的美徳の最良の代表者たちは、彼らが必要とする如何なる暴力的手段にでも訴えることを許されている」とは、リチャード・スロトキンの指摘であった[6]。

当然のことながら、クー・クラックス・クランの「暴力的手段」によって、「黒い呪い」が取り除かれたとき、偉大な共和国の美徳にあふれた「世界の庭園」としての南部が現出するという『クランズマン』の主題は、この小説を映画化したD・W・グリフィス監督の代表作『国民の創生』(一九一五)[7]においてもそのまま受け継がれている。この作品が技術的には映画史上に名を残す傑作であることは衆目の一致するところだが、そこにケンタッキー州出身の南部人として、トマス・ディクソンの思想に共鳴したグリフィスの人種差別主義が露骨に表明されていることも否定できない。

たしかに、ディクソンの二冊の小説と同じように、映画『国民の創生』にも暴力による黒人の排除がそのまま南部の秩序の回復につながる、という主張がなされているし、カーペットバガーや黒人と対決するクー・クラックス・クランという基本的な構図もまったく変わっていない。だが、たとえば武装した黒人兵たちによって包囲された小屋から白人たちを救助するために、ベン・キャメロンに率いられた「クランズマン」の騎馬集団が駆けつける場面では、クローズアップやカットバックなどといったカメラ技術を駆使した映像によって、南部の救済者としてのクー・クラックス・クランの役割が一層強烈に観客に印象づけられる。この場面をインディアン捕囚体験記やバッファロー・ビルのワイルド・ウェスト・ショウと関連づける批評家がいることを思い出せば[8]、そこに西部劇と同じパターンを読み取ることもできるだろうが、絶対的な善と絶対的な悪との対決、そして結末における前者の勝利という単純なメロドラマ的構造のゆえに、ヴァイオレンスによる南部の救済という『国民の創生』のメッセージは説得力を持っている、と考えたい。この映画の最終場面では、クー・クラックス・クランの活躍によって南部の平和と秩序が回復された後で、ベンとエルシーが目出度く結ばれるが、そこに導入されているキリストと聖なる都のイメージは、「黒い呪い」の排除された、エデンの園を思わせる「世界の庭園」としての南部で、ベンとエルシーが新しいアダムとイヴとして生まれ変わったことを暗示している。この結末は何とも荒唐無稽で、センチメンタルなファンタジーとしか言いようがあるまい。フロンティアというアメリカ的風景が失われたアメリカで、牧歌的な、ほとんど神話的な幸福の夢を追求するというのは、センチメンタリズム以外の何物でもないだろう。一九一五年二月の試写会で、『国民の創生』を観たウッドロー・ウィルソン大統領は、「これは電光で歴史を書くようなものだ」と感激した口調で語ったと伝えられるが[9]、やがて戦争を止めるための戦争というスローガンを掲げて、聖戦としての第一次世界大戦への参加を決意することになる彼としては、きわめて自然な反応であったかもしれない。それに、グリフィスの映画が公開されてセンセーションを巻き起こした一九一五年には、後で取り上げることになる大衆作家エリナ・ホジマン・ポーターの代表作『ポリアナ』の続編[10]が出版されてベストセラーになっているが、「喜びのゲーム」と呼ばれるイノセントな手段によって周囲の人々を幸福にする少女ポリアナと、黒人の強制排除というヴァイオレントな手段によってエデン的南部を実現しようとするクー・クラックス・クランが同時に熱烈に歓迎されたという事実は、革新主義時代のアメリカ大衆が一七七六年に誕生した美徳の共和国のヴィジョンを捨て切ることができず、それを二十世紀のアメリカ社会に現実化してくれるかもしれない救済者的ヒーローの出現を待ち望んでいたことを物語っているのである。

だが、アングロサクソン的美徳を回復するための、本質的にセンチメンタルとしか言いようのない「アングロサクソン化」現象は、ディクソンやグリフィスが二十世紀初頭に発表した、南部を舞台とする小説や映画だけに見られるのではない。それは『豹の斑点』や『クランズマン』と同じ時期に開催されたセントルイス万国博覧会にも色濃い影を落としているのである。

この万国博覧会は一八〇三年のルイジアナ購入百年を記念するための博覧会で、セントルイスのフォレスト公園で一九〇四年四月三十日に開幕、一日平均十万二百十七人の入場者があったと言われる。それは「ホワイト・シティ」の別名を持つ一八九三年のシカゴ万博に対抗して「アイボリー・シティ」とも呼ばれたが、会場に並び立つ交通館、電気館、農業館などには科学と技術の進歩を謳歌する展示品が集められていた。たとえばトマス・エジソンをコンサルタントに迎えた電気館では、電気が「二十世紀の活力源 — 近代的な生活のありとあらゆる進歩が流れ出てくる源泉」であることを示そうとしていたし、敷地面積十五エーカーの交通館の中央部には、「二十世紀の精神」と名付けられた巨大な蒸気機関車が置かれ、交通が「現代文明の生命」であることを入場者に語りかけていた[(11)]（ついでながら、その入場者のなかに、シーズンチケットを手にした地元在住の女性作家ケイト・ショパンの姿も見られたが、八月二十日に会場で脳溢血のために倒れ、二日後に死去していることを付け加えておこう）。

だが、セントルイス万博は産業や科学の進歩を賛美するだけではなく、アングロサクソン民族の人種的優越性を誇示するための場所でもあったことを見落としてはならない。会場の一角に設けられた場所に、いくつかの種族のアメリカ・インディアンを始めとして、アフリカのピグミー、パタゴニアの先住民、カナダのクワキトル・インディアン、日本のアイヌなどが集められ、そこでのさまざまのタイプの非白人たちの生活の様子を、白人を主体とする入場者たちが高みの見物をする仕組みになり、世界の人種の品評会、あるいは一種のフリークショーといった様相を呈していた。この企画を推進した人類学部門を代表するW・J・マギーについて、「彼は博覧会が人類学界における威信を維持するための機会であるだけでなく、人種の進歩に関する彼自身の詳細な理論からナショナル・アイデンティティを形作る機会でもあるとも考えていた」とロバート・ライデルは指摘し、「白い」と「強い」が同義語的であった彼にとって、アングロサクソン民族こそが後進国を指導する白人の責務を担う存在であった、と説明している(12)。人類学者マギーもまたジョサイア・ストロングのいわゆる「アングロサクソン化」の支持者の一人であった、と言えるにちがいない。

この企画のためにマギーは牧師サミュエル・フィリップス・ヴァーナーをスペシャル・エージェントとしてアフリカに派遣するが、八千五百ドルを支給されて、「標本」集めに出発したヴァーナーの任務は、ピグミーの族長、成人の女性一人（できれば族長の妻）、子供二人、若い男性四人を含む十二人のピグミー、住居、儀式用の道具一式、それに鍛冶屋の仕事場などをベルギー領コンゴからセントルイスに連れ帰ることであった。その時のヴァーナーについて書かれた、「シカゴかニューヨークの大百貨店よろしく、商品がコンゴに陳列されてでもいるかのように、長くて詳細な買い物リストを持ったヴァーナーは、選り取り見取りで金を支払いさえすればよかった」(13)という一文には、セントルイス万博の人種差別的な姿勢がそのまま映し出されている、と感じる読者がいるとしても不思議ではない。さらに、ピグミーたちは食人種の見本として博覧会場で展示されて、見物人たちの好奇の目に曝され、歯をヤスリで削り、手に長い刃の鉈を持って首狩りショーをする彼らの姿は、かずかずの話題を提供した。さらに、オータ・ベンガという二十三歳のピグミー青年は、博覧会が終わった後も合衆国に留まり、ブロンクスの動物園で猿の檻に入れられて見世物にされるなど、数奇な運命をたどった揚げ句の果てに、十二年後の一九一六年七月、ヴァジニア州リンチバーグで自殺している。遠い異国の地に連れてこられたまま、ついに本国に帰ることのできなかった、この人物の悲劇的な生涯もまた、白人優越主義の残忍さを裏付ける何よりの証拠となっているのである[(14)]。

セントルイス万博のもう一つの呼び物は、会場内の四十七エーカーに及ぶ敷地に設けられた「フィリピン・リザヴェーション」であって、そこではフィリピン諸島の各地から集められたモロ族、バゴボ族、ヴィサヤン族、ネグリト族、イルゴット族などの人々が展示され、彼らが日常生活を送っている様子を入場者たちが見物する仕組みになっていた。もちろん、この背景には一八九八年の米西戦争で勝利を占めたアメリカ合衆国がフィリピンを統治することになったという事情が働いていたが、米西戦争そのものがプロテスタンティズムや近代的民主主義を代表するアメリカとカトリシズムや中世的専制主義を代表するスペインとの対立という図式で捉えられていたために、前者の勝利は同時にまたアングロサクソン的美徳の勝利に他ならなかった。その結果、北部と南部のアングロサクソン民族の統一が実現したことは、『豹の斑点』でも明らかにされていたが、スペインを西半球から排除することによって、アメリカン・アイデンティティを再確認することができたとすれば、世紀末の危機を迎えていたアメリカ大衆にとって、米西戦争はまさにリチャード・スロトキンのいわゆる「帝国主義による再生」[15]を意味していたのである。

したがって、文明化から取り残された原住民の生活をのぞき見することができる「フィリピン・リザヴェーション」は、白人の見学者たちにアングロサクソン的優越主義をたっぷりと味わわせる仕掛けになっていたが、一九〇四年に出版された小説『セントルイス博覧会でのサマンサ』[16]の女性主人公もまた、そうした優越感に浸った見学者の一人であった。著者マリエッタ・ホリー（一八三六―一九二六）は「ジョサイア・アレンの妻」というペンネームで数多くの作品を発表したユーモア作家で、『セントルイス博覧会でのサマンサ』は、シカゴ万博を扱った一八九三年発表の『万国博覧会でのサマンサ』の場合と同様[17]、会場の展示館の様子を読者に紹介するガイドブックのような形を取っている。主人公のサマンサに言わせると、「フィリピン・リザヴェーション」は「ほとんど無限の富だけでなく、新しい属領でアンクル・サムが直面している厄介な問題をも世界に示している」という意味で、「博覧会の最も興味のある展示の一つ」であったが、そこで彼女がアンクル・サムを「面倒見のよいパパ」と呼んでいるのは、支配下のフィリピン原住民に対するアングロサクソン民族のパターナリズムの露頭と言わざるを得ないだろう。「敬愛するアンクル・サムがしてきたことや現在していることを見て誇りを覚えた」と語ったり、「新しい属領の一部に住んでいる野蛮人や食人種を善良なアメリカ市民に変える」ことは、やがてアンクル・サムの「王冠の星」となるだろう、と考えたりしているサマンサは、やはり「アングロサクソン化」の片棒を担ぐ白人の一人に他ならなかった。この作品の別の箇所で「女性は未だに法律的には白痴や犯罪者や狂人の同類と見做されている」と述べて、熱烈なフェミニストぶりを発揮している彼女だけに、そのアメリカ中心主義的な言動は強烈な印象を与えずにはおかない。黒人排斥のキャンペーンを展開した白人男性ディクソンやグリフィスの人種主義は、フィリピン原住民に対する白人女性マリエッタ・ホリーの姿勢にもまた読み取ることができるのである。

このように見てくると、美徳の共和国が危機に陥った二十世紀初頭のアメリカでは、「全てを征服するアングロサクソン民族」による「アングロサクソン化」が着実に進行していたことが判明する。米西戦争を切っ掛けとして、それがヒステリックなまでに露骨な表現を取るようになったことは、ウィリアム・ディーン・ハウエルズ（一八三七—一九二〇）のような作家までもが、反帝国主義的な主題を持った短編「イディーサ」（一九〇五）[18]を『クランズマン』と同じ年に

『ハーパーズ・マンスリー』に発表しているという事実からも窺うことができる。そこに登場するイディーサは「この上なく残忍な圧政に対して長年闘ってきた人々の解放のための戦争」を理屈抜きに肯定し、「新聞が使っている言葉を鸚鵡のように繰り返す」ばかりの好戦的な女性として描かれている。「わたしにはアメリカ以上の名誉はありません。この重大な時には、他の如何なる名誉も存在しないのです」と熱っぽく語る彼女は、結局、恋人ジョージを戦場に追いやって死なせてしまう。そこには、戦争熱に浮かされたアメリカ大衆のジンゴイズムを痛烈に批判するハウエルズのリアリズム精神が遺憾なく発揮されている。この短編におけるハウエルズは、彼の周辺の至るところに見られるセンチメンタルでロマンチックなアメリカ中心主義を、リアリストの醒めた目で眺めていたのである。だが、本書の別の章で明らかにしておいたように、このアメリカを代表するリアリストは、リアリズムの精神に徹し切ることができず、「人生のほほえましい側面」を描くばかりの、度し難いまでにセンチメンタルな楽観主義者ぶりをしばしば発揮していた。たとえば『サイラス・ラパムの向上』の結末で、古き良きアメリカ共和国の過去への回帰を強調したり、シカゴ万国博覧会場でユートピア幻想に耽ったりしていたという意味では、ハウエルズもまた、同時代のアメリカ大衆の「アングロサクソン化」の理念と深く関わっていた、と考えなければなるまいが、それだけにかえって、短編「イディーサ」における彼のアメリカ批判は、読者に強烈な印象を与えるにちがいない。ここにもまた、彼の「アンビヴァレントな態度」が露呈している、と言うべきなのだろうか。

　いずれにしても、世紀転換期のアメリカにおいては、ハイ・カルチャーの世界であれ、ポピュラー・カルチャーの世界であれ、失われたアメリカ共和国のアングロサクソン的美徳の伝統に対する郷愁が、時にはヒステリカルな、時にはセンチメンタルな形を取りながら、小説や映画や博覧会などといったさまざまのジャンルで姿を現していたのである。

注

(1) Josiah Strong, *Our Country: Its Possible Future and its Present Crisis*, ed. Jergen Herbst (Cambridge: Harvard UP, 1963) Chs. Ⅲ and X.

(2) Thomas Dixon, *The Leopard's Spots* (Ridgewood: Gregg, 1967).

(3) David W. Noble, *The Progressive Mind 1890-1917*. Revised Edition (Minneapolis: Burgess, 1981) 106.

(4) Raymond A. Cook, *Thomas Dixon* (New York: Twayne, 1974) 65.

(5) Thomas Dixon, *The Clansman* (Ridgewood: Gregg, 1967).

(6) Richard Slotkin, *Gunfighter Nation: The Myth of the Frontier in Twentieth-Century America* (New York: Atheneum, 1992) 189.

(7) Robert Lang, ed., *The Birth of a Nation* (New Brunswick: Rutgers UP, 1994).

(8) Robert Jewett and John Shelton Lawrence, *The American Monomyth* (New York: Anchor, 1977) 177.

(9) Slotkin 240.

(10) Eleanor Hodgman Porter, *Pollyanna Grows Up* (Harmondsworth: Penguin, 1984).

(11) Timothy J. Fox and Duane R. Sneddeker, *From the Palaces to the Pike: Visions of the 1904 World's Fair* (St. Louis: Missouri Historical Society Press, 1997) 109, 125.

(12) Robert W. Rydell, *All the World's Fair: Visions of Empire at American International Expositions, 1876-1916* (Chicago: U of Chicago P, 1984) 160-61.

(13) Phillips Verner Bradford and Harvey Blume, *Ota Benga: The Pygmy in the Zoo* (New York: St. Martin's, 1992) 97.

(14) オータ・ベンガについては Bradford and Blume と Eric Breitbart, *A World on Display: Photographs from the St. Louis World's Fair, 1904* (Albuquerque: U of New Mexico P, 1997) に紹介されている。

(15) Slotkin 51. なお、「フィリピン・リザヴェーション」については、吉見俊哉『博覧会の政治学―まなざしの近代』(中公新書、一九九二)一九八―二〇一を参照。

(16) Marietta Holley, *Samantha at the St. Louis Exposition* (New York: Dillingham, 1904).

(17) この小説については拙著『ホワイト・シティの幻影―シカゴ万国博覧会とアメリカ的想像力』(研究社出版、一九九三)六七―七二を参照。

(18) William Dean Howells, "Editha," *Selected Short Stories of William Dean Howells*, ed. Ruth Bardon (Athens: Ohio UP, 1997)

—186

156-68. この短編の解釈については、同書の解説（150-55）を参照されたい。

Ⅷ 幸福の谷を索めて
――ジャック・ロンドンの場合

しばらく前に、ハロルド・フレデリックとシンクレア・ルイスの代表作を材料に、リアリズム小説のセンチメンタルな終わり方という問題を検討しておいたが、ここでは同じような立場からジャック・ロンドン（一八七六―一九一六）の作品について考えてみたい。果たして、ロンドンの場合にもまた、アメリカ的センチメンタリズムの甘い香りを嗅ぎ付けることができるだろうか、などと言い出せば、タフガイ作家とでも呼ぶべきロンドンとセンチメンタリズムの結び付きを意外に思う読者も多いにちがいない。たしかに、ロンドンは一般には骨太の自然主義作家として知られ、例えば代表作『荒野の呼び声』（一九〇三）などから判断する限り、弱肉強食の掟の支配する荒々しい自然の世界を扱った彼の小説には、センチメンタリズムの入り込む余地などまったくないように見えるかもしれない。だが、かりにロンドンのようなアメリカ作家のなかにもまた、牧歌的な風景に対する愛着を読み取ることができるとすれば、都市化した二十世紀初頭のアメリカ社会に根深く残っている、美徳の共和国への断ち難い憧憬を浮き彫りにすることができるのではないだろうか。そこでまず、彼の後期の主要な長編小説の一つである『バーニング・デイライト』(一九一〇)[1]という作品を取り上げてみよう。

この小説の第一部はロンドンの愛読者にはお馴染みの北なる大地ノースランドが舞台になっていて、この最後のフロンティアとしての「白色の荒野」に一八八三年にやって来てからずっと、十二年間にわたって金鉱を探し続けているエラム・ハーニッシュという男が登場するが、彼は朝早くから「日光が燃えているぞ」と叫びながら仲間を叩き起こす習慣のために、バーニング・デイライトという渾名で知られている。赤銅色の肌、鋭く黒い眼、薄い唇といった具合に、いかにも精悍で、敏捷な運動神経に恵まれた彼の特徴は、他の連中とちがって、「ほとんど完璧な頭脳と筋肉の整合」を備えている点であった。彼が実年齢の三十歳よりも老けて見えると同時に「ほとんど子供っぽく」見える理由を説明して、それは「彼が耐え、生き延びてきたもの、普通の人間のそれを遥かに超えたもののせいであった。彼は人生を裸のまま、強烈に生きてきたのであり、その全てのいくらかが彼の眼のなかでくすぶり、声のなかで揺れ動き、唇の上で絶えず囁いているように思われた」と語り手は指摘している。

だが、読者としては、この主人公が何よりもまず、苛酷なフロンティアの状況のなかに投げ込まれたパイオニアであったという事実に注目しなければならない。アイオワ州の農場に生まれ、父親とともに移住したオレゴン州の炭鉱地帯で少年時代を過ごした後、十八歳のときに極北の地にやって来た彼が典型的なパイオニアであったという事実を『バーニング・デイライト』の語り手は強調して、「この遠い北極の荒野では、全ての男たちがパイオニアであったが、そのパイオニアたちのなかで彼は最も古いパイオニアの一人に数え上げられていた」と説明している。たしかに、ハーニッシュは基本的には動物的な嗅覚だけを頼りにして、金鉱探しに命を賭けているギャンブラーにはちがいなかった。「彼は真の底までギャンブラーだった。リスクとチャンスが彼の肉であり飲み物だった」。だが、その彼に備わっているパイオニアとしての強烈なヴァイタリティは否定すべくもない。彼は酷寒の原野を六十日間も、ほとんど飲まず食わずで走り続けられるような体力の持ち主であり、彼に同行した「ストイックで、無口で、自らの体力を自慢する」アメリカ・インディアンの男さえもが、「そうした性質の全てを彼の白い仲間のなかに見出して」驚嘆しているのである。

こうした「機知と技術と体力」に恵まれたパイオニアとしての主人公を絶えず突き動かしてい

たのは、男性的としか形容できないような逞しい生命力であった。「彼の人生のプロセスの奥深い所で、生命そのものが、それ自身の素晴らしさに関するセイレーンの歌を歌っていた」という説明に続けて、「それは健康で力強く、脆さや衰えを知らない生命の衝動であった」とも書かれている。エラム・ハーニッシュが肉体面でも精神面でも、この上なく男性的な人物であったことは、「バーニング・デイライト」という彼のニックネームからだけでなく、そのエラム（Elam）という名前が“male”のアナグラムであるという事実[(2)]からも容易に想像することができるにちがいない。西なるフロンティアがアメリカ共和国の永遠性、例外性を保証するアメリカ独自の風景であったとすれば、そこに君臨する『バーニング・デイライト』の主人公に備わるさまざまの男性的な美徳は、その共和国の存続に不可欠な美徳であった、と言い切ってよいだろう。この人物を「驚くべき体力と、荒野を征服するための真の勇気とを合わせ持ったノースランドのレザーストッキング」[(3)]と呼んでいる批評家がいるとしても不思議ではあるまい。ハーニッシュはジェイムズ・フェニモア・クーパーの五部作に登場する、アメリカ人の原型としてのパイオニア・ヒーローとも呼ぶべきナッティ・バンポーの末裔であったのだ。

さらに、エラム・ハーニッシュがフロンティアに生きるに相応しい、男性的な生命力と美徳にあふれた人物であったことは、彼の行動範囲から女性が一切締め出されているという事実からも窺い知ることができるのではないか。男のなかの男とも呼ぶべき彼のことを慕っていた女性が、絶望した揚げ句に自殺するという事件まで起こるけれども、ハーニッシュは女性の「エプロンの紐」で縛られることを頑なに拒絶し続ける。恋愛は「寒気や飢饉」よりもずっと恐ろしい、と信じて疑わない彼は、「天然痘から逃げてきたと同じように、これまでずっと恋愛から逃げてきた」と語り手は説明している。「女性は恐ろしい生き物であったし、恋愛の黴菌が女性の周囲にはとりわけ豊富であった」と彼が考えて、「その結果、彼は女性に会う可能性のある家への招待のほとんどを断った」などという説明は、いささか大袈裟で、滑稽でさえあるとしても、共和主義的イデオロギーにおいて、女性のセクシュアリティが男性の美徳を脅かす危険な要素に他ならなかったことは、すでにフレデリックの『セアロン・ウエアの堕落』やルイスの『アロウスミス』を論じた際に指摘しておいた。その意味で、ハーニッシュの一見異常な女性恐怖症は、彼が美徳の共和国に相応しいパイオニア的男性であったことを何よりも雄弁に証明しているのである。

『バーニング・デイライト』第一部の結末で、エラム・ハーニッシュは十二年間に及ぶ失敗の連続の後、ようやく金鉱を掘り当て、巨万の富を手に入れる。だが、艱難辛苦の末に一攫千金の夢を実現した彼を、現代のヒーローとして描くことはジャック・ロンドンの目的ではなかった。これまでの部分は、この小説の準備段階とでも呼ぶべきであって、ロンドンの主たる関心は見事に成功を収めた主人公のその後を追いかけることに向けられている。というのも、この後の小説の展開は、それまで開拓者として活躍していた主人公が、その成功を契機として、一人の実業家に変貌したことを物語っているが、このエラム・ハーニッシュに起こった個人的な変身は、アメリカ合衆国そのものが十九世紀から二十世紀にかけての世紀転換期に経験した歴史的な変化の縮図と成っている、と考えることができる。そして、この事実はまた、それまでの彼の本拠地がノースランドの地理的フロンティアであったとすれば、これからの彼に打ってつけの場所が、その対極にある都市的、産業的フロンティアとならざるを得ないことを暗示している。したがって、第二部の冒頭で、一千一百万ドルの資金を手にした主人公がサンフランシスコという都市に移り住むようになるというは、きわめて自然な設定であったと言わねばなるまい。

サンフランシスコへ乗り込んだエラム・ハーニッシュは、ノースランドの苛酷の自然のなかにいた時と同じような態度を行動し続ける。金鉱探しの生活を止めて、聖フランシス・ホテルに落ち着いても、「彼を当惑させるものは何もなかったし、彼の周囲の誇示や文化や権力に圧倒されることもなかった」と書かれている。なるほど、大都会の住人となった彼が「文明人」のマナーを見習うようになったり、英語の個人レッスンを受けたりしたことは否定できないとしても、「彼はずっと彼自身であり続け、過度の恭しい態度を取ったり、保守的になったりすることもなかった」と語り手は説明しているが、それはサンフランシスコが「もう一つの種類の荒野」であったからに他ならない。このことは彼が長年暮らしていたノースランドの荒野がフロンティアであったと同じように、「もう一つの種類の荒野」としてのサンフランシスコもまた、もう一つのフロンティアであったことを意味している。かつてのパイオニア的ヒーローとしての彼は、その新しい都市的フロンティアで何の違和感を覚えることもなく、実業家としての手腕を発揮することができた。事実、ハーニッシュは彼の財産を騙し取ろうと企んだ実業家たちを相手に一歩も退くことなく、四十四口径のコルト拳銃を片手に立ち向かっているし（ここに西部のガンマンの面影を読み取ることは困難ではない）、競争相手の買収やオークランド市の開発事業などにも輝かしい成功を収めた結果、最終的には三千万ドルの財産を築き上げてもいる。地理的フロンティアでの成功者は、同時にまた都市的フロンティアでの成功者でもあったのだ。

だが、サンフランシスコという新しいフロンティアは、きわめて破壊的で非人間的な力を持った「荒野」であることが次第に明らかになってくる。実業家としてのハーニッシュが高度に文明化された資本主義社会で「激しく野蛮なゲーム」を繰り返しているうちに、「彼のゆったりとした西部訛りと同じように、彼の生得の愛想の良さがいつの間にやら消え失せてしまった」と書かれ、「彼のとてつもないヴァイタリティはそのままであったが、それは人間を押し潰し、人間を征服する者という新しい様相を帯びたヴァイタリティであった」ことを読者は教えられる。彼は立派な衣服を身につけ、上品な英語を話し、生活水準を引き上げることができたが、「デイライトが文明世界へやって来たことは、彼を向上させることはなかった」という語り手の言葉が物語っているように、「生得の愛想の良さ」を失った彼は「シニカルで辛辣で残忍な」人物に変貌する。さらに搾取する人間を疑い、搾取される人間を軽蔑するようになった結果、自分だけしか信じられなくなったハーニッシュについて、「彼にはエゴという聖堂で参拝する以外に何も残されていなかった」と説明されているのである。

こうした彼の内なる変質は、彼の「肉体的な堕落」という外的な変容によって裏付けられている。運動不足のために筋肉はたるみ、精悍な顔貌も消えてしまって、「極地からやって来た鋼鉄の筋肉の持ち主」の面影は見る影もなくなっている。ふっくらとした頬、目の下の膨らみ、二重顎の皺といったさまざまの徴候は、「極度の艱難と辛苦から生まれた昔からの禁欲の効果が消え失せた」ことを物語っている。こうした彼の変化には「彼が生きている人生の汚辱」とともに「この男の放縦と無情と残忍」が露呈している、という説明を読めば、ハーニッシュがかつてパイオニアとして身につけていた美徳が都市生活のプロセスにおいて霧消してしまったことを認めざるを得ないだろう。元来「自然人」であった彼がサンフランシスコという都会で暮らしているうちに、「不自然な都市の生活と息詰まるギャンブル的操作の緊張感」から酒場に足しげく通うようになり、今ではアルコール中毒の症状さえも示すようになっている。「このビジネスという病気が四六時中あなたを蝕み、台なしにしてしまうだろう」と作中人物の一人はハーニッシュに警告しているが、ドルの支配する都市的フロンティアにおいては、「ノースランドのレザーストッキング」の生き延びる余地などどこにも残されていないことを、読者としても実感させられるにちがいない。

さらに、ノースランド時代のハーニッシュがそうであったように、サンフランシスコにおける彼もまた、女性のセクシュアリティに対して異常な拒絶反応を示し続ける。実業家としての彼の前に有能で魅力的な女性速記者ディド・メイソンが登場しても、彼は積極的な行動に移ることができない。彼女に対して強い関心を抱きながら、昔ながらの「小心」を払いのけることができず、相変わらず「エプロンの紐という亡霊」に悩まされ続ける彼の姿が作中の至るところに描き込まれている。生まれてからこの方、ずっと女性から逃げて来た彼の恋愛恐怖症がここでもまたぶり返してきて、「過去において彼が知っていた悲惨な男女の恋愛沙汰を思い出した」だけでなく、彼はまたしても「恋愛の黴菌」に取り憑かれるのではないか、という危惧を抱くことになってしまう。こうして彼は、デイド・メイソンの背後に「神秘的で不可解な女性とセックス」が存在していることを絶えず意識させられ、彼女の謎めいた行動のなかに「セックスの朧げな奥深さを見て取り、その魅力を認め、それを理解できないものとして受け入れた」とも書かれている。彼が恋愛を天然痘と同一視していたことは、すでに触れておいたが、新しいアメリカ的風景としての都市には「ビジネスという病気」だけではなく、理性では判断できない女性のセクシュアリティという「黴菌」もまた巣くっていて、「鋼鉄の筋肉の持ち主」の精神と肉体を蝕もうとしていることが明らかになってくるのである。

小説『バーニング・デイライト』をここまで読み進めて来た読者は、新しいフロンティアとしての都市には混沌と資本主義と女性のセクシュアリティが支配するばかりであって、そこではアメリカ共和国を支えるパイオニア的美徳は押し潰される他はない、という自然主義作家ジャック・ロンドンのメッセージを聞き付けることになるだろう。エラム・ハーニッシュによって象徴される男性的な「美徳」とデイド・メイソンによって象徴される女性的な「運命」の対立という、『セアロン・ウエアの堕落』や『アロウスミス』にも見られた共和主義的図式をそこに読み取ろうとする読者がいるとしてもおかしくない。だが、主人公ハーニッシュが「二十世紀の超人」とさえ呼ばれていたにもかかわらず、やがてデイド・メイソンと恋に落ちて、「恋愛の黴菌」や

「ビジネスという病気」に侵された揚げ句に、実にあっけなく人間失格という悲劇的結末を迎えるに至る、という決定論的な展開を予測して、たとえばロンドン自身の『海の狼』(一九〇四)のラーセン船長やフランク・ノリスの『マクティーグ』(一八九九)の主人公のような並ぶ者なき体力の持ち主がなす術もなく破滅する様子を思い浮かべた読者は、完全に期待を裏切られてしまうだけだろう(4)。『バーニング・デイライト』には超人的なヒーローが唐突に無力化するなどといった自然主義作家の常套的なアイロニーは一切見当たらない。そこにはただセンチメンタリズムの色濃い影が漂っているばかりなのだ。

というのも、実業家としての生活に疲れたハーニッシュは都市から脱出したい、という願望を抱き始める。ある週末、彼は気分転換のために「月の谷」と呼ばれるソノマ渓谷へ遠乗りに出掛けるが、慌ただしい日常生活のなかですっかり忘れていた自然の風景を目の当たりにしたとき、「陽光に彩られた初夏の乾いた空気は、彼にとってはワインであった」。ユリの花の咲き乱れる森は「大聖堂の身廊」に譬えられ、周りの景色のあまりの美しさに打たれた彼は、「かすかに宗教的な気分」に満たされて、帽子を取った、と説明されている。その後に続く「ここには軽蔑や不善の余地はなかった。清潔で新鮮で美しかった — 彼が尊敬できる何かだった。それは教会のようだった。雰囲気は聖なる静謐のそれだった」などといった描写に見られる宗教的なイメージは、俗なる都市と聖なる田園とのコントラストを際立たせている。こうした俗塵を遠く離れた牧歌的な場所で、ハーニッシュの抱いた気持ちが「浄化と高揚のそれであった」とすれば、彼が「沐浴の一種」を経験しているような思いに捕らわれ、「都市生活の汚れた水たまりを満たしている不潔や卑劣や悪徳のすべて」を一時的に忘れることになったとしても不思議はあるまい。

こうして、いわば心身を清められた状態でサンフランシスコの生活に戻って来たエラム・ハーニッシュは、「都市で堕落した彼の肉体と頭脳のなかに染み込んでくる自然の強い魅力」に取り憑かれ、ついに事業や財産の一切を投げ捨てて、恋人デイド・メイソンとともに「月の谷」に引きこもり、そこで新しいアダムとイヴのような生活を始めることを決意する。この都市から田園への移行が精神的にも肉体的にも疲れ果てた主人公の儀式的な死と再生を意味していることは言うまでもない。「都市の実業家であったバーニング・デイライトは飼育農場で急死して、アラスカからやって来た弟のデイライトに取って代わられた」という説明は、エラム・ハーニッシュがアラスカからサンフランシスコへ乗り込んで来た当時の「鋼鉄の筋肉の持ち主」としてのパイオニアに生まれ変わったことを物語っている。

この「月の谷」という新天地で実業家から農民に変身したハーニッシュは、ここでの「新しいゲーム」が「清潔な力と生活」を可能にするのに反して、都会での「もう一つのゲーム」は「腐敗と死」と深く関わっていたことに気づいているが、「月の谷」で牧歌的な農民生活を始めることによって、彼はトマス・ジェファソンの理念に立ち返ることを目指している、と考えられるのではないか。これまでにも繰り返し触れて来たように、「農民以外の市民階級の総計と農民の総計との比率」が「その国の腐敗の程度を十分に測りうる絶好のバロメーターでもある」と論じたのは、『ヴァジニア覚え書』(一七八五)の著者であったし、大地を耕す者を美徳の共和国を支える「神の選民」と名付けたのもまたジェファソンであった。[5]『ヴァーニング・デイライト』の結末には、第三代大統領以来の共和国のヴィジョンが何の抵抗もなく導き入れられている、と言い切ってよい。だが、この結末に描き込まれた牧歌的風景をそのまま素直に受け止めていいのだろうか、という疑問を抱く読者も多いにちがいない。二十世紀アメリカの都市的現実に背を向けて、その混沌と腐敗をいとも簡単に否定することなど、果たして可能なのだろうか、と反論したくなる読者がいるとしても不思議はないだろう。

すでに触れたように、この小説では都市的フロンティアと女性のセクシュアリティとが分かち難く結び付いていたが、デイド・メイソンと恋に落ちたハーニッシュは「セックスの深淵」を覗き込むことができるようになり、「月の谷」で暮らす二人を語り手が「釣り合いの取れたカップル」と形容していることからも分かるように、「ビジネスという病気」とともに「恋愛の黴菌」

もまた、この幸福の谷からは完全に閉め出されている。あるいは、この谷間の一本の糸杉のそばに、遠乗りに出掛けた主人公が偶然、二人の子供の墓を見つける場面が用意されている一方、妻のデイドがせっせと縫っている「小さな衣類」によって彼女の妊娠が暗示されているにもかかわらず、こうした死や出産といった時間や変化に関わる事実には、『バーニング・デイライト』の結末では何の意味も付与されていない。さらに、地滑りの結果、主人公の所有する土地にトン当たり五万ドル相当の豊かな金鉱脈が見つかったとき、彼はそれを大急ぎで埋め戻してしまうが、このきわめて印象深い場面における彼の行動が金銭という世俗的な価値を聖なるアルカディア的空間から排除することを意図していたことは、あらためて指摘するまでもないだろう。

したがって、エラム・ハーニッシュが築き上げた「月の谷」の牧歌的世界は、現実世界の混沌や無秩序や不合理を一方的に切り捨てた所に成り立っている。そこでは複雑な日常性の侵入を食い止めることによって、幸福の追求というファンタジーに耽ることが可能であるとしても、「ビジネスという病気」や「恋愛の黴菌」といった都市空間のシンボルを無視するジャック・ロンドンの姿勢から、『バーニング・デイライト』の読者の多くはレオ・マークスのいわゆる「センチメンタル・パストラリズム」を連想するにちがいない。自然に帰ることによって「鋼鉄の筋肉」を取り戻し、年に一度の誕生日を「昔風のフロンティア的なやり方」で村人とともに祝うようになった主人公が、赤々と燃える「月の谷」の夕映えを妻のデイドとともに見やりながら、しみじみと幸福に浸っている、などといった『バーニング・デイライト』の幕切れの場面は、どうしようもなくセンチメンタルであると言わざるを得ない。だが、このノスタルジアにあふれた場面は、以前にも引用したことのあるレオ・マークスの言葉を借りれば、「かつて支配的であったアメリカは清く汚れなき共和国であり、森と村と農家から成り、幸福の追求に専念できるような静かな国であるというイメージ」[6]が自然主義作家ジャック・ロンドンのなかに根強く残っていることを物語っている。そこに美徳の共和国の基盤としての地理的フロンティアを失ったアメリカ大衆の危機意識を読み取ることもできるだろうが、そう断定してしまう前に、『バーニング・デイライト』から三年後の一九一三年に出版された『月の谷』[7]という作品を考えておきたい。

この小説は、その題名からも察せられるように、都会を逃れた一組の男女が長い遍歴の末に、またしても「月の谷」で安住の地を見出すという物語で、カリフォルニアを舞台にしている点からも『バーニング・デイライト』の姉妹編と見做すことができる。ジャック・ロンドンが「牧歌的な夢」に強く魅せられていて、「土地への回帰のなかに肉体的、精神的再生の可能性を見て取っていた」と主張する批評家は、そこに『バーニング・デイライト』と『月の谷』に共通の「中心的主題」を求めている。他方、別の批評家は前者が「富裕の弊害」を探っているのに対して、後者は「貧困の弊害」を扱っている、と指摘しているが[8]、この場合、それぞれに「都会における」という但し書きを付けたほうがより正確であるかもしれない。いずれにしても、二冊の小説がともに最終的に都市から田舎へ、文明から自然への脱出という基本的なパターンを共有していることと容易に理解できるだろう。

『月の谷』の第一部は逞しい連畜御者（チームスター）でパートタイムの懸賞拳闘選手でもあるビリー・ロバーツとクリーニング工場で働く女工のサクソン・ブラウンとの出会いから結婚までを描いているが、ブラインドデートで知り合った二人が意気投合して急速に親しくなって行った要因の一つは、ともにアメリカ西部を開拓したアングロサクソン系のパイオニアの血を引いているという点であった。最初のデートの場で、お互いの先祖が先住民たちと戦いながら幌馬車で大草原を越えてロッキー山脈の西側までたどり着いた開拓者たちであったことを知ったとき、サクソンは「私たちは二人とも古いアメリカ人の血筋だわ」とビリーにむかって呟いているが、その彼女の名前がサクソンであるという設定（やはりパイオニアであった『バーニング・デイライト』の主人公エランの名前のシンボリズムがここで思い出される）は、彼女自身が「アングロサクソン種族の華」で、「例外的に小さくて形のいい手と足と骨、それに優雅な肉体と身のこなしという点で希有の存在」であったことを物語っている。子供の頃から「土地に飢えたアングロサクソンの大集団移住」の話を聞いて育った彼女は「その伝承と事実」を糧にして成長した、と語り手が述べていることを付け加えておこう(9)。このパイオニアの末裔としてのビリーとサクソンがオークランド市の一隅に居を構えて結婚生活を送り始めた様子が、第二部で語られることになるという意味で、『月の谷』は地理的フロンティア以後のアメリカで、都市空間に居住することを余儀なくされたパイオニアたちの物語であると言ってよい。ここでも『バーニング・デイライト』との類縁を指摘することができるのだ。

だが、当然予測されるように、地理的フロンティアに代わる都市的フロンティアはビリーとサクソンが幸福を追求できる場所ではなかった。新婚気分を味わう暇もなく、二人の身の上につぎつぎと不幸な事件が降りかかってくる。ビリーはゼネストのあおりを食らって失業する上に、暴力沙汰の罪を問われて投獄され、ストライキ騒ぎに巻き込まれたサクソンは流産をしてしまうなど、二人は家庭崩壊の危機に直面する。夫と妻の間に透き間風が吹き始め、心の触れ合いを感じることもできなくなる。「ほとんど赤の他人が彼女と住むようになったようだった。我知らず彼を避けている自分自身に彼女は気づいた」と書かれているだけでなく、彼女のほうも「自分を失ったような、自分自身に対して他人になったような奇妙な気持ちを抱いたし、彼女の行動している世界が漠然とした、経帷子を着せられた世界のようだった」と語り手は説明している。自己疎外の状態に投げ込まれたサクソンは、夢遊病者のように町を彷徨い始めるようになるが、人生は「無意味で、悪夢のようになった。不合理なことが何でも可能だった。彼女を何だか分からない破滅的な結末へと追いやっている混沌とした事態の流れのなかには安定したものはまったくなかった」というサクソンの感慨に、フロンティアの消滅という一八九〇年の危機を経験して、アメリカ人としてのアイデンティティを失った大衆の絶望感を読み取ることができるだろう。

こうしたビリーとサクソンの置かれた状況は、『バーニング・デイライト』におけるエラム・ハーニッシュのそれを思い出させるが、この『月の谷』でもまた、二人の男女は、ハーニッシュと同じように、混乱と悪夢の都市空間から脱出することを決意する。「理性を失った獣」になって牢獄につながれたビリーと別れて、孤独と失意の日々を送っていたサクソンは、ある日、太陽の輝く青い空を眺め、潮風に吹かれているうちに、「自然の世界は全て正しく、思慮があって、情け深い。間違っていて、狂っていて、おぞましいのは、人間の世界だ」という結論に達する。「彼女とビリーがこの人間の造った世界の悲惨と悲嘆の無意味な渦のなかに呑み込まれている」とすれば、二人に残されているのは「人間の造った世界の罠」から逃げ出すことだけだった。「都市は彼女とビリーのための場所でもなければ、市場や赤ん坊のための場所でもなかった」とも書かれている。したがって、この作品の第三部では、かつての西部のパイオニアたちが、そして『バーニング・デイライト』の主人公がそうであったように、「約束の土地」を求めて旅立ったビリーとサクソンが三年間もの流浪生活の果てに、ようやく「月の谷」という安住の地を見出すまでの経緯が二百ページ以上に亙って延々と書き継がれることになるが、その一部始終をここで詳しく説明するまでもあるまい。この小説の結末に用意されたきわめて牧歌的な風景のなかで、ビリーとサクソン（彼女はビリーに受胎を告知したばかりである）が寄り添ったまま、木の間にたたずむ二頭の男鹿と牝鹿を見やっている、『バーニング・デイライト』の結末に酷似した場面を指摘するだけで十分だろう。

この小説の展開について、ジェイムズ・ランドクィストはビリーとサクソンが「科学的農民となって、先祖のパイオニアたちが果たせなかった『カリフォルニアの夢』を実現する」(10)と説明している。たしかに、都会の片隅で暮らしていたサクソンは「彼女の一族の者たちが都市に住んだり、労働組合や雇用者教会などに煩わされることのなかったアルカディアの日々」を夢見たことがあったし、「老人たちの語る自給自足の物語」を思い出したこともあったが、二十世紀のアメリカ社会で「自給自足」の可能な「アルカディアの日々」を「月の谷」に実現するというのは、時代錯誤的でセンチメンタルとしか言いようがないではないか。『月の谷』におけるロンドンは

「大地への回帰を、農民か牧場主のシンプルな生活への回帰を信奉していた」と考える論者もまた、「ある意味では、彼自身の初期の荒野を扱った作品よりもジーン・ストラットン＝ポーターの小説に似通っている」[11]と指摘しているが、そこに表明されている楽観主義は、『月の谷』と同じ一九一三年に出版されてベストセラーとなった、もう一人のポーター、エリナ・ホジマン・ポーターの『ポリアナ』[12]のそれを思い出させるかもしれない。いや、ビリーとサクソンが都市から脱出する直接の切っ掛けになったのが、ビリーの出所祝いの折りに観た、中西部あたりの農場を舞台にした活動写真であった、という設定そのものが、『月の谷』のメロドラマ性を際立たせているのではないか。スクリーンに映った畑や丘や空を眺めて、すっかり感激したサクソンが嬉し涙を流しながら、「オークランドを出てからどこへ行けばいいか分かったわ」と叫び、「俺も昔から田舎に憧れていたんだ」とビリーが応じているのである。

たしかに、『バーニング・デイライト』と『月の谷』におけるジャック・ロンドンは、混沌と腐敗に満ちた都市空間のなかにパイオニア的資質を備えた主人公たちを投げ込み、彼らが肉体的にも精神的にも崩壊して行く姿を描き上げることによって、例外としての共和国の精神が新しい都市的、産業的風景のなかでも存続することが可能である、などといった革新主義時代のアメリカ人が抱いていた幻想を見事に打ち砕いている。そこに彼の自然主義作家としての姿勢が窺われることは認めなければなるまいが、同時にまた、いずれの作品の場合にも、およそ自然主義作家らしからぬセンチメンタルな結末を臆面もなく持ち込んでいることもまた否定できないだろう。またしても「何故リアリズム小説はそれほどまでにリアリスティックでない形で終わるように思われるのだろうか」というエイミー・キャプランの嘆き[13]を繰り返したくなるのだが、読者としては、牧歌的な風景を手放しで礼讃するロンドンの滑稽なまでに時代錯誤的なセンチメンタリズムを批判する前に、大地や農民に対する彼の全幅の信頼がジェファソン以来の古典的共和主義の美徳の伝統と深く関わっているという事実に注目しなければならない。ロンドンの登場人物たちを「月の谷」へと誘い続けたのは、地理的フロンティアの消滅した後のアメリカ社会においてもなお命脈をつないでいる共和国のヴィジョンに他ならなかったのである。

注

(1) Jack London, *Burning Daylight, The Works of Jack London.* Vol. 15 (Tokyo: Hon-no-tomosha, 1989).
(2) Earle Labor, *Jack London* (New York: Twayne, 1974) 139.
(3) Earle Labor and Jeanne Campbell Reesman, *Jack London.* Revised Edition (New York: Twayne, 1994) 98-99.
(4) 拙著『アメリカ自然主義文学論』（研究社出版、一九七三）五三―七二、一三四―五一参照。

(5) Thomas Jefferson, *Writings*, ed. Merrill D. Peterson (New York: Library of America, 1984) 290-91. 引用は中屋健一訳によっている。

(6) Leo Marx, *The Machine in the Garden: Technology and the Pastoral Ideal in America* (New York: Oxford UP, 1964) 6. 引用は榊原胖夫・明石紀雄訳によっている。

(7) Jack London, *The Valley of the Moon*, *The Works of Jack London*. Vol. 20 (Tokyo: Hon-no-tomosha, 1989).

(8) Labor and Reesman 98; Peter J. Schmitt, *Back to Nature: The Arcadian Myth in Urban America* (New York: Oxford UP, 1969) 136.

(9) ここに窺われるアングロサクソン中心主義は前章で扱ったジョサイア・ストロング『我が国』における「アングロサクソン化」と密接に関わっていると考えられる。

(10) James Lundquist, *Jack London: Adventures, Ideas, and Fiction* (New York: Unger, 1987) 63-64.

(11) David M. Wrobel, *The End of American Exceptionalism: Frontier Anxiety from the Old West to the New Deal* (Lawrence: UP of Kansas, 1993) 90. なお、ジーン・ストラットン＝ポーターやK・D・ウィギンの「幸福小説」については前掲の拙著『アメリカ自然主義文学論』五五—五七を参照。

(12) Eleanor Hodgman Porter, *Pollyanna* (Harmondsworth: Penguin, 1984). この作品については後であらためて取り上げる。

(13) Amy Kaplan, *The Social Construction of American Realism* (Chicago: U of Chicago P, 1988) 159.

IX 大地を耕す者たち
――アンドルー・ライトルを読む（1）

アメリカ南部作家アンドルー・ライトル（一九〇二―一九五）の名前は一般読者に広く知られているとは言い難い。たしかに彼はきわめて寡作であって、同じ時期にヴァンダービルト大学を卒業したアレン・テイトやロバート・ペン・ウォーレンの輝かしい名声の陰に隠れた存在という印象が強いけれども、『長い夜』（一九三六）、『月の宿にて』（一九四一）、『悪の名前』（一九四七）、『ベルベットの角』（一九五七）[1]のような優れた作品を発表している彼が、いつまでも無視されることはあるまい。だが、南部作家としてのライトルを考えようとする場合、彼もまたテイトやウォーレンとともに、『私の立場』に一文を寄稿した筋金入りの南部農本主義者であったという事実を見逃すことができない。

十二名の南部知識人が寄稿した『私の立場 ― 南部と農本主義的伝統』[2]は、一九三〇年十一月に出版された。この論文集にはアメリカ南部農本主義のマニフェストという呼び名が与えられ、「重要な社会的、哲学的ドキュメント」[3]として、出版以来ずっと注目されてきた。この『私の立場』の背景に一九二五年のスコウプス裁判があったことはしばしば指摘されてきている。これは高校教師ジョン・T・スコウプスが進化論を教えることを禁止したテネシー州の法律に違反した廉で起訴された裁判で、著名な弁護士クラレンス・ダロウと、これまた著名な政治家W・J・ブライアンの二人が対決したことでも知られているが、この裁判はまた、二十世紀においてもなお進化論を否定するアメリカ南部の後進性を浮き彫りにしていたという意味でも重大な事件であった。早くから文化的、精神的に不毛な南部を「砂漠」に譬えていたH・L・メンケンも、この裁判を取材するためにデイトンの町にやって来て、これに「モンキー裁判」という揶揄的な名前を付けていた[4]。

このデイトンでの裁判は、ジョン・クロー・ランサムやアレン・テイトといった「フュージティヴズ」と呼ばれるグループの詩人たちに大きなショックを与え、それまで顧みることのなかった南部に対する強い関心を目覚めさせることになった。例えば、テイトはランサムに宛てた手紙に、「南部の歴史と、南部の文化について、何かをしなければならない」と書いたことを回想している[5]。そのグループの一人であったアンドルー・ライトルもまた、『私の立場』から五十年後に書かれた文章のなかで、ニューヨークで会ったテイトと議論した時、スコウプス裁判を「われわれの伝統的な遺産に対するリベラルの攻撃」と見做したことに触れて、「南部の精神に対するこの宗教的な攻撃は、アメリカと世界の前でわれわれを侮辱し、後進的で無知なわれわれを笑い物にするという二重の目的を持っているように思われた。だが、本当の目的はもっと陰険で、宇宙の聖なる秩序ではなく、その俗なる秩序に対する信念をわれわれに無理に受け入れさせることであった」[6]と語っている。この裁判が生み出した危機意識は十二名の南部人に『私の立場』の出版を計画させただけでなく、それと前後して、テイトにストーンウォール・ジャクソンとジェファソン・デイヴィスの伝記を、ウォーレンにジョン・ブラウンの伝記を書かせ、ライトルにもまた南軍の英雄ベドフォード・フォレスト将軍の伝記[7]を書かせることになったのである。

ライトルが『私の立場』に寄稿した論文の奇妙な題名「うしろの乳首」[8]は、アメリカ経済の片隅に追いやられた南部農民の危機的な状況を暗示している。「一腹の子のなかで最も弱い子豚」のような存在に変えられてしまった南部農民は、親豚の横腹の一番よい場所から押しのけられて、「小さなうしろの乳首から栄養を取ることを余儀なくされている。母豚の後ろ脚の間でもがきながら、それが干からびたうしろの乳首にならないように精一杯頑張らなくてはならないが、それもこれも他の子豚たちが限りなく食い意地が張っているからである」とライトルは述べている。この土の匂いのする比喩的な題名は、豊かなアメリカ社会の「うしろの乳首」を押し付けられた貧しい南部人の怒りと苦しみを表現しているが、そこには、マーク・ルーカスが指摘しているように、「タイプライターを打っている無関心な農本主義者ではなく、強烈なまでに誠実な南部農民」(9)としてのライトルの姿勢を読み取ることができるのである。

「うしろの乳首」の第一部で、ライトルは南部農民を取り囲んでいる「不幸な状況」を詳しく説明している。トマス・ジェファソンの昔から、工業や商業の勝利は「土地で働く者たち」に不幸を引き起こすと考えられてきたが、機械文明の支配する二十世紀のアメリカにおいて「未だに土地で生活し、その生活を他のどの生活よりも好むが故にそこで生活している人間は、この産業主義的帝国主義とその破壊的なテクノロジーから如何にして身を守るべきなのか」。最良の解決策は農場を工業化して、進歩的になり、科学的な方法を取り入れることのように思われるかもしれない。事実、そうしたスローガンは声高に唱えられているが、この「進歩の哲学」に耳を傾けてしまうと、その瞬間から農民は土地を失う羽目となり、土地を失った農民は必然的に独立の精神を失うことになる。所詮、「進歩的な農民」とは言葉の矛盾であって、「農地は金の生る木を育てる場所である」と信じるライトルは、マネー経済てる場所ではない。それはトウモロコシを育てる場所である」と信じるライトルは、マネー経済をすべてに優先させる「進歩的な農民」を待ち受けているのは「生き方としての農業の終焉」に他ならない、と結論している。北部的な「進歩の哲学」は南部独自の「伝統的な遺産」を破壊する、というライトルの警告を聞き逃してはなるまい。

「うしろの乳首」の第一部で南部農民のペシミスティックな状況を語ったライトルは、第二部になると、一転して典型的な南部農民の典型的な一日の活動を、きわめて明るい口調で詳細に紹介している。ペンキの剥げかけた家屋、家族の集まる両親の部屋、薪を燃やすストーブのある台所。農家の一日は主人が起き出して、起床のベルを鳴らす時から始まる。農民の妻はすでに朝食の準備に取り掛かっているが、ベルの音で目を覚ました息子たちや娘たちは、それぞれの決められた仕事を片付ける。やがて自家製の材料で調理された朝食が終わると、男たちは畑仕事に出掛け、女たちは昼食の支度に忙しい、といった具合に、農家のゆったりとした仕事ぶりが描出される。自家製のチーズ作りは時間がかかる。電気冷蔵庫を使えば時間が節約できるが、その節約した時間を何に使うのか、とライトルは問いかけている。昼食は「まず第一に、せかせかしていない。カフェテリアの狂ったようにかき込む食事のペースに慣れている人間は、田舎の食卓のゆっくりしたパフォーマンスにいらいらするだろう」とも語っている。一日の仕事が終わると、家族全員が両親の部屋に集まって、ギターを弾き昔からのバラードを歌う。近所の若者が娘を目当てにやってくる。大勢でゲームを楽しむプレー・パーティやピクニックやバーベキューやスクエアダンスのことも、ライトルは忘れずに付け加えている。ここに描かれているのは、たしかに、「自営農民の生活の、意図的に理想化されたイメージ」[10]にちがいないが、もし農家が「進歩の哲学」に耳を傾け、産業主義を受け入れた時、そうした平和で幸福な農民の生活に何が起こるかを明らかにすることがライトルの目的であった。

したがって、第三部のライトルはマネー経済に身売りをした農民のたどることになる運命を描いている。「進歩的な農民」はまずラバを処分して、トラクターを購入するが、資金が足りないと分割払いに頼ることになる。トラクターのために人手が余るようになり、息子たちはガソリンスタンドで働き始める。電化用の製品を買うために土地を抵当に入れる必要に迫られる。チーズ作りの仕事が無くなった娘たちも働きに出るようになって、家庭は崩壊し始める。一家の中心であった農民の妻は、それまでは「一番重い荷物を背負うことに満足していたが、今では落ち着きを失っている。安定した文化のなかの創造者から機械の助手に変身してしまったのである」とライトルは書いている。金儲けに夢中になった農民は最新の機械類を備え付けるが、機械では自然を支配することができない。雨が降ってほしい時に雨は降らないし、ヒョウや風のために作物は被害を受ける。借金がかさんだ揚げ句、ついに農地を手放さなければならなくなる。こうした悲劇を回避するために、農民はどうすればいいのか。「織機と手仕事と繁殖する家畜に立ち返れ。ラジオを放り出して、壁からバイオリンを取り下ろせ。映画を捨ててプレー・パーティやスクエアダンスに戻れ」とライトルは忠告しているが、その背後に「農本主義の南部は産業主義を毒蛇のように恐れるべきである」という彼の主張を聞き付けることは困難ではないだろう[11]。

論文「うしろの乳首」が書かれてから七十年近く経った現在では、こうしたライトルの発言がいささか時代錯誤的に響くとしても不思議はあるまい。そこでの彼がどのような世界を志向していたかを考えるためには、この論文を歴史的コンテクストのなかに置き直す必要があるのではないか。そのための一つの戦略として、『私の立場』とほぼ同時期に出版されたエドウィン・ミムズの『前進する南部—進歩と反動の物語』（一九二六）[12]を検討することにしたい。

エドウィン・ミムズ（一八七二—一九五九）は、現在ではすっかり忘れ去られた存在となっているが、かつては「南部における彼の時代の指導的知識人の一人」[13]であった。一八七二年にアーカンソー州に生まれた彼は、一八八八年にヴァンダービルト大学に入学、さらに大学院で英文学を修めた後、一八九四年から一九〇九年までノースキャロライナ州のトリニティ・カレッジで教鞭を取るが、その一方で一八九六年から九七年にかけてコーネル大学の大学院で学んでいる。一九〇五年にホートン・ミフリン社のアメリカ作家シリーズの一冊として『シドニー・ラニアー』(14)を執筆して、高い評価を受け、次第に注目されるようになる。一九〇九年にノースキャロライナ大学に移った後、一九一二年には母校ヴァンダービルト大学に迎えられ、一九四二年に引退するまで英文科の主任教授の地位にあった。

そうした事情から、きわめて当然のことながら、ミムズはヴァンダービルトの教師や学生で、後に『私の立場』の重要な寄稿者となるジョン・クロー・ランサムやドナルド・デイヴィッドソン、さらにはテイト、ウォーレン、ライトルなどと深い関わりを持っていた。ランサムやデイヴィッドソンを英文科の教員として採用したのはミムズであったし、テイトやウォーレンやライトルは学生として、ミムズのクラスに出席、テニソンやブラウニングを暗誦させる彼の授業に反感を抱いたこともあった。さらに、ランサムを中心とする若手の詩人たちが「フュージティヴズ」を結成した時には、ミムズはそれに反対する発言をしたために、もともと犬猿の仲であったテイトなどの反感を買うことになったが、彼らの雑誌が好評を博するようになると、にわかにグループに対して好意的な態度を取り始めたりもした。このように、ミムズはやがて『私の立場』を出版する南部農本主義者たちと密接に結び付いた人物であったので、彼が一九二六年に書き上げた『前進する南部』という本は、ライトルの論文のみならず、『私の立場』の基本的姿勢を考えるための重要な手掛かりを提供してくれるにちがいない。

この二冊の書物がいずれも南部人による南部論であって、南部への深い愛着に裏打ちされていることは容易に想像できるが、いずれの場合にも、出版直前の一九二五年に行われたスコウプス裁判が直接の動機となっていた。マイケル・オブライエンによると、「南部が北部の知識人の仲間内でお定まりの冗談になっているのを見て驚愕した」ミムズは、裁判が終わるのを待ち兼ねるようにして、アパラチアの山中に引きこもると、「メンケニズムの論破」という目的のために『前進する南部』の執筆に取り掛かる。[15] その「はしがき」の日付が一九二五年十二月一日となっているという事実も、ミムズが一気呵成に書き上げたことを物語っていると言えるだろう。すでに触れたように、デイトンでの裁判は『私の立場』の出版を促す直接の動機ともなっていたが、同時にまた、同じ事件に強烈な衝撃を受けて書かれたミムズの書物もまた、十二名の南部知識人に刺激を与えたにちがいない。相次いで出版された二冊の書物は、同じヴァンダービルトを本拠地とする、同じ南部人によって、同じ南部に対する強い関心を動機として書かれているが、そこでなされている主張はどうだろうか。果たして両者の間に共通の基盤、共通の目的意識を見いだすことができるのだろうか。

『前進する南部』の「はしがき」のなかで、ミムズは彼の目的が「南部諸州において他ならぬリベラリズムの戦いを戦っている個人や施設や組織」を紹介することである、と述べているが、彼に言わせると、今やアメリカ南部は「驚くべき産業の発展」だけでなく、「さらに重要で意味深い知的な再生」を経験しているのであり、「本書を執筆するに当たっての私の第一の願いは、その勢力とヴィジョンを強めている大目的に力を貸すことである」とも語っている。そのために彼はジャーナリズム、宗教、教育、文学、工業など、さまざまの分野における新しい南部の動向をレポートすることになるが、いずれの場合にも彼が見いだしたのは、「進歩と反動という勢力間の対立葛藤」であると同時に、その対立は常に進歩の勝利に終わっている、という事実であった。南部には無教育な人間がいて、それを巧みに操っているデマゴーグの数も多く、「事態はたしかに深刻ではあるけれども、見かけほどには深刻ではない」と彼は報告している。

例えば南部の産業化について、「昔ながらの魅力や閑暇、昔ながらの美しい風景やロマンス」が失われ、「南部諸州の画一化」がもたらされると危惧する人々がいる一方で、産業化の持つ積極的な意義に注目している人々も多いことを『前進する南部』の著者は強調して、幾多の障害にもかかわらず、南部の産業を正常な軌道に乗せることに成功した「典型的な指導者」の何人かの仕事を紹介することに努めている。ミムズはまた、この本のなかでスコウプス裁判に何回か言及していて、こうした事件に照らして考えると、南部が依然として「反動的な神学の本拠地、狭苦しいファンダメンタリズムの砦」といった印象を与えることは否定できないと語り、「すべての進歩的な運動」に反対する指導者たちがいることも認めている。だが、そういった反動勢力の声高な発言にもかかわらず、「彼らの砦は、次第に勢いを増すリベラリズムの潮流によって徐々に切り崩されている」という診断をミムズは下しているのである。

こういった著者の姿勢から判断して、『前進する南部』のキーワードがアンドルー・ライトルによって蛇蝎視されていた「進歩」と「産業」であることは容易に想像が付くだろう。「南部の前進」「南部の精神」「南部における産業の進歩」「近い未来における大いなる進歩」「産業と知性の進歩の歳月」「新しい産業の秩序」などといった表現は、本書の至るところに鏤められているし、ミムズが「今日の南部の生活を形成している指導者」と呼ぶ人々を語るに当たっても、この「進歩」と「産業」という二つのキーワードは繰り返し用いられている。例えば、ジャーナリストのヘンリー・グレイディは、「南部の将来」が「より永続的な文明の基盤となるべき産業的秩序」のなかに存在しているという主張をしていることが強調されているし、「新しい南部」を代表する人物とミムズが認めているウォルター・ハインズ・ペイジは「産業と教育が新しい秩序をもたらす」と信じていることが指摘されている。結局のところ、この本におけるミムズは、「産業の進歩の後に登場する度量の広い男たちの数が次第に増えてきた」という結論に達している、と考えてよい。

『前進する南部』は、すでに指摘しておいたように、デイトンでの裁判が南部に与えたマイナスのイメージを払拭することを目指していた。メンケンその他によって作られた南部のイメージがいかに現実に合致しないものであるかを指摘し、南部はまさに「前進」していることを証明することに、著者ミムズは全力を傾注していた、と言ってよいだろう。そうした彼の意図は、南部を「砂漠」に譬えたメンケンの論文に三回も言及していることからも察することができるにちがいない。だが、この「新しい南部」をめぐるレポートをメンケン自身はどのように受け止めていたのか。『アメリカン・マーキュリー』に載せた書評(16)のなかで、「称賛すべき勤勉さとなかなかに意気盛んな熱意にもかかわらず、ミムズ博士は、まったく理解していないテーマを相手に悪戦苦闘している著述家といった印象を与える」とメンケンは書き、著者には南部の政治的、文化的状況が「村の学校の女教師」ほどにも分かっていないのではないか、と厳しく批判している。「南部の問題の何たるかを理解するには、彼は未だあまりにもオーソドックスすぎる」ともメンケンは指摘しているが、この辛口の批評家にとって、南部の抱え込んでいる問題とは「宗教の問題」に他ならなかった。結局のところ、南部は「すべての問題が信仰の問題となっている、あの文明の初歩段階」を乗り越える必要があるが、「道は長く、危険にあふれていて、その果てに行き着くまでには数多くの頭が割られることになるだろう」という言葉で、メンケンは『前進する南部』の書評を締めくくっていた。

だが、こうしたメンケンによる批判にもかかわらず、『前進する南部』は一般の読者からは大いに歓迎されただけでなく、ピュリッツァー賞を貰えるのではないか、と思われるほどの評価を得た、と晩年のミムズは回想している[17]。この一冊を書き上げたことによって、彼は一躍、時の人といった扱いをうけるようになり、南部問題のエキスパートとしての彼には、講演の依頼が舞い込み始める。だが、ミムズの基本的な姿勢に対する厳しい批判は、北部のメンケンのような批評家からだけではなく、南部の彼のすぐ身近なところから突き付けられることになる。四年後に出版された十二名の南部人による『私の立場』は、ミムズを直接名指しで攻撃しているわけではないが、『前進する南部』の後を受けた形で発表されたこのシンポジウムは、それの全面的な否定を意図していたのであった。

ライトルが論文「うしろの乳首」を寄稿した『私の立場』の主張がミムズのそれとはまったく異なった南部意識の上に成り立っていることは、その副題「南部と農本主義的伝統」からも見当がつくにちがいない。ミムズが北部的な進歩の概念を受け入れ、産業主義を推進する「新しい南部」の精神を熱烈に支持しているのに対して、『私の立場』の十二名の南部知識人たちは自らを「農本主義者」と規定し、「全員がアメリカ的または一般的な生活方式と呼ばれるものに対立する南部的な生活方式を支持しようとする」(18)ことを『私の立場』の序文で明らかにしている。彼らの主張を適切に表現する用語は「農本主義対産業主義」であるという指摘もまた、ミムズの立場との本質的な相違を浮き彫りにしている、と考えてよい。

だが、何よりもまず、「最近、南部自体が少しばかり動揺して、一般的あるいはアメリカ的な産業主義の理想に付き従うことを望むような兆候を示している、といった憂鬱な事実がある。そのような傾向に反対して、この本は書かれている」という一文は、南部における「驚くべき産業の進歩」を強調するミムズの発言を『私の立場』の寄稿者たちが意識していたことを示しているにちがいない。南部が「新しい南部」になることは、「単なるありふれた産業社会の、際立った特徴のない複製」に成り果てることであるという指摘もまた、北部を中心とするアメリカ社会のありようを拒絶する強固な意志を表明している、と受け取ってよいだろう。ジョン・クロー・ランサムが「今日、南部の理念は下降し、進歩的あるいはアメリカ的な理念は上昇している」と書き、「ニュー・サウス派」が「最近の南部の産業面での達成に満足し、それ以上の多くを望んでいる」のに対して、「オールド・サウス派」は「この地域が、合衆国の他の地域とまったく同じように、産業主義の理念に完全に、無批判に没頭することを恐れている」と語っているのもまた、ミムズ的な姿勢を念頭に置いてのことであったと言えるだろう。

「農業が大半の人々によって実践される社会への回帰」を唱えたアンドルー・ライトルの論文が明らかにしていたように、『私の立場』に寄稿した十二名の南部人たちは「産業社会」に対抗する社会として「農業社会」を想定していた。それは「富のためであれ、快楽のためであれ、特権のためであれ、農業が指導的な職業である社会」に他ならないが、ドナルド・デイヴィッドソンが主張しているように、「アメリカでは、過去も現在も、南部が農業社会の生きた実例を提供している」[19]という事実は否定すべくもない。同じ論者はまた、ミムズが高く評価していたペイジやグレイディなどによる「ニュー・サウス理論」が南部の「本来の特性を破壊する」傾向があることを指摘している。ライトルが農業社会への回帰を主張したり、ライル・ラニアーが「進歩」の概念を否定的に論じたりしているのも[20]、すべて『前進する南部』におけるミムズの態度を意識した結果であった、と言い切ってよい。批評家アレグザンダー・キャラニカスも「たしかに、さまざまの点で『私の立場』は『前進する南部』に対する答えとして書かれていた」[21]と述べているが、十二名の農本主義者たちのマニフェストは、ミムズの自信にあふれた発言との比較において検討した時、その主張をより正しく理解することができるのである。

『前進する南部』の著者と農本主義者たちとの対立関係は、ある興味深いエピソードからもはっきりと窺うことができる。『私の立場』から三年後の一九三三年、オーブリー・ハリソン・スタークの評伝『シドニー・ラニアー』[22]が出版された時、有力な農本主義者であったアレン・テイトとロバート・ペン・ウォーレンの二人がそれを厳しく批判する内容の書評を書いている。すでに触れたように、一九〇五年に刊行された『シドニー・ラニアー』がエドウィン・ミムズの出世作であったことを考え合わせると、ラニアーに関する新著の書評という形で、実は不倶戴天の敵とも言うべきミムズへの批判を試みている、という見方も成り立つのではないだろうか。

「南部のロマン主義者」[23]と題する書評のなかで、テイトはまずスタークの書物には新発見と呼べるものはほとんどなく、ミムズ教授の旧著が依然として「スタンダードな著書」であり続けるだろう、と書いているが、そのすぐ後に「ミムズ教授の『ナショナリズム』の無邪気な社会的信念はもはや必要ではない」という一文を付け加え、ミムズの解釈の誤りを指摘し始めるのである。さらに、テイトはラニアーの「批評家としての著作の精神はオプチミズムと安易な類推である」と述べ、彼が「時代の精神と取り組むことをしなかった詩人」であったことを指摘した後、積極的に南部の価値を発見しようとしなかったラニアーの姿勢は、「現代の知的伝統」とは無縁ではなく、「彼はわれわれを今日のわれわれにすることに力を貸した十九世紀の指導者であった」と結論している。

ウォーレンもまた、「盲目の詩人シドニー・ラニアー」(24)と題する書評を、新刊のラニアー論には新しい資料はほとんどなく、あるとしても「傍証的な性質」のものに過ぎない、というテイトと同じ調子で書き始め、ミムズの書物に寄りかかったままの新著では、「われわれの考察するラニアーの性格は一向に変わっていない」と述べている。彼はまた、著者のスタークがラニアーを「一切の地域の枠を超えてしまった南部人」と規定している点に関して、「ラニアーと『ニュー・サウス』との同一視は、ミムズ教授が強調している点であるけれども、それは全国的な（つまり、北部的な）理念とプログラムとの同一視以外の何物でもなかった」と論じているだけでなく、この問題についてはミムズ教授の意見が「水晶のように明白である」ともコメントしている。結局のところ、ウォーレンに言わせると、「ラニアーはわれわれにとって疑わしい重要性を持っているに過ぎない」のである。かりに著者スタークが力説しているように、ラニアーを知る必要があるとすれば、それは「われわれの遺産を評価するのに力を貸してくれるかもしれない」からである、とウオーレンはテイトとほとんど同じ口調で結論していたのである。

この二人の農本主義者たちによるラニアー批判は、ラニアー研究の権威としてのミムズ批判に自ずから繋がっているが、そのことは農本主義者たちのリーダー格であったジョン・クロー・ランサムまでもが「心と頭」[25]というエッセイを発表していることからも想像がつくだろう。このエッセイが書かれるについては、テイトとウォーレンの書評に反論した原著者のスタークが「南部と農本主義の指導者」であったラニアーをナッシュヴィルの農本主義者たちが否定的に扱うのはおかしいではないか、と主張したという事情が働いていた。ランサムが自分に直接関係のない論争に乗り出して行ったのは、問題が文学批評の枠を離れて、「農本主義者」とは何者か、という議論に移ったからであった、と考えてよい。ここでのランサムは「テイト氏やウォーレン氏が公に農本主義者として知られているると同じ意味で、ラニアーは優れた農本主義者であった」というクラークの主張をきっぱりと斥ける態度を取り、ラニアーに対して「非農本主義」という表現さえ用いている。さらに、ランサムは「ラニアーはまた批判力のないナショナリストであったが、批判力のないナショナリズムは南部には絶対に推奨できないものであった。全国的な理想と南部の農本的な理想はまったく反対の方向を指し示していた」と論じているが、そこに見られるラニアーをミムズと読み替え、文章全体を現在形に書き改めれば、そのまま『前進する南部』と『私の立場』との相違点を際立たせることになる。「南部は産業化を始め、農場では農本的な方式を放棄し始めた。だが、南部の土地にはまだ農本主義の亡霊が残っている」というランサムの言葉は、四年前に出したマニフェストを簡潔に要約しているとも考えられる。そこにはミムズによって代表される「ニュー・サウス派」に対する否定的な姿勢が明確に示されているのである。[26]

すでに述べたように、『私の立場』における理想社会は農業社会であった。「農本主義の理論は、土地の耕作が最も優れた、最も繊細な職業であるという理論である」と十二名の南部人たちは宣言していたが、その意味で、自営農民の生活を賛美するライトルの論文「うしろの乳首」は、『私の立場』全編の主張を要約する論文であったと言っても過言ではあるまい。だが、この農業を何よりも重視するライトルの姿勢は、農民を「神の選民」と規定し、「耕作者の大部分が道徳的に腐敗するという現象は、いまだかってどの時代にも、またどの国民の間にも実例のあったためしがない」[27]と論じていた『ヴァジニア覚え書』におけるトマス・ジェファソンを、またしても思い出させずにはおかない。アメリカ共和国の精神を永遠に不滅の状態に保つために、農民の美徳を重要視したジェファソンの理想に立ち返ることを、アンドルー・ライトルとその仲間の農本主義者たちは夢見ていた。「南北戦争以前の時期における最も戦闘的な共和主義の中心であったアメリカ南部は、それを一八九〇年以後の時期に復活させようとする努力の戦闘的な中心であり続けた」[28]とリチャード・ネルソンは語っているが、『私の立場』は、その真摯な努力が見事に結実した事例に他ならなかった。このマニフェストの目指した世界は、美徳の共和国の理念の支配する世界であった、と結論できるだろう。

だが、二十世紀のアメリカ社会において、独立した自営農民が自給自足の生活を享受することを可能にする南部社会の例外性を主張して止まない、いささかセンチメンタルな農本主義者ライトルの信念を、小説家としてのライトルもまた抱き続けることができるのか。南部農本主義運動は一九三七年には解体し始めたことが指摘されているが、[29]その前年にライトルの長編第一作『長い夜』が発表されているという事実は、彼の作家活動を考察する上で重要な意味を持ってくるにちがいない。

注

(1) Andrew Lytle, *The Long Night* (Tuscaloosa: U of Alabama P, 1988); *At the Moon's Inn* (Tuscaloosa: U of Alabama P, 1990); *A Name for Evil* (New York: Bobbs-Merrill, 1947); The Velvet Horn (New York: McDowell, Obolensky, 1957).

(2) Twelve Southerners, *I'll Take My Stand: The South and the Agrarian Tradition* (Baton Rouge: Louisiana State UP, 1977).

(3) Thomas Daniel Young, *Waking Their Neighbors Up: The Nashville Agrarians Reconsidered* (Athens: U of Georgia P, 1982) 78.

(4) H.L.Mencken, "The Sahara of the Bozart," *The Impossible H.L.Mencken: A Selection of His Best Newspaper Stories*, ed. Marion Elizabeth Rodgers (New York: Doubleday, 1991) 491-95.スコウプス裁判に関するメンケンの記事については、*The Impossible H.L.Mencken* 562-611を参照。

(5) Richard Gray, *Writing the South: Ideas of an American Region* (Cambridge: Cambridge UP, 1986) 126; Paul K. Conkin, The *Southern Agrarians* (Knoxville: U of Tennessee P, 1988) 32.

(6) Andrew Lytle, "They Took Their Stand: The Agrarian View After Fifty Years," *From Eden to Babylon: The Social and Political Essays of Andrew Nelson Lytle*, ed. M.E.Bradford (Washington, D.C.: Regnery Gateway, 1990) 222.

(7) Andrew Lytle, *Beford Forrest and His Critter Company* (1931; Seminole, Florida: Green Key Press, 1984). なお、この伝記作品については、拙著『アメリカ伝記論』（英潮社、一九九八）一五一—一六四を参照。

(8) Andrew Lytle, "The Hind Tit," *I'll Take My Stand* 201-45.

(9) Mark Lucas, *The Southern Vision of Andrew Lytle* (Baton Rouge: Louisiana State UP, 1986) 23.

(10) Young 44.

(11) 同じ趣旨の意見は Andrew Lytle, "The Small Farm Secures the State," *Who Owns America?: A New Declaration of Independence*, ed. Herbert Agar and Allen Tate (Boston: Houghton Mifflin, 1936) 237-50にも述べられている。

(12) Edwin Mims, *The Advancing South: Stories of Progress and Reaction* (Garden City, N.Y.: Doubleday, Page, 1926).

(13) Michael O'Brien, *Rethinking the South: Essays in Intellectual History* (Baltimore: Johns Hopkins UP, 1988) 133.

(14) Edwin Mims, *Sidney Lanier* (Port Washington, N.Y.: Kennikat Press, 1968).

(15) O'Brien 147.

(16) H.L.Mencken, "The South Looks Ahead," *American Mercury* 8 (August 1926) 506-509.

(17) O'Brien 147.

(18) "Introduction: A Statement of Principles," *I'll Take My Stand* xxxvii-xlviii.

(19) Donald Davidson, "A Mirror for Artists," *I'll Take My Stand* 28-60.

(20) Lyle H. Lanier, "A Critique of the Philosophy of Progress," *I'll Take My Stand* 122-54.

(21) Alexander Karanikas, *Tillers of a Myth: Southern Agrarians as Social and Literary Critics* (Madison: U of Wisconsin P, 1966) 9.

(22) Aubrey Harrison Starke, *Sidney Lanier: A Biographical and Critical Study* (Chapel Hill: U of North Carolina P, 1933).

(23) Allen Tate, "A Southern Romantic," *The New Republic* 76 (August 30, 1933) 67-70.

(24) Robert Penn Warren, "The Blind Poet: Sidney Lanier," *American Review* 2 (November 1933) 27-45.

(25) John Crowe Ransom, "Hearts and Heads," *American Review* 2 (March 1934) 554-71.

(26) このエピソードは Mark Jancovich, *The Cultural Politics of the New Criticism* (Cambridge: Cambridge UP, 1993) 63-66 でも取り上げられているが、エドウィン・ミムズへの言及は一切なされていない。なお、拙論のミムズに関する部分は第二十六回アメリカ文学会全国大会（一九九〇年十月二十日）での「*I'll Take My Stand* の再検討 — Edwin Mimsとの関連において」と題する発表に基づいていることをお断りしておく。

(27) Thomas Jefferson, *Notes on the State of Virginia*, *Writings*, ed. Merrill D. Petersen (New York: Library of America, 1984) 290. 引用は中屋健一訳によっている。

(28) Richard Nelson, *Aesthetic Frontiers: The Machiavellian Tradition and the Southern Imagination* (Jackson: UP of Mississippi, 1990) 7.

(29) Conkin 127.

X 南部作家の現実意識
——アンドルー・ライトルを読む（2）

南部作家アンドルー・ライトルは、前章で触れたように、ヴァンダービルト大学在学中からアレン・テイトやロバート・ペン・ウォーレンなどと共にフュージティヴ・グループに属した詩人であったし、イェール大学のベーカー教授の下で演劇を学んで、実際に舞台に立ったこともあった。だが、一九三〇年出版のシンポジウム『私の立場』に寄稿した南部知識人の一人として、一九九五年に九十三歳で物故するまで南部農本主義運動の生き証人のような存在であった。小説家としても一部の批評家から高い評価を受けているが、ここではベストセラー『風と共に去りぬ』と同じ一九三六年に発表された彼の長編第一作の『長い夜』(1)を取り上げてみたい。

『長い夜』の執筆に当たって、ライトルは『私の立場』の寄稿者の一人であった歴史家フランク・アウズリーから聞いた話を下敷きにしている[2]。アウズリーの曾祖父は一八五〇年代にアラバマで無法者の一味に殺害され、それを目撃した彼の息子で、フランクにディンク叔父と呼ばれている人物は、下手人たちを見つけだして、父の仇を討つことを誓い、それを実行に移す。歳月が流れて、老境に達したディンク叔父はアウズリーの父親を呼び寄せて、討ち漏らした何人かの下手人どもを抹殺してくれるように頼むが、その願いを甥は聞き入れなかった。この一族に伝わる話を、一九三三年の夏、コーンシルク農場を訪れたアウズリーから聞かされたライトルは、それを基にして『長い夜』を書き上げる（同じ話をアウズリーから聞いたことをロバート・ペン・ウォーレンも記しているが、そこではアウズリー自身がディンク叔父に会ったかのように誤記されていることを付け加えておこう）[3]。だが、マイケル・オブライエンによると、その主人公の復讐者が精神異常者のように描かれていると感じたアウズリーは、ライトルの解釈に不満を抱いていたらしい[4]。『長い夜』に序文の形で付けたアウズリー宛の書簡（一九三六年八月付け）のなかで、材料を提供してくれたアウズリーの協力に感謝しながらも、「フィクションをあまりにも厳密に人生に密着させることは、かりに望ましいとしても、不可能であると信じます」とライトルは語っている。アウズリーから聞いたディンク叔父の復讐という実話が一体どのよう窯変して、一編の優れた小説作品が誕生したというのだろうか。

『長い夜』の第一部は、アーカンソーの大学を卒業したばかりで、結婚式を挙げるために実家に帰ろうとしていたロレンス・マキーヴァーが一通の手紙を受け取るところから始まる。それは南北戦争直後から行方不明になったまま、死亡したと思われていた叔父のプレザント・マキーヴァーから届いた、「あの世からのコミュニケーション」のような手紙であった。逆らいがたい迫力に満ちた手紙の命ずるままに、アラバマ州北部のウィンストン郡の山中に隠棲する叔父を訪ねることになったロレンスは、そこで一見平和で満ち足りた生活を送っているかに思われるプレザントから、ある夜、ジョン・ブラウンの襲撃事件直後の一八五九年から六二年にかけて起こった陰惨な事件の物語を聞かされることになる。「その夜、叔父が僕に話してくれたことや、他の筋から知ったことなどから、僕は物語を紡ぎ上げたが、当然のことながら、今となっては、どれが叔父の言葉で、どれが僕の言葉であるか、僕にも分からないことは理解してくれなくてならない」という一人称の語り手ロレンスの言葉で、第一部は終わっている。

『長い夜』の第二部は、甥のロレンスに代わって、この作品の主人公プレザント・マキーヴァーが第二の語り手となり、父キャメロン・マキーヴァー殺害までの経緯を物語るという形を取っている。ある事情のために、プレザント一家はテキサスに移住することになったが、南北戦争前夜の不穏な空気に包まれたアラバマ州ウィタンカで、タイソン・ロヴェルという男に率いられた奴隷や騾馬の盗みを働く組織との間に軋轢が生じたため、キャメロンはロヴェルの三人の手下によって就寝中に殺害される。父の秘蔵っ子であったプレザントは、この突然の惨劇に打ちのめされて、二日二晩自室に閉じ籠もった後、文字通り復讐の鬼となって姿を現し、三人の下手人だけでなく、四十人以上にのぼる一味全員を殺害することを誓う。やがて死んだ父の語りかける声を耳にし、自らを「神の定めた掟」と呼ぶようになる彼は、目には目を、歯には歯を、といった類いの異常なまでの復讐心に取り付かれた人間に変身してしまう、と言ってもよいだろう。

こうして、『長い夜』の第三部では、プレザントの父キャメロン殺害の実行犯だけでなく、事件に関わった一味の者たちが一人また一人とプレザントや従兄のアーミステッドなどの手で消されて行く。キャメロン事件の裁判で買収されていた判事はクーサ・インのバルコニーから蹴り落とされ、キャメロン殺しに直接手を下したウィルトン兄弟の一人は暴走した馬に引きずられて命を落とし、もう一人は手入れをしていた銃の暴発で死んでしまうなど、十数人の関係者がつぎつぎに葬り去られる。犠牲者の大半はプレザントの手にかかったのであったが、夜の闇に紛れて至るところに出没し、物陰で息をひそめて様子を窺いながら、殺害の機会を待っているプレザントの暗躍ぶりを作者は詳しく紹介している。それに、「暗闇のなかでゆったりすること。長い夜が何を意味するかを知ること。それが復讐の極意であった」という言葉を、ライトルは作中に書き記し、さらに巻頭にエピグラフとして用いてもいるので、『長い夜』が「復讐の極意」をきわめたプレザントの活躍する復讐物語であると思い込む迂闊な読者がいるかもしれないが、この作品はそれほど単純に割り切ることができないのである。

たしかに、『長い夜』は最終的には、殺された父親の復讐を誓った息子の生活と行動を追いかけることを目指しているが、にもかかわらず、そのプレザントの生活や行動とはまったく無関係に思われるエピソードが随所に導入されている。そこにはキャメロン殺しの下手人たちの日常的な暮らしぶりが詳しく描き込まれていて、主人公のプレザントはどこかに置き去りにされてしまったかのような印象を与えかねない。しかし、そうした脱線とも思われる物語の展開のなかで、とりわけ読者の注意を引かずに置かないのは、間接的ながらキャメロン殺しに関係していたために、やがてプレザントにナイフで刺し殺されることになる十八歳の青年デイモン・ハリソンをめぐる一連の長いエピソードにちがいない。彼の生い立ち、父親クウィントの過去、父母の不和、彼を取り囲む環境などを、まるで彼がもう一人の主人公でもあるかのように、六十頁に亙って詳細に紹介している作者ライトルの意図は、一体どこにあるだろうか。

デイモンの父親クウィントは、今でこそしがない商店主に落ちぶれているが、もともとアラバマ州南部にあったフェア・メドウズと呼ばれる広大なプランテーションの三代目の当主であった。ある日曜日、近所に住む遊び仲間と賭け事を始めた彼は、次第に興奮してしまって前後を忘れ、十歳のデイモンの目の前で、屋敷も土地も奴隷も含めた全財産を失ってしまう。すっかり落ちぶれた一家は、止む無く州北部へ移り住む。父親は夢遊病者のように無気力となり、気位の高い母親は激変した環境に馴染むことができない。狭い部屋に所狭しと置かれたマホガニー製のテーブル、枝付きの燭台、壁にずらりと掛かった先祖の肖像画など、かつての豊かな生活を思い出させる品々に囲まれた彼女は、古き良き過去の思い出のなかに生き続けている。もちろん、夫婦の関係は冷えきっていて、「この家の貧乏白人みたいな臭いを嗅ぐと、喘息が起こりますわ。私に窒息死して欲しいのなら別ですけど」といった彼女が食卓で口にする言葉からも、それを窺うことができよう。暗くじめじめした家庭の雰囲気に耐え切れない息子のデイモンは、愚痴をこぼすばかりで、家から一歩も外に出ようとしない母親への反発もあって、ロヴェルの手下のウィルトン兄弟のような悪い仲間と付き合い始めたのだった。

このようにして、母親の目から見れば軽蔑に値するような低俗で野卑な社会にデイモンが徐々に溶け込んで行く様子を、H・L・ウエザビーの表現を借りれば、新しい社会へのデイモンの

「イニシエーション」の過程(5)を、ライトルはいくつかのエピソードで描いている。デイモンが暴れ馬ならぬ暴れ騾馬を見事に乗りこなす場面は、その一例にすぎないが、それは彼が有能な青年として土地の有力者たちに受け入れられることを示していると同時に、馬ではなく騾馬が主役を演じるような社会は、プランテーションの四代目の主となるはずの彼が生まれ育った社会とはまったく異質の、一段低い世界であることを物語っているのである。あるいはまた、デイモンがルース・ウィーヴァという土地の娘と恋に落ちるという設定も、余所者の彼が新しい社会に入り込むためのイニシエーションという儀式的なプロセスと切り離すことができない。その彼女の家で行われる葬式の準備に彼が関わる場面には、徹底して細部にこだわるライトルの本領が発揮されているのだ。

この葬式というのは、プレザントによって殺害された二人の死者たちのためのもので、ウィーヴァー家の居間には二人の死体が安置され、近辺から集まって来た人々が準備に追われている、といった状況を作者は丁寧に描いている。女たちは台所で甲斐甲斐しく働き、休む暇さえない忙しさにもかかわらず、酔っ払いの亭主の悪口を言ったりする者もあれば、先住民に捕まっていたこともある老婆は、パイプをくゆらせながら、先立たれた二人の夫のことを面白おかしく話して聞かせる。こうした口うるさい女たちの目を盗むようにして、訪ねて来たデイモンと逢い引きの約束をするルースの姿も読者に紹介される。他方、死体の安置されている居間では、三人の男たちが死体に埋葬用の白布を着せる仕事に取り掛かっているが、回し飲みをした酒のせいで上機嫌になり、冗談を言い合っている。そこにデイモンがバケツに入った水を運んで来るという設定は、そうした連中と彼との間に生まれる仲間意識を暗示している、と受け取ることができる。だが、この三人もまたキャメロン殺しに関わっていて、やがて命を落とすことに思いを致すならば、いささかコミックな場面にも、暗い死の影が落ちていることを認めなければなるまい。

こうしたエピソードにおける克明な細部の描写については、多くの批評家が繰り返し注目している。『長い夜』における「有り余るほどに豊富な材料」に目を留めたのはアレン・テイトであったし、H・L・ウエザビーもライトルにおける「現実性の豊かさ」を論じていた。「この作品はリアリスティックな効果、リアルな世界とリアルな人間の細部に満ちている」というロバート・ペン・ウォーレンの指摘もあった(6)。だが、読者としては、ライトルによって詳細に描かれた南部の共同社会は、ロヴェルという男を指導者とする殺人者たちの集団であると同時にまた、それは濃密な人間関係、家族同士の緊密な絆、生と死が共存しているかに思われる日常的な風景を表象している点に目を留めなければならない。そして、復讐の念に取り付かれているが故に、この人間臭い南部の生活の営まれている領域から完全に疎外されている暗殺者プレザント・マキーヴァーの状況もまた、くっきりと浮き彫りにされている。家の者たちが寝静まった後、ルース と夜の森を散策しているデイモンを、闇のなかに潜んでいたプレザントが刺し殺すという展開は、日常世界の内と外に置かれた二人の若者の立場の相違を際立たせている。その意味で、インサイダーとしてのデイモンは、アウトサイダーとしてのプレザントとは対照的なフォイル的人物としての役割を果たすことになっているのである。

主人公プレザントと一見無関係に思われる詳細な描写が延々と続く点に触れて、ロバート・ペン・ウォーレンは「少しずつ、読者の注意は復讐者プレザント・マキーヴァーの物語から共同社会のありふれた、日光の当たった生活のほうに移行する」と述べ、ロヴェルの手下たちも所詮は運命の罠にかかった連中であるとすれば、「どちらの側にわれわれは立っているのか。この二重の視点と、それに伴うアイロニーが、この小説に現れた物語の基本的な事実となっている」(7)と論じている。殺人者集団であると同時に犠牲者集団でもある村人たちの「日光の当たった生活」を描き込むことで、ライトルは読者の関心を復讐の鬼と化したプレザントから遠ざけ、彼を客観的に眺めさせようとしている、と言い換えてもよい。すでに触れたように、『長い夜』の第一部と第二部は一人称で語られていたが、デイモンが登場する第三部では、その一人称の語りが消えてしまっている。批評家たちの悪評にもかかわらず、ライトルが作品の視点を途中で変更したのは、ジェイムズ・キルゴーが示唆するように、マニアックなプレザントの復讐計画が持っている「人間性を奪う効果」[8]を強調するための巧妙な仕掛けであった、と言えるだろう。

だが、自らの手で父の仇を討ち、不正を排除すると決意した瞬間から、プレザントが人間性を失って、悪魔的な殺人者に変身するというのは、何ともアイロニカルな展開と言わざるを得ない。第三部の終わり近くで、彼は暗闇のなかで悪の組織の首領タイソン・ロヴェルと対決し、その命を奪おうとする。だが、その時、ロヴェルが口にする「俺が死んで居なくなったら、お前は何をするつもりなのか」という言葉は、復讐だけが唯一の生き甲斐、人生の目的となってしまったプレザントの状況を見事に言い当てている。複雑な人生へのイニシエーションを経験するデイモンとは対照的に、人生の可能性を否定して無間地獄に堕ちたプレザントについて、マーク・ルーカスは「彼の人間性は復讐の長い夜の闇のなかで枯渇してしまった」と語り、H・L・ウエザビーもまた「共同社会の基本原理である家族の名誉を守るために、彼はまさにその基本原理を犠牲にして、余所者、『一匹狼』にならねばならぬ」と述べ、「彼はライトル氏の小説世界における現実の尺度である、あの人間存在の豊かさと複雑さを否定している」[9]と説明している。

復讐のために人間性を失った人物といえば、誰しも『緋文字』に登場するロジャー・チリングワースを思い浮かべるだろう。彼の場合にもまた、生まれつき温和な性質の持ち主で、「世間とのあらゆる交渉においては常に純粋でまっすぐな男」であったにもかかわらず、彼を裏切った人間を見つけだそうと誓った瞬間から悪魔に身を売り渡すことになる。正義の支配する秩序正しい世界を追求する彼は、ヘスターやディムズデイルのような「罪をおかした人間の仲間」とはまったく無関係な存在であるが、『長い夜』でデイモン・ハリソンが参入して行く社会は、そうした「罪をおかした人間の仲間」という意識の上に成り立った、きわめて人間的な社会であった、と考えてよい。プレザントのように復讐だけが人生の目的となったチリングワースにとって、人間性を回復するための唯一の処方箋は、「悲しみ」を経験することであった。ホーソンは「悲しみ」を説明して、それは「人の心を深くゆり動かして、人間らしい気持ちを起こさせたり、同情心を植えつけたりする」[(10)]と語っているが、その「悲しみ」をチリングワースはついに経験することがなかった。ライトルの主人公プレザント・マキーヴァーもまた、悪魔的な人間として終わるのだろうか。それともホーソン的な意味での「悲しみ」を味わうことによって人間性を回復することになるのだろうか。

『長い夜』の第四部では、南北戦争の勃発とともに南軍の一兵卒となったプレザント・マキーヴァーが登場している。彼が入隊を志願したのは、戦場という限られた空間に身を置くことで、彼が付け狙うロヴェルの部下たちを捜し出すのが容易になると考えたからであった。事実、処刑すべき五人の男たちを見つけだしたプレザントは、食料や酒類を調達してやったりして、「馬鹿な気の良い男」という役柄を演じながら、巧みに彼らに取り入ることに成功する。やがて彼らと一緒に森のなかで野営をするという千載一遇の機会に恵まれたプレザントは、ポーカー賭博に夢中になっている五人全員を射殺する。「ゆっくりとプレザントはピストルを持った腕を上げ、狙いを付けると、突進して来る軍曹に発砲した。軍曹は叫び声を上げて高く跳ね上がり、両手両足を広げたまま、組んで立てた銃に倒れ掛かった。ドサッという音の後では、何の物音もしなかった。弾丸は心臓に命中していた」。この種の修飾語を省いた、抑制のきいたライトルの描写からも、殺し屋プレザントの冷血ぶりを察することができるだろうが、プレザントという名前の何とアイロニカルであることか。

戦場においてもまた、殺人者としてのプレザント・マキーヴァーは人間関係から疎外された状態に置かれている。彼のそうした状況を強調するために、第三部におけるデイモン・ハリソンと同じようなフォイル的人物を、第四部においてもまた作者ライトルは登場させている。このロズウエル・エリスという人物は士官として南軍に加わっているが、兵卒プレザントとは同年配という設定になっている（「南部の軍隊では相互の平等を全員が当然としていた。士官は兵卒が進んで付き従うことを選んだ優れた才能の持ち主に過ぎなかった」とライトルは説明している)。エリスは第四部の冒頭から見え隠れする形で登場し、プレザントとも次第に親しくなって行くが、経験の浅い青年将校が戦闘の場面に居合わせることによって、生と死が背中合わせになった人生の縮図としての戦争の現実に触れるという意味では、南部社会で複雑な人生へのイニシエーションを果たすデイモンと似通っている。エリスが司令部で初めてアルバート・シドニー・ジョンストン将軍に出会って、第一印象を頭に刻み込んでから、シャイローの激戦で将軍の戦死を目の当たりにするまでを、作者ライトルは執拗に追いかけている。だが、このエリスのイニシエーションを描いた一連のエピソードからは、プレザントが一貫して排除されていることを見落としてはなるまい。さらに、エリスには故郷に残して来た恋人マーサ・メニフィーがいて、彼が戦死したら大事に持っているロケットを彼女に渡して欲しい、とプレザントに頼む場面が用意されている。これもまたルース・ウィーヴァーと愛し合っていたデイモン・ハリソンを思い出させる設定であって、人間的な愛情を一切欠いたプレザントの孤立した精神状態を浮き彫りにするのに役立っているのである。

だが、その一方で、南北戦争の現実を体験したプレザントの内部に、少しずつではあるけれども、微妙な変化の兆しが見え始めていることも否定できない。彼が南軍に加わった直後、かつては復讐計画のパートナーで、現在では南軍の大佐となっている従兄のアーミステッド・マキーヴァーから「個人的な生活を打っ遣るのが、今ではすべての南部の人間の義務だ」と言われる。「少なくとも、彼［アーミステッド］の旅団では、個人的な復讐の余地はない、ということを大佐は明らかにしたのだ」と感じたプレザントは、戦争では何もかもが変わって仕舞う、という印象を抱くが、皮肉なことに、その彼自身が内的な変化を経験し始めるのである。その切っ掛けとなったのは、ロズウエル・エリスとの出会いであって、初対面の二人が「心楽しい思いで出会いながら、背後にあると信じる物を隠している敵意のこもった扉を破る鍵を持たない他人同士のように、ある別け隔てのない共感」を求めあった瞬間から、プレザントはそれまで経験したことがない世界に足を踏み入れることになるのである。

この二人の間に友情に似た感情が生まれ始め、敵情偵察に出掛けた時には、森のなかで雨に濡れた身体を一枚の毛布で暖め合ったりする。「やがてロズウエルは彼が寒さで震え、その身体に温もりがないことに気づいた。彼はプレザントにもっと身体を近づけ、腰に腕を回して暖めようとした」という描写は、濃密な男性同士の愛情を暗示している。さらに、「僕のものは君のものさ」と言いながら、プレザントが乏しい糧食を差し出した時、二人は一瞬、互いの濡れた手を握り合うが、「このようにして、簡単に、ほとんどさりげなく、二人の若者は友情を誓い合った。

食べ物のことは、それ以上何も言わず、二人は黙々と食べていたが、激しい空腹のせいだけでなく、新しく生まれた緊密な友情の念によって、それは豊かで甘い味になっていた」とライトルは説明している。プレザントがマニアックな復讐の執念から解き放たれ始めていることは、「従兄のアーミステッドの天幕での午後以来ずっと、父や父の敵のことを考えていないことに気づいて、彼ははっとなった。連中を罠に掛ける計画を立てることもなしに一日でも過ごしたというのは、これが初めてであった」という説明からも明らかだろう。

かつては情け容赦なく殺人を犯すことができたにもかかわらず、シャイローの戦闘で負傷したプレザントが野戦病院での「[切断された]腕や脚の山の光景や、生ぬるい血の臭い」で気分が悪くなったり、血で赤く染まった池の水を飲もうとした彼が、兵士たちの硬直した死体を見て突然の吐き気に襲われたり、戦場で置き去りにされた彼が「まったくの孤独感と絶望感から、負傷した北軍の兵士の群れのほうへ歩いて行った」りするのは、いずれも彼の内部で死に絶えていた人間性が蘇り始めたことを物語っている。その敵兵の一人はオハイオ州出身の少佐で、「彼は踝を打ち砕かれていたが、両手とコーヒーと糧食があった。プレザントには片手と両足があった。彼が近くの小川から薪と水を持って来て、降る雨にもかかわらず、二人はやがてコーヒーを沸かした」。傷ついた敵同士の間にたまゆらの友情が生まれ、「プレザントは目覚める理由のない者が眠るように眠った」とも書かれている。そこに眠っているのは人間不信に陥っていたプレザントとは別人のようなプレザントにちがいない。「明確な目的のあった彼のかつての生活は、この［戦争の］混乱のなかでどこかに置き忘れられてしまい、彼がそれを手に入れることは二度とないだろう」とライトルは説明している。マーク・ルーカスは、この箇所を引用しながら、「戦争の大きな激動のなかで、プレザントは彼の人間性を回復する」(11)と述べているが、それが決定的になる前に、彼はショッキングな事件を経験しなければならないのである。

『長い夜』の第五部においても、プレザントとエリスの間に生まれた堅い友情が崩れることはない。戦死した兄と弟の葬式から戻ったプレザントと、その彼を出迎えたエリスは、一緒に歩いて本隊に帰る途中、通りがかった川に飛び込んで身体を洗うが、二人の若者の水浴の場面をライトルは細部を積み重ねるようにして詳しく描いている。温んだ川の水、身体が作り出す水の渦、穏やかな水面で輝く黄金色の陽光、さまざまの色に染まった西の空。石鹸を交替で使いながら身体を洗い、川から上がって、裸のまま岩の上に寝転がって身体を乾かす二人。プレザントが身体の下に衣服を敷くと、「不快な臭いが清潔な身体の周りに立ち昇り、嗅ぎ慣れた饐えた臭いが鼻をついた。ロズウエルと彼自身の両方の饐えた臭い。同じ毛布に包まって眠ると、人間の体臭が決まって入れ替わる」とライトルは説明している。プレザントは「二人の生活の親密さのことを、二人が一緒に経験して来た雑用や苦労や危険のことを考えた」とも書かれている。例えばホイットマンがどこかで歌っていたような男性同士のエロティックな感情を、この水浴の場面に読み取ることも不可能ではあるまい。

だが、この牧歌的とも言える風景のなかで親友と憩いながら、プレザントの心は必ずしも穏やかではなかった。死んだ兄弟の埋葬の場で出会った母は、プレザントが父の恨みを晴らしてくれることを願っていて、その目が「お前は脇道に逸れて、どうでもよいことに心身を擦り減らすことはしないだろうね」と語っているように感じたプレザントは、「自分は脇道に逸れてしまった、という認識」に苛まれる。彼の「明確な目的」がどこかへ行ってしまったという思いをかき消すことができないプレザントとしては、シャイローの戦闘以前には、「父への愛情と、父を罠に掛けに忍び足でやって来た連中に対する憎悪」が彼の心のなかに根を下ろしていたのに、今の彼は「かつての憎悪が少しばかり色あせてしまった」ことを認めざるを得ない。母の期待を裏切り、父を見捨ててしまった、という悔悟の念に苦しめられながら、プレザントはエリスと再会したのであった。とすれば、父への愛情とエリスとの友情の間で揺れ動く彼は、復讐という魔物から完全に解き放たれているとは言い難いのではないか。先に触れた水浴びの場面で、エリスは仮眠中にみた悪夢の話をプレザントにするが、「君が横になっている辺りから、ひどい腐敗の悪臭が息苦しくなるほどに立ち昇っていた。二本の長い骨だらけの腕が僕の腰の辺りに伸びていたが、熱い腐った肉の塊が崩れ落ち、それがどこに落ちても、僕は火傷をしてしまった」という言葉は、依然としてプレザントの内部に悪魔的な復讐の念が燻り続けていることを暗示している、と考えたい。

やがて斥候に出されたプレザントは、敵軍の動静に関する重大な情報を掴んで帰路につく。その途中、父の敵の一人を偶然見つけ、ピストルを取り出して狙いをつけるが、彼はどうしても引き金を引くことができない。「吐き気と悪寒で身を震わせながら、彼は木の陰に立ったまま、冷血に殺すことは彼には最早できない、という事実を受け入れた」とライトルは書いている。これは以前の彼が冷血な人殺しであったことを裏付けていると同時に、現在の彼から「かつての憎悪」が消えてしまったことを物語っている。だが、ようやく司令部に出頭したプレザントを待ち構えていたのは、エリスが戦死したという知らせであったが、それはもし彼の報告が二十四時間前になされていれば防ぐことのできた戦死であった。第三部の森のなかで彼のフォイル的人物としてのデイモン・ハリソンを殺したと同じように、またしてもプレザントは彼のフォイル的人物であるロズウエル・エリスを、間接的とはいえ殺すことになった。エリスの形見のロケットを手渡された彼は、絶望のあまり脱走兵となって、山中に姿をくらましてしまう。親友エリスの死という形で、ホーソンの定義する「悲しみ」を経験した時、プレザントは真の意味で彼の人間性を取り戻すことができた、と言えるのではあるまいか。

ここで『長い夜』の読者は、ふたたび冒頭の第一部の場面に引き戻されることになる。プレザントを訪れた甥ロレンスがウィンストン郡の山中で見いだしたのは、妻と数人の子供たちに囲まれている叔父の姿であった。「僕が慈愛深い家長の屋根の下で暮らしていることは明らかだった。彼はこれといった作業はしていなかったが、素晴らしい仕事を成し遂げた人間に見られるような態度で万事を仕切っていたし、家族の者たちもこの上なく完璧な規律とプライドを持って、この状態を支えていた」と書かれている点から察して、苦悩を経験した後のプレザントは、失われていた人間性を回復して、長い間遠ざけられていた家族、ウエザビーの指摘していた「共同社会の基本原理である家族」の絆を取り戻している、と言えるだろう。さらに、プレザントの小柄で老けて見える妻の名前がマーサであることを、ライトルはさりげなく書き留めているが、これは親友ロズウエル・エリスの恋人がやはりマーサであったことを思い出させる。作者は何も説明していないし、批評家たちも一切触れていないが、エリスとの約束を守って、ロケットを届けに行ったプレザントが彼女と結婚することになった、と考えることもできる。それがマーサの恋人を、間接的であれ、殺してしまった彼の贖罪の行為であったとすれば、そこにも「その後の彼の成長と究極的な悔悟」(12)を読み取ることができるだろう。結局のところ、『長い夜』のアンドルー・ライトルは、フランク・アウズリーから聞いた単なる残忍な復讐の物語を、人間性の喪失と回復のドラマに見事に変貌させている、と結論できるのである。

当然のことながら、読者としては、そのドラマの中心人物としてのプレザントに目を奪われがちだが、『長い夜』第一部の語り手であったと同時にプレザントの語る長い物語の聞き手でもあったロレンス・マキーヴァーというもう一人の若者の存在を見落としてはなるまい。大学を卒業したばかりで、間もなく結婚しようとしている彼もまた、デイモン・ハリソンやロズウエル・エリス、さらにはプレザント・マキーヴァーと同じように、人生の出発点に立っている、彼らとほぼ同年配の青年であった。叔父から聞いた話や自分自身の調査から叔父の「物語を紡ぎ上げた」ロレンスは、叔父の悲劇的な経験を通して、叔父のように人生を単純化することなく、生と死、善と悪が混然と入り交じった豊かな人生を生きることの重要性を学ぶことになるのではないか。結婚によって共同社会の基底をなす家族をこれから築こうとしている彼にとって、彼の叔父の物語は真に生きることの意味を伝えるメッセージになっている。叔父の経験から多くを学んだ甥が人間的な成長への道を歩み始めるという意味で、『長い夜』をC・ヒュー・ホールマンのいわゆる「アメリカ的ビルドゥングスロマン」[13]の一種と見做すことができるかもしれない。

だが、『長い夜』の発するメッセージは、作品内部の聞き手としてのロレンス・マキーヴァーだけに宛てられたメッセージではなかった。前章で論じたように、一九三〇年のマニフェスト『私の立場』に寄稿したライトルは、トマス・ジェファソンの「道徳的に腐敗するという現象」の見られない自営農民を理想としていた。時間と変化を拒絶した完全なハーモニーの支配するジェファソン的世界への回帰という、時代錯誤的なアメリカの夢を夢見ていた、と言い換えてもよいが、それが複雑で腐敗した二十世紀の現実社会に背を向けて、単純で純粋な十八世紀の農業共和国を志向することであったとすれば、完全な南部を夢見る農本主義者たちは、プレザント・マキーヴァーがそうであったように、「人間存在の豊かさと複雑さ」を否定することになりはしないか。歴史の現実から目を逸らして、南部だけが生命と自由と幸福の追求の可能な例外的空間であるという農本主義的イデオロギーを信奉することの危険性を、ライトルは『長い夜』において強調しているという見方もできるにちがいない。この作品が南部農本主義運動が終焉に近づいた一九三六年に発表されたことを思い出すならば、そこに農本主義者としてのライトルの自己批判を読み取ることができる。『長い夜』における小説家ライトルからのメッセージは、その読者の一人としてのロレンス・マキーヴァーによって代表される新しい世代の南部人に宛てた警告としてのメッセージでもあったのではないか、と言いたいのである。

注

(1) Andrew Lytle, *The Long Night* (Tuscaloosa, U of Alabama P, 1988).
(2) Mark Lucas, *The Southern Vision of Andrew Lytle* (Baton Rouge: Louisiana State UP, 1986) 66-67.
(3) Robert Penn Warren, "Andrew Lytle's *The Long Night*: A Rediscovery," *Southern Review* 7 (Winter 1971) 130-32.
(4) Michael O'Brien, *The Idea of the American South 1920-1941* (Baltimore: Johns Hopkins UP, 1979) 162.
(5) H.L.Weatherby, "The Quality of Richness: Observations on Andrew Lytle's *The Long Night*," *The Form Discovered: Essays on the Achievement of Andrew Lytle*, ed. M.E.Bradford (Jackson: University and College P of Mississippi, 1973) 36.
(6) Lucas 63; Weatherby 40; Warren 139.
(7) Warren 136.
(8) James Kilgo, "Andrew Lytle," *Dictionary of Literary Biography* 6 (Detroit: Gale Research, 1980) 187.
(9) Lucas 74; Weatherby 40.
(10) Nathaniel Hawthorne, *The Scarlet Letter* (Indianapolis: Bobbs-Merrill, 1963) 123, 136, 175. この問題については、拙著『ナサニエル・ホーソン論—アメリカ神話と想像力』増補版（南雲堂、一九八二）一一二—一四九を参照。

(11) Lucas 75.

(12) Weatherby 41.

(13) C.Hugh Holman, *The Immoderate Past: The Southern Writer and History* (Athens: U of Georgia P, 1977) 61.

XI ベストセラー小説のアメリカ的主題
——『酒場での十夜』から『大地』まで

すでに述べたように、フェミニスト批評家ジョアン・ドブソンは、センチメンタリズムが女性作家だけの特性ではなくて、男性作家もまたセンチメンタルな主題を扱っている、と指摘していたが、その際に彼女が「臆面もないセンチメンタリスト」の男性作家の例として引き合いに出したのが、まことに意外なことにT・S・アーサーという作家の名前であった(1)。鬼面人を驚かす類いの発言にはちがいないが、この流行作家におけるセンチメンタリズムに注目することは、アメリカ大衆作家によって書かれたベストセラー小説一般に見られるセンチメンタリズムを考察する作業のための絶好の足掛かりとなるにちがいない。

だが、アメリカ作家T・S・アーサー(一八〇九—八五)といっても、怪訝そうな顔をされる読者も多いのではあるまいか。T・S・エリオットならいくらでも知っているのだが、と首を傾げる向きもあるだろう。もちろん、『アメリカン・ルネサンス』のマシーセンも、たった一回だけアーサーの名前に言及しているだけで、その他大勢の大衆作家とともに「社会学者や文学趣味の歴史にとっての肥沃な分野」を提供するだろう、と語っているにすぎない[2]。キャノンの作家にしか興味のなかったマシーセンとしては当然の発言だろう[3]。実は、このアーサーという人物、ホーソンやメルヴィルと同じアメリカン・ルネサンスの時期に、百冊近い小説やパンフレットを書きなぐったことで有名な大衆作家だが、何といっても『酒場での十夜』（一八五四）[4]の著者としてアメリカ文学史の片隅に名前をとどめている。これは合衆国での禁酒運動が大いに盛り上がった時期に出版された、いわゆる禁酒小説であって、一年間に十万部の割合で、二十年間にわたって売れ続けたベストセラーでもあった。しかも一八五八年には劇化されて、半世紀にもわたって上演されていた、というのだから驚く他はない。

『酒場での十夜』の物語はいたって簡単で、シーダーヴィルという小さな村に新しく居酒屋ができた結果、村全体が急速に崩壊して行く姿を、一人の旅人の目を通して語るという形を取っている。いかにも平和で、牧歌的とさえ呼びたい雰囲気にあふれた村が、わずか十年ばかりの間に「きわめて大きな変化」を受けるようになる。かつては堅気の商売をしていた男が、居酒屋の主人になったばかりに、もとの雇い人で、アルコール依存症になった男の娘を死に至らしめ、そのことも原因となって妻は発狂してしまうし、挙句の果てには、酒に酔った息子によって殺害されてしまう。酒場に入り浸りになって身を持ち崩した青年とその母親をめぐる悲劇や、酒と博奕のために野垂れ死にすることになってしまう元判事の末路も描かれている。至るところに及んでいる「変化の手」に気づいた語り手は「食い荒らす癌」が村全体に拡がり、「その根を深く下ろしている」ことを思い知らされる。居酒屋に開陳されている「腐敗した人間性の姿」は「この上なくショッキング」であった、と語り手は記しているが、『酒場での十夜』の主題は、アルコールによって「腐敗した人間性」を描き上げ、飲酒の害を説くことであった、と結論することができるだろう。デイッヴィッド・S・レナルズも「酒場とウィスキー製造所が建った後、立派なコミュニティが崩壊して完全な道徳的堕落に陥って行く様子の、ぞくぞくするほどに恐ろしい描写」(5)に注目している。

とはいっても、アーサーの小説がきわめてセンチメンタルな駄作であることは否定すべくもない。この種の作品に読み耽ったアメリカ大衆のレヴェルの低さを笑うことは、いとも簡単であるにちがいない。だが、マシーセンが賞賛して止まぬアメリカン・ルネサンスの代表的詩人、あの『草の葉』のウォルト・ホイットマン（一八一九―九二）もまた、『フランクリン・エヴァンズ』

（一八四二）[6]という禁酒小説を書き残していたことを知らされると、このジャンルの作品をあっさり切り捨てることもできないのではないか、という思いもしてくる。

このホイットマンの小説は、田舎からニューヨークに出て来た主人公の若者が、都会生活を始めた途端にアルコールの誘惑に負け、仕事は失い、妻には死なれ、泥棒の一味に身を落としたばかりか、酔っ払った末に黒人の混血女と結婚することになってしまう、といった物語で、センチメンタルどころか、いささかゴシック的でグロテスクといった印象さえも与える。さまざまのエピードの積み重ねによって飲酒の害を説く点では、アーサーの小説と変わりはない。ホイットマンは、この小説を三日間で書き上げたと豪語しているばかりか、執筆中ずっとワインだかウイスキーだかを飲み続けていた、とも語っている。どこまで信用できるか分からないとしても、『フランクリン・エヴァンズ』が金儲けのための、いわゆる「ポットボイラー」であったことに疑問の余地はない。彼自身、これを「まったくの戯言」と呼んでいたし、著名なホイットマン学者のジェイムズ・E・ミラーは「禁酒小説としては不適当で、小説としても無価値」[7]と言ってのけている。

だが、同時にまた、批評家レスリー・フィードラーがこのホイットマンの作品を一連の都市小説の系譜のなかに組み入れていたことも忘れてはなるまい[8]。田舎生まれの若者が出会う都市の腐敗ぶりがアルコールという形で表現されていると見ることもできよう。そういえば、すでに何回か言及したジョサイア・ストロングは『我らの国』で南北戦争後のアメリカ社会を脅かす七つの危機のなかに「飲酒」と「都市」を挙げていた。「飲酒」と「都市」の二つが切り離せない現象であるとすれば、『酒場での十夜』において平和な農村がアルコールの害毒によって崩壊する姿は、農村からやって来た青年が同じアルコールのために堕落する姿と重ね合わせて考えることもできるにちがいない。アーサーやホイットマンの禁酒小説に描かれているのは、アメリカの都市化現象と、それに必然的に伴う人間の堕落のプロセスであった、と主張してもいいのではないか。

だが、それにしても、禁酒小説がアーサーのいわゆる「道徳の退廃」を、これほどまでに問題にするのは何故なのか。これまでにも何回か触れたように、農民における「道徳の腐敗」の欠如を強調したトマス・ジェファソンは、「人民の習俗と意気」の腐敗は、「たちまちにして共和国の法律と憲法との中枢にまで食い入る癌なのである」と語っていた。十八世紀アメリカのベンジャミン・フランクリンやジョージ・ワシントンが目指していたのも、そうした腐敗を知らない共和国の美徳であったと言ってよい。とすれば、飲酒によってもたらされる「道徳の退廃」を否定し続ける禁酒小説は、基本的には「共和国を生き生きとした状態に保つ」ための試みと受け取れるのではないか。アーサーにおける「食い荒らす癌」は、ジェファソンにおける「中枢にまで食い入る癌」を思い出させる。また、ホイットマンの小説の題名にはフランクリンの名前が呼び込まれていたし、その結末では、飲酒という「悪しき性癖」が「アメリカの他の全ての長所」と矛盾していることが指摘され、若者たちの「精神と肉体がともに軟弱にされる」ことになる酒場を追放する運動が「この共和国のあらゆる地域」に起こっていることも書き込まれていた。

どうやら、禁酒小説の作者たちにとって、アルコールは「共和国の法律と憲法との中枢にまで食い入る癌」以外の何物でもなかったらしい。アメリカ共和国を脅かす病を追放して、「道徳の腐敗」を知らない理想的な状態を回復することが、センチメンタルこの上ない禁酒小説に隠された意外な、しかしきわめてアメリカ的な主題であった、と考えてよいだろう。

フランシス・ホジソン・バーネット（一八四九―一九二四）の『小公子』（一八八六）[9]は、『酒場での十夜』との関連で言及したばかりの『我らの国』の翌年に出版されているが、そのどこにもストロングが指摘するような「深い不満」にあふれたアメリカの現実は描かれていない。腐敗と堕落が日常化していた十九世紀末の「金メッキ時代」に、何もかもが見事に解決されるハッピー・エンディングを迎える子供向きの作品がベストセラーとなったという事実は、一体何を物語っているのだろうか。

この有名な作品の主人公セドリック少年は、母親とニューヨークで貧しいながらも幸せに暮らしている。病気で死んだ父親のエロル大尉は、イギリスの貴族であるドリンコート伯爵家の三男に生まれたが、セドリックの母親となるアメリカ女性と結婚したために勘当されて、アメリカ暮らしを余儀なくされていたのであった。ある日、突然、ドリンコート伯爵の顧問弁護士が母子を訪れ、大尉の二人の兄が相次いで亡くなったため、セドリックが伯爵家の唯一人の相続人となったことを告げる。こうした運命の急変によって、セドリックは母親とともにイギリスに移り住むことになるが、フォントルロイ卿セドリック・エロルとなった少年は、きわめて利己的で、領民のことなど思ってみたこともない祖父の老伯爵を、彼の生来の無垢で、優しい性格によって、一人の人間らしい人間に生まれ変わらせることになる。セドリックはいろいろな奇跡を起こす少年として描かれていて、それまで「怠惰と貧困と無知」しか見出されなかったところに、「安楽と勤勉」をもたらす姿が繰り返し強調されている。他方、ドリンコート家の正統的な相続人であると名乗る少年が母親とともに出現するという一幕も用意されているが、それが根拠のない主張であることが判明した後、それまでセドリックの母親を嫌って、同居することを拒絶していた老伯爵の心に大きな変化が生まれ、三人で一緒に暮らすことになる。「きわめて利己的であったために、他人のなかに非利己的な態度を見出す楽しみを失ってしまっていた」老伯爵が、主人公の「心の優しい少年」の絶えざる努力によって、見事に変身するところで、この物語は終わっているのである。

作者バーネットの次男ヴィヴィアンをモデルにしていると言われる『小公子』は、一八八五年十一月から『セント・ニコラス』という児童雑誌に連載された後、翌八六年十月に単行本で出版されると、ヘンリー・ライダー・ハガードの『ソロモンの洞窟』(一八八五)やトルストイの『戦争と平和』(一八六八—六九)などとともに、この年のベストセラーとなった。セドリックの服装を真似て、白いレースの襟のついた黒いビロードのスーツ(アメリカ旅行中にバーネットを訪ねて来たイギリス文学者オスカー・ワイルドの服装からヒントを得たと言われる)を子供に着せるのが流行したり、イギリス首相W・E・グラッドストーン、アメリカ詩人J・R・ローウェルなどといった知名人が『小公子』への賛辞を洩らしたりしていることも、その人気のほどを物語っている[10]。

その後、劇化されてロンドン、ボストン、ニューヨークで上演され、熱狂的に歓迎されたことも働いて(ブロードウェイでは四年間のロングランとなった)、発行部数は増え続け、英語版だけで百万部以上を売り尽くしただけでなく、十指に余る外国語に翻訳されるなどして、現在に至るまで幅広い読者に愛読されている。この作品によってバーネットが得た収入は、十万ドルを下らなかっただろうと推定されている。なお、我が国では若松賤子による翻訳が、原著の出版からわずか四年後の一八九〇年から九二年にかけて『女学雑誌』に連載され、『小公子』という題名もそれ以来ずっと定着している。

バーネットが『小公子』の他に『小公女』(一九〇五)や『秘密の花園』(一九一一)のような作品を発表していることは、あらためて紹介するまでもあるまい。このイギリス生まれの女性作家は、児童文学の書き手として知られているが、そのセンチメンタリズムに顔をしかめる読者は多いだろうし、ファンタスティックとしか言いようのない彼女の世界のどこがアメリカ的なのか、という声も聞かれるにちがいない。彼女の子供向けの作品だけに親しんでいる一般の読者には、バーネットがマーク・トウェインと同時代の作家であったという事実さえ、意外に思われるのではないだろうか。

だが、『小公子』とアメリカ文化との関わりを探るためには、バーネットが児童文学者としての顔だけでなく、優れたリアリズムの作家としてのもう一つの顔を持っていたことを思い出さなければならない。とくに一八八三年に発表された『政権の終わるまでに』[(11)]と題する小説に対しては、「疑いもなく、バーネット女史の最良の小説作品」という評価が聞かれ、ヘンリー・ジェイムズの代表作の一つである『ある婦人の肖像』（一八八一）との類縁に注目する批評家さえもいるほどであった[12]。この『政権の終わるまでに』は首都ワシントンを舞台に展開する本格的な政治小説で、そこには「腐敗と賄賂と欺瞞の巣」としての政界の実態が描かれている。それは「金メッキ時代」のアメリカの複雑で混沌とした現実を活写した作品であって、建国の理念から遠ざかったアメリカ共和国の危機的な状況を描き上げているという意味で、ストロングの『我らの国』の小説版であった。

もし『政権の終わるまでに』がバーネットの最高傑作であるとすれば、『小公子』のような作品は「それ以前の女史の作品の全てに泥を塗ってしまった」[13]という発言があるとしても不思議はない。だが、『小公子』はかならずしもリアリストとしてのバーネットの世界と無関係というわけでもない。セドリック少年の物語において、彼女は無垢な魂の勝利を強調し、無垢への夢と憧れを謳いあげているが、一見この上なくセンチメンタルで甘美な世界を構築することによって、世紀末のアメリカが失ってしまったエデン的な平和とハーモニーに対する信念を再確認しているのではないか。『政権の終わるまでに』のようなリアリズム小説を書いてからわずか三年後に、『小公子』（あるいは、その延長線上にくる『秘密の花園』）のようなファンタジーにバーネットを駆り立てたのは、時間と変化のない世界、無垢と素朴がついに腐敗と汚濁に打ち勝つことのできる世界としてのアメリカに対する憧憬に他ならなかった。『小公子』の執筆にあたって、バーネットは、作者から献呈された『王子と乞食』（一八八二）をモデルにしたと伝えられるが(14)、このトウェインの作品もまた、純真無垢な子供たちの活躍する物語であったことを指摘しておこう。『小公子』におけるバーネットは、「金メッキ時代」のアメリカの現実をじかに取り上げる代わりに、そのアメリカの現実から失われてしまった美徳の共和国のヴィジョンを追求している、と主張できるだろう。同時にまた、世紀転換期以降のアメリカ大衆は、彼女のファンタジー的な作品をベストセラーに仕立て上げることによって、アメリカ共和国は永遠に不滅であり、どのような危機的状況に置かれても、その例外性を守り続けることができる、というオプチミズムにどっぷりと浸りきることができたのである。

カンザス州トピーカの町で組合教会派の牧師であったチャールズ・M・シェルドン（一八五七—一九四六）は、不熱心な信者たちを教会に引き寄せる目的で、小説の形を取った説教を日曜日の夕方の礼拝で一章ずつ会衆に読み聞かせ、それを後日、単行本として刊行している。恋愛物語をからめるなどして、翌週まで聴き手の興味をつなぎ止める、といった彼の巧みな話術のお陰で、この仕事は所期の目的を達成し、一八九一年から彼が退職する一九一九年まで続けられた。一八九七年に出版された『御足の跡』[15]という奇妙なタイトルの作品は、シェルドンの三十編に及ぶ「説教小説」シリーズの第七作であった。

この作品は出版の直後から大変な反響を呼び、二年も経たないうちに五回も版を重ねてベストセラーの仲間入りをしたと言われるが、版権を確保していなかったために、一八九九年には、シェルドンの語るところでは、十六もの出版社から海賊版が刊行されることになった。さらに、この作品はアメリカ国内はもちろん、イギリスその他の世界各国で広く読まれ、中国語、トルコ語、ペルシャ語など三十近い外国語に翻訳されている。我が国でも、『みあしのあと』と題して二種類の翻訳が出版されているが、一九二八年の訳書は、百万部以上の売れ行きがあったという情報が著者自身の耳にも達していたらしい。ともあれ、この作品は空前のベストセラーとなり、『アンクル・トムの小屋』などとともにアメリカを変えた本のリストに挙げる批評家さえもいるのである[16]。

だが、最近の研究者が指摘しているように、その発行部数については諸説が入り乱れていて、『御足の跡』がどのくらいの部数印刷されたかは、誰にも分からない」といった状況である。一説によると、アメリカだけで二百万部、海外で六百万部が売れたと言われているし、一九六五年までに八〇六万五三九八冊売れたという説もあるが、少なく見積もって八百万から一千万、多く見積もれば三千万になるのではないか、という意見もあることを紹介しておこう（ついでながら、この作品からシェルドンが手にした印税の総額は一万ドル程度であったと言われている）。いずれにせよ、『御足の跡』が永遠のベストセラーともいうべき聖書につぐ発行部数を誇っているこ とは疑えないのであり、一冊の作品が家族や友人など複数の読者を持っていたことを考慮するならば、この小説に「アメリカの最もポピュラーな書物の一つ」[17]という評言が加えられているのも納得できるにちがいない。

物語はレイモンドという中西部の小さな町を舞台に展開するが、この町のモデルとなったと思われるカンザス州トピーカは、数多くのもぐりの酒場があったために、「腐敗の下水だめ」[18]と新聞で形容されていた。主人公のヘンリー・マクスウエルは、著者のそれと同じような教会の牧師で、町の人々の尊敬を集めているが、ある日曜日、教会で行き倒れになった失業者から、キリストに付き従うことの意味を激しく問いかけられたことから、精神的なショックを受ける。たまたま「キリストも、あなたがたのために苦しみを受け、御足の跡を踏み従うようにと、模範を残されたのである」というペテロの第一の手紙の一節を説教の題材にしていたこともあって、マクスウエルは、日常性に埋没してしまって、形骸化した教会のなかに閉じこもっている自分の生活を大いに反省する。つぎの日曜日の説教のとき、彼は教会のメンバーに向かって一つの提案をするが、それはこれからの一年間、何事をするにあたっても、まず「イエスならどうするか」と自らに問いかけてみてはどうか、という内容であった。物語は、この牧師の呼び掛けに応じた人々の生活と意見を追いかけるという形で進展することになる。

たとえば、この町で『デイリー・ニュース』という新聞を発行しているノーマンは、ボクシングの試合の記事を載せることを止め、日曜版の発行も見合わせるだけでなく、広告についても制限を設ける。その結果、センセーショナルな記事や娯楽を求める読者からは購読を打ち切られ、経営は苦しくなる一方であるけれども、彼はキリスト教の精神に基づく新聞の発行を止めようとはしない（余談ではあるが、『御足の跡』の成功で一躍有名人になったシェルドンは、一九〇〇年三月、『トピーカ・デイリー・キャピタル』という新聞の編集を委ねられ、ノーマン社主と同じように、キリストの精神に基づいた理想の日刊新聞を発行するという実験を行っている）(19)。他方、億万長者の娘ヴァージニアは、財産の全てを投げ出して、町の貧しい人々の救済に充てることを決意するし、彼女の友人で、素晴らしい歌唱力に恵まれたレイチェルは、名声と収入を約束された舞台を捨てて、伝道活動のために美声を生かすことになる。勤務先の鉄道会社に重大な法律違反があることを知ったパワーズは、地位も名誉も家族も投げうって、会社の不正を告発しようとする。この他にも、町の浄化のために象牙の塔に背を向ける大学学長、従業員の生活向上のために努力する商店主などを登場させながら、レイモンドの町で始まった運動がやがてシカゴにまで広がり、アメリカ市民の意識に強く揺さぶりかける有り様を、『御足の跡』は詳細に描き上げているのである。

もちろん、「イエスならどうするか」という問いかけを連発する小説は、現代の読者には、宗教色がいささか強すぎるという印象を与えるだろうし、キリストに倣った生活をキリスト教徒に要求するのは、きわめて当然のことではないか、と言いたくもなってくる。だが、個人の生活態度を根本から改変することによって、やがてはアメリカ社会そのものを変革することができるという信念が、シェルドンの作品の底を流れている点を見落とすことはできない。「アメリカの全てのキリスト教徒がイエスと同じように行動するならば、社会そのもの、ビジネスの世界そのもの、いや、われわれの商業や政府の活動が行われている政治組織そのものが変えられるし、人間の苦悩が最小限に食い止められることになる」というマクスウエル牧師の言葉は、この小説の基本的な主張を語り尽くしている。『御足の跡』は、キリストの教えを社会問題の解決に適用しようという、世紀転換期のアメリカで盛んになった「社会的福音運動」と深く関わっていたのである。

その意味で、この小説がとくに当時の都市が抱え込んでいた問題を集中的に扱っている点には、やはり注目する必要があるだろう。シェルドンは至るところで「大都市の罪と恥辱と堕落」に言及し、「われわれの住んでいる恐ろしい都市」の「悲惨と罪と利己心」を暴き出している。「利己的で、快楽を求める、罪に汚れた都市」において、キリストのあとに付き従うことは、結局のところ、「清潔な都市生活」のための戦いに参加することを意味しているが、この腐敗した都市の「罪」と「快楽」を端的に象徴しているのは、他ならぬアルコールであった。マクスウエルの提案に賛同した人物の一人は、「ラム酒と堕落との戦いのためにレイモンドの町のキリスト教勢力を結集しよう」と呼びかけているし、「聖霊は、超自然的な力の全てを挙げて、長い間、その奴隷をしっかりとつかんできた酒場という悪魔と戦っている」という一文も書き込まれている。

この作品において、「酒場」が「恐るべき蛇」に譬えられていることから考えて、シェルドンが究極的に目指していたのは、アダムとイヴが堕落する以前のエデンの園のようなアメリカ、さらに言えば、「都市」を蛇蝎視していたトマス・ジェファソンが『ヴァジニア覚え書』で夢見ていた美徳の共和国アメリカであった、と言い切ってよい。その意味で、『御足の跡』は『酒場での十夜』のような禁酒小説と同じ主題を持っていると考えることができるし[20]、「罪と恥辱と堕落」のない理想的で完璧なアメリカを追求している点では、エドワード・ベラミーの『かえりみれば』(一八八八)によって代表されるユートピア小説の延長線上に置くことができるのである。

一九〇〇年の出版直後からずっと、ライマン・フランク・ボーム（一八五六―一九一九）の『オズの魔法使い』[21]は、数多くの読者に愛されてきた。「図書館司書にはしばしば馬鹿にされているけれども、オズの本はそれに対する最悪の偏見を乗り越え、子供のみならず大人まで取り込む流行となってしまったように見える」[22]という意見も聞かれ、この作品の好評に気をよくしたボームは、オズの国シリーズをつぎつぎと手掛け、一九二〇年までに合計十四冊も出版されることになったが、それが逆に第一作の『オズの魔法使い』の人気を一層高めることになったとも考えられる。さらに、ボームの死後になっても、オズの魔法の国をめぐる作品が数人の作家によって二十六冊も書かれたばかりか、「国際オズの魔法使いクラブ」というファンクラブまで誕生して、『ボーム・ビューグル』という季刊誌まで発行しているというから驚く他はない。もちろん、作者自身の脚本でミュージカルに仕立てられたり、何回か映画化されたりしたことも見落とせない。とりわけ、一九三九年にジュディ・ガーランド主演、ヴィクター・フレミング監督で製作されたMGM映画は、原作を凌ぐ出来栄えではないか、と言われ、映画版の『オズの魔法使い』だけを縦横に論じた分厚い研究書まで出版されているほどである[23]。

『オズの魔法使い』は、カンザス州の片田舎で叔母夫婦と一緒に暮らしている孤児のドロシーが、ある日、竜巻に巻き上げられ、愛犬トトともに美しいオズの国に軟着陸するところから始まる。ドロシーはカンザスに帰りたい一心から、オズの魔法使いの助けを借りるために、エメラルドの都に向かう。途中で出会った脳味噌のないかかし、心臓のないブリキの木こり、それに臆病なライオンと一緒に、さまざまの冒険を重ねた後、目的地にたどり着くが、一行の願いをかなえてくれるはずのオズの魔法使いはとんでもないペテン師であったことが判明する、といった具合に物語は発展して行く。読者の目の前に繰り広げられるのは荒唐無稽としか言いようのない世界であって、そこで起こる出来事について書くこと自体、無意味であるかもしれない。これはオズの国シリーズの全てに言えることであって、たとえば第二作『オズの国』（一九〇四）では、魔法によってティップという少年に変えられていたオズマ姫、お馴染みのかかしとブリキの木こり、それにカボチャ頭のジャック・パンプキンヘッド、虫の学者ウィグルバッグなども登場して、奇想天外な事件を引き起こすし、第三作『オズのオズマ姫』（一九〇六）となると、第一作の主人公ドロシーがふたたび登場して、オズマ姫、かかし、ブリキの木こり、臆病なライオンとともに新しい冒険の旅に出発する。

こうして、オズの国シリーズのすべての巻は、さまざまの奇妙な登場人物（?・）が冒険を重ねる点だけでなく、ハッピーエンディングで終わる点でも軌を一にしている。この種の単調平板な物語が十四冊も書き継がれ、熱烈なファンによって愛読されるのは何故か、を考えることは、結局のところ、ボームの一連の作品の一体どこがアメリカ的であるか、という疑問に答えることになるにちがいない。作者ボームについて、「彼はアメリカ的材料を驚きに満ちた内容に変え、アメリカ的ユートピアを創造する術を知っていた」[24]と語ったエドワード・ワーゲネクトが、「アメリカ的」という言葉を連発していたことを思い出してもよいだろう。

オズの国にはドロシーとオズマ姫が主要人物として登場するが、二人が思春期以前の少女であることは、その世界から性的衝動のような非理性的な要素が完全に排除されていることを意味している。また、二人が年を取ったり、病気になったりしないのは、そこに時間が存在しないことを物語っている。言い換えれば、ボームが構築したファンタジーの世界は、時間と変化の存在しない、理性的に説明できるユートピア的空間であった。そうしたオズ的世界がきわめて非日常的で、どこにも存在しない世界といった印象を与えるとしても不思議はないが、このような時間と変化のない世界が新大陸アメリカの広大な空間によって可能になるにちがいない、というイデオロギーが、十七世紀以来ずっとヨーロッパからの移民たちを捉え続けていたことも否定できない。だが、この例外的空間は、一八九〇年における自由土地としてのフロンティアの消滅とともに、世紀末のアメリカからは完全に失われてしまう。『オズの魔法使い』の書かれた一九〇〇年には、現実のアメリカはエデン的特性を備えた「世界の庭園」であることを止めていたが、ドロシーの眼前に広がっている豊かな自然にあふれた、地上の楽園を思わせる風景は、ボームがオズの国と産業化の波に呑み込まれる以前のアメリカを同一視していたことを物語っている。ある批評家は「オズがアメリカであるとすれば、ドロシーはそのクリストファー・コロンブスである」[25]と論じているが、フロンティアを失った世紀転換期のアメリカ大衆は、オズの国という二番目の新世界の発見者としてのドロシーの冒険に夢と希望を託していた、と考えたい。

『オズの魔法使い』の冒頭で、カンザスの農業地帯が灰色一色であることが紹介された後、場面は一転して、みずみずしい緑にあふれたオズの魔法の国が導入されている。この灰色と緑色の見事な色彩効果によって、薄汚れた現実世界と希望に満ちたファンタジーの世界とのコントラストが読者に印象づけられることは言うまでもないが、これとまったく同じ色彩のコントラストが、ボームの小説から四半世紀後に出版されたF・スコット・フィッツジェラルドの傑作『偉大なるギャツビー』(一九二五)[26]においても、きわめて効果的に用いられていることを思い出す読者も多いにちがいない。この作品においては、主要な舞台となっている現代世界の象徴としてのニューヨークは「灰の谷」に譬えられているが、荒涼とした灰色の砂漠のなかで、ジェイ・ギャツビーは恋人デイジーの家の桟橋に輝く「緑色の光」を信じ続け、失われた過去を繰り返すことを夢見ている。彼の夢の本質を説明するにあたって、語り手ニック・キャラウエイは、かつてヨーロッパからの移民の眼に映った「新世界のういういしい緑の胸」というイメージを呼び込んでいるが、この「ういういしい緑の胸」という表現は、あの美しいオズの国の描写に打ってつけであると同時に、カンザスの農業地帯の「かわききった灰色の草原」という表現と鮮やかなコントラストをなしている。ボームとフィッツジェラルドによる二冊の小説を読み比べれば、かつての「ういういしい緑」のアメリカが時間の経過とともに「かわききった灰色」のアメリカに変貌したという事実を実感できるのではないか。一九二五年の小説家は、「ういういしい緑」の過去を取り返せると信じたギャツビーの悲劇を描くことで、一九〇〇年のベストセラーのファンタジー性を暴露しているだけでなく、それに無批判に読み耽っているアメリカ大衆のセンチメンタルで、時代錯誤的な現実認識を否定している、と言い切ってよいだろう。『偉大なるギャツビー』は例外としてのアメリカ共和国という幻想を追い求めるアメリカ人に対する「警告の物語」[27]である、というレオ・マークスの指摘が、ここであらためて思い出されるのである。

すでに触れたように、『オズの魔法使い』の三年前に出版されたシェルドンの『御足の跡』でも、やはり中西部カンザスが舞台になっていたが、これは単なる偶然の一致ではあるまい。世紀転換期のアメリカ大衆は、古き良きアメリカを象徴するカンザスの変貌に関わる二冊の小説をべストセラーにすることによって、堕落や腐敗のない美徳の共和国のヴィジョンを、聖と俗との両面において求め続けていたのだ、と主張できるかもしれない。

南北戦争の終結する一八六五年頃まで、ニューイングランドは優れた小説家や詩人を数多く輩出してきた。一八五〇年代のいわゆる「アメリカン・ルネサンス」は、基本的には「ニューイングランド現象」であった、などといった指摘からも、ボストンとその周辺の地域がアメリカ文学において占めていた重要性を窺い知ることができるだろう。だが、十九世紀の終わり近くに、アメリカ文壇の中心がニューヨークに移ると、ニューイングランドは文化的にすっかり寂れてしまう。そうした状況のなかで、二十世紀初頭にベストセラー『ポリアナ』(一九一三)[28]を書き上げて、アメリカ全土の注目を集めたニューハンプシャー出身の小説家エリナ・ホジマン・ポーター(一八六八—一九二〇)は例外的な存在であった、と言えるかもしれない。

この作品は、ポリアナという名前の孤児の少女が、ヴァーモント州ベルディングスヴィルに住む叔母ポリー・ハリントンの家へやって来る場面から始まる。裕福なハリントン家の長女であった母親のジェニーは、両親の反対を押し切って、貧しい牧師と結婚したが、ポリアナが小さいときに世を去り、十一歳になるまで育ててくれた父親にも死なれた彼女を、四十歳になっても独身を続けている叔母が引き取ることになったのである。ポリアナはごく平凡な少女で、取り立てて言うほどの特徴はないけれども、みんなから愛され、周りに明るく健康な笑いが絶えなかったのは、彼女が父親によって考案された「喜びのゲーム」に熱中していたからであった。それは、一言でいえば、どんなことにでも喜びを見つけだす、というゲームであったが、この一見他愛もないゲームに誘い込まれた人々が、知らず知らずのうちにポリアナの感化を受けて、投げやりで無気力な生活態度を改め、積極的に生きる喜びを味わうことができるようになる姿を、ポーターは、センチメンタルではあるけれども、ユーモアにあふれた語り口で描き上げている。

ポリアナが叔母の家に着いた日から「喜びのゲーム」を実行することを約束するお手伝いのナンシー、病気で寝たきりのために不平ばかり言っているスノー夫人、ポリアナの母親ジェニーと結婚できなかったため隠者のような暮らしをしている気難し屋のジョン・ペンデルトン、教会の現状に絶望して悩み苦しんでいるフォード牧師、医者としての仕事に疲れ果てて精神的な慰めを必要としているチルトン医師、孤児院に入れられて孤独な日々を送っているジミー少年を始めとして、ベルディングスヴィルの町に住む誰もかれもがポリアナの「喜びのゲーム」のお陰で、新しい生き甲斐を見つけることができるようになる。二十年前に些細な事が原因で、チルトンとの婚約を破棄して以来、自分の殻に閉じこもって、義務を果たすことだけを考えて来た叔母ポリーも、ポリアナと一緒に暮らすようになってから生まれ変わったようになり、チルトンとめでたく結婚することになる。交通事故での大怪我のために、下半身不随になってしまうのではないか、と危ぶまれたポリアナ自身が、やっと歩けるようになるところで、この小説は終わっているが、彼女の奇跡的な回復もまた、「喜びのゲーム」によってもたらされたのであった。さらに、ベルディングスヴィルの人々を魅惑したポリアナは、短期間ながらボストンに滞在することになり、またしても「喜びのゲーム」によって、不幸な人生を送る裕福な夫人や車椅子の少年の心に希望の灯をともすために奔走するが、『ポリアナ』の場合と同じように、さまざまな愉快な失敗や勘違いを繰り返した後、彼女がペンデルトンの養子となっているジミーと結ばれるに至る後日談は、一九一五年に出版された続編(29)に語られている。この作品もまた前作に劣らぬベストセラーとなって、アメリカ大衆に愛読されることになった。

こうして、エリナ・ポーターは二冊のベストセラー小説の作者として記憶されているが、ポリアナが多くのアメリカ人のアイドル的存在になっていたことは、ポーターの死後、ポリアナを主人公とする物語が何人かの代作者たちによって書き続けられ（『オズの魔法使い』の作者が世を去った後でも、オズの国シリーズが書き継がれたことが思い出される）、もとの二冊を含めた発行部数が二百万部を突破しているという事実からも想像できるにちがいない。我が国での訳者である村岡花子によると、一九六二年の時点で、こうして書き継がれたポリアナ物語は五十点に達しているものの、その内容はポーターの原作には遥かに及ばないとのことであるが[30]、それにしても、半世紀以上経ってからもなお衰えないポリアナの人気には驚かざるを得ない。だが、その人気のほどを何よりも雄弁に物語っているのは、彼女の名前が「楽天家」を意味する普通名詞として辞書に記載されていて（時には「いらいらするほど明るい人」、「柔弱な人」、「偽善者」といったマイナスのニュアンスもあるらしいが）、「ポリアニッシュ」とか「ポリアナイズム」とかいった単語まで造られていることである。ポリアナの名前が長期間にわたって人口に膾炙していた証しと受け取ってよいだろう。

『ポリアナ』がベストセラーになったのは第一次世界大戦前の騒然とした時期であり、続編の出版された一九一五年には、イギリス客船ルシタニア号がドイツ潜水艦によって撃沈され、ヨーロッパ戦線ではドイツ軍が毒ガスを本格的に使用し始めていた。にもかかわらず、アメリカの読者大衆がポリアナの「喜びのゲーム」の物語に一喜一憂していたというのは、アメリカ人一般がポリアナ以上にポリアナ的楽観主義者であったことを示しているだけではないか。この奇妙な現象は、第一次世界大戦参戦前夜のアメリカ社会において、一体どのような意味を持っていたのだろうか。

たしかに、ポリアナはセンチメンタルなまでの楽観主義者にはちがいないが、彼女が不可能を可能にすることのできるスーパーヒーローであることも否定できない。恐らく、至るところに奇跡を起こすポリアナ的主人公の原型は、ヨハンナ・スピリ原作『ハイジ』(一八八〇)に求めることができるだろう。この作品はマーク・トウェインの『ハックルベリー・フィンの冒険』のイギリス版と同じ一八八四年に英訳されてアメリカ読者大衆の前に登場し、R・L・スティーヴンソンの『宝島』(一八八三)とともに、その年のベストセラーとなったが、スイス生まれのハイジが一躍、大衆の人気を博したのは、アルプスの少女もまた、彼女を取り巻く全ての人々の生活に奇跡的な変化を引き起こすことのできる、純真で、非利己的な魂の持ち主であったからに他ならない(ついでながら、やはり奇跡を起こす少年セドリックが活躍する『小公子』が出版されたのは、『ハイジ』から二年後の一八八六年であったことを指摘しておこう)。ある批評家はポリアナを「ヤンキー的ハイジの一種」と呼んでいるが[31]、ハイジもポリアナもともに孤児的スーパーヒーロー、世界に秩序とハーモニーをもたらす救済者としての使命を果たしているのである。

とすれば、第一次世界大戦参戦を目前にしたアメリカ大衆が、『ポリアナ』とその続編に読み耽ったとしても不思議はあるまい。何故なら、やがてアメリカ国民は、十九世紀以来の孤立主義を放棄して、ヨーロッパでの紛争解決に乗り出すことを決意したウッドロー・ウィルソン大統領のなかに、第一次世界大戦を地上に神の王国を実現するための聖戦と見做す指導者、つまり世界に秩序とハーモニーをもたらす救済者のイメージを読み取ることになるからである。エリナ・ポーターの愛読者にとって、ポリアナが「喜びのゲーム」で光と愛を導き入れる日常世界のスーパーヒーローであったとすれば、ウィルソン大統領は戦争というゲームで闇と悪を追い払う国際世界のスーパーヒーローであった、と考えることができるだろう。

すでに見たように、南部農本主義者たちのマニフェスト『私の立場』が出版されたのは一九三〇年であったが、その翌年の一九三一年に出版されたパール・バック（一八九二―一九七三）の『大地』は、たちまちベストセラーとなり、翌三二年にはピュリッツァー賞を授けられた。この作品に『息子たち』（一九三二）と『家の分裂』（一九三五）を加えた三部作『大地の家』[32]は、ウィリアム・ディーン・ハウエルズ文学賞を獲得しただけでなく、一九三八年にはバックにノーベル文学賞をもたらすことになった。だが、ベストセラー小説『大地の家』は一体いかなる世界を描こうとしているのか。それが一九三〇年代のアメリカ大衆に愛読されたのは何故だったろうか。

あらためて書き立てるまでもなく、バックが情熱を込めて描いたのは、中国の貧しい農民の姿であった。とりわけ、第一部『大地』は、どんなに厳しい状況に置かれていても、誰も「おれの土地を奪うことができない」と言い続ける王龍という農民の生活と意見を中心に展開する。飢饉のために南方の町に逃れることを余儀なくされたときにも、彼は「やっぱりあの土地に帰らねばならない」と呟いているし、その後、妻以外の女性に心を奪われたときにも、「愛欲よりもなお根深い、土地をもとめる声」を自分のなかに聞き付けて、迷いから覚めることができる。「王龍は前に南方の都会から帰ったとき、この大地の労働にたえるつらさで心の病をいやされ、なぐさめられもしたが、今度もまた彼は、畑のしっとりと黒ずんだ土のおかげで愛欲の病をいやされた」と語り手は説明している。すっかり年老いた後も、王龍は「自分の土地への愛着」を持ち続け、大地の土を手にすくいあげては、指のあいだでその土がいかにも生命にみちみちているかのように」思うが、それは、死に際の彼が言うように、「土地から生まれたわれわれは、土地に帰って行かねばならぬ ― 土地さえ持っていれば生きて行かれる」からに他ならない。『大地』は土地に密着して生き続ける農民を、愛情豊かに描き上げた作品であると言ってよい。

これに対して、『大地の家』第二部の『息子たち』には、王龍の三人の息子たちが「大地」とまったく無縁な生活を営む有り様が描かれている。長男と次男は「土地を売ってはならぬ」という父親の遺言に背いて、「土地をごっそり売って、その金で生きて行くこと」しか考えていない。三男もまた、王龍のもとを飛び出して軍人となり、土のなかに「新しい生命のしるし」を読み取っていた父親を理解できなくなる。こうして、王龍の息子たちはいずれも農民の健康な生活を否定して、自堕落で、破滅的な生活を送ることになるが、この第二部にもまた、土地に密着した生活を営む人物が登場しないわけではない。それは晩年の王龍が愛した梨花という女性で、彼女は王龍の死後も彼が住んでいた「土の家」に住み続けているが、彼の二人の息子たちが父親の土地を手放しているという噂を耳にすると、言いようもない「根深い怒り」を覚える。二人に抗議するために畑の畦道を歩く彼女が「愛する土を一つかみ手にとり上げ、指の先でひっくり返してみたりしていた」王龍の姿を思い浮かべ、「なめらかで銀色の麦の穂がさざ波のようにゆれ動くさま」を見て、「まるでだれかの手でなでられているみたいだった」と感じるのは、梨花もまた、王龍と同じく「土に生きる人間」であることを物語っている。

第三部『家の分裂』は、王龍の孫の王元を主人公とする物語で、外国の文明に触れ、さらに六年間もアメリカで生活することになる彼は、到底「土に生きる人間」とは言い難い。だが、まことに意外なことに、この一見きわめて近代的で都市的な青年のなかに、祖父の血が生き続けている。父親と争った後、祖父の「土の家」にやって来た彼は、「畑や木や水のあるところ」に住みたいという想いにとらわれているし、その後、大都会で暮らすようになってからも、「例の土の家」を思い出すたびに、「足の裏までがこの都会の鋪道でないどこかの土を踏みたがってムズムズした」とも書かれている。学校で農業実習の科目を選択した王元は、「大地からきたおちつき、堅実さ、心の根、というようなもの」を身につける。アメリカに出発する前夜にも、「あの小さな畑で働いている夢」を見て、「でもあの土地は — ぼくが帰ってくるとき、あれだけはやはりそのままあるだろう — 大地はいつもかわらないのだ」と呟くが、その呟きは「やっぱりあの土地に帰らねばならない」という王龍の言葉を思い出させる。いや、アメリカから帰って来た王元が結局は「土の家」に戻って来るところで『家の分裂』は終わっているので、『大地の家』三部作は、王龍の「土の家」で始まり、そこで終わるという形で、一つの大きなサイクルを描いていると考えてよい。このことはまた、たとえば「痛烈な冬」の後に「暖かい春」が訪れ、やがて「雨期」がやって来て、田んぼに「稲の苗が移され」る、というように、至るところにちりばめられた季節のサイクルへの言及と結び付いて、『大地の家』が自然のサイクルに支配される、「土に生きる人間」の物語であることを示している。

たしかに、バックの小説は、辛亥革命から国民党政権樹立にかけての中国における農民の生活を描き上げている。そして、ある論者が「バック女史は善良で、堅実な農民が中国の本質を形作っている、と確信していた」(33)と述べているように、彼女が王龍や梨花や王元に対して深い愛情を抱いていたこともまた否定できない。だが、革新主義時代の幻想も消え果てて、大不況の一九三〇年代に生きることを余儀なくされ、母なる「土地」も失ってしまったアメリカ大衆にとって、「ああ、あの美しい土地！」という王龍の嘆きの言葉は痛烈な響きを持っていたのではないか。ジェイムズ・D・ハートは、バックが「土地に密着して生きる価値」という「古くからのアメリカ的信念」を謳い上げている、と語っていたが[34]、それゆえにこそ、当時の読者は、「大地に働く人々こそ神の選民」である、というトマス・ジェファソンの言葉を、三部作のなかに聞き付けたにちがいない。しかも、この三〇年代には、すでに触れたように、南部の農本主義者たちが『私の立場』のなかで十八世紀的な農本主義への回帰を高らかに宣言していたし、ジェファソン主義者を自認する歴史家V・L・パリントンの『アメリカ思想主潮史』（一九二七―三〇）は当時の知識人のための不可欠なガイドブックとして広く愛読されていた[35]。『大地の家』三部作がベストセラーになった不況時代には、大衆も知識人も、ともに厳しい歴史の現実を無視する形で、一七七六年に誕生した、道徳の腐敗を知らない農民たちが母体をなす美徳の共和国アメリカに熱い思いを馳せていたのである。

注

(1) Joanne Dobson, "The American Renaissance Revisited," *The (Other) American Traditions: Nineteenth-Century Women*

Writers, ed. Joyce W. Warren (New Brunswick: Rutgers UP, 1993) 178.

(2) F.O. Matthiessen, *American Renaissance: Art and Expression in the Age of Emerson and Whitman* (New York: Oxford UP, 1957) x.

(3) ジェイン・トンプキンズも禁酒問題を扱った『酒場での十夜』を論じていないマシーセンの姿勢に不満を漏らしている。 Jane Tompkins, *Sensational Designs: The Cultural Work of American Fiction, 1790-1860* (New York: Oxford UP, 1985) 200.

(4) Timothy Shay Arthur, *Ten Nights in a Bar-Room*, *Ten Nights in a Bar-Room and In His Steps*, ed. C. Hugh Holman (New York: Odyssey, 1966).

(5) David S. Reynolds, *Beneath the American Renaissance: The Subversive Imagination in the Age of Emerson and Melville* (New York: Knopf, 1988) 69.

(6) Walt Whitman, *Franklin Evans; or The Inebriate, A Tale of the Times*, *Walt Whitman: The Early Poems and the Fiction*, ed. Thomas L. Brasher (New York: New York UP, 1963).

(7) Richard Chase, *Walt Whitman Reconsidered* (London: Victor Gollancz, 1955) 31-32; James E. Miller, *Walt Whitman*. Updated Edition (Boston: Twayne, 1990) 5.

(8) Leslie A. Fiedler, *Love and Death in the American Novel* (New York: Criterion, 1960) 459.

(9) Frances Hodgson Burnett, *Little Lord Fauntleroy* (Harmondsworth: Penguin, 1981).

(10) Ann Thwaite, *Waiting for the Party: The Life of Frances Hodgson Burnett, 1849-1924* (New York: Charles Scribner's Sons,

1974) 95, 82, 94.

(11) Frances Hodgson Burnett, *Through One Administration* (Ridgewood: Gregg, 1968).

(12) Herbert F. Smith, *The Popular American Novel, 1865-1920* (Boston: Twayne, 1980) 102; Phyllis Bixler, *Frances Hodgson Burnett* (Boston: Twayne, 1984) 43, 36.

(13) Smith 102.

(14) Albert E. Stone, *The Innocent Eye: Childhood in Mark Twain's Imagination* (New Haven: Yale UP, 1961) 126.

(15) Charles M. Sheldon, *In His Steps*, *Ten Nights in a Bar-Room and In His Steps*, ed. C. Hugh Holman (New York: Odyssey, 1966).

(16) Timothy Miller, *Following In His Steps: A Biography of Charles M. Sheldon* (Knoxville: U of Tennessee P, 1987) 67-102.

(17) James D. Hart, *The Popular Book: A History of America's Literary Taste* (Berkeley: U of California P, 1961) 167.

(18) Robert Lewis Taylor, *Vessel of Wrath: The Life and Times of Carry Nation* (New York: New American Library, 1966) 210.

(19) Timothy Miller 108-30.

(20) このことは C. Hugh Holman, ed., *Ten Nights in a Bar-Room and In His Steps* (New York: Odyssey, 1966) に1冊が合本で出版されていることからも明らかだろう。

(21) L. Frank Baum, *The Wizard of Oz* (New York: Ballantine,1979).

(22) Edward Wagenknecht, *American Profile, 1900-1909* (Amherst: U of Massachusetts P, 1982) 234.

(23) Paul Nathanson, *Over the Rainbow: The Wizard of Oz as a Secular Myth of America* (Albany: State U of New York P, 1991).

(24) Wagenknecht 234.

(25) Brian Attebery, *The Fantasy Tradition in American Literature* (Bloomington: Indiana UP, 1980) 87.

(26) F. Scott Fitzgerald, *The Great Gatsby* (Harmondsworth: Penguin, 1984). 引用は野崎孝訳によっている。なお、この問題については、拙著『フロンティアのゆくえ — 世紀末アメリカの危機と想像』（開文社出版、一九八五）一六三—七九を参照。

(27) Leo Marx, "The American Revolution and the American Landscape," *The Pilot and the Passenger: Essays on Literature, Technology, and Culture in the United States* (New York: Oxford UP, 1988) 336.

(28) Eleanor Hodgman Porter, *Pollyanna* (Harmondsworth: Penguin, 1984).

(29) Eleanor Hodgman Porter, *Pollyanna Grows Up* (Harmondsworth: Penguin, 1984).

(30) 村岡花子『パレアナの青春』（角川文庫、一八九一）解説、三二九。

(31) Robert Jewett and John Shelton Lawrence, *The American Monomyth* (New York: Anchor, 1977) 116.

(32) Pearl S. Buck, *The Good Earth* (London: Methuen, 1953); *Sons* (London: Methuen, 1937); *A House Divided* (London: Methuen, 1937). 引用は朱牟田夏雄訳によっている。

(33) Paul A. Doyle, *Pearl S. Buck* (New York: Twayne, 1965) 36.

(34) Hart 253.

(35) Vernon Louis Parrington, *Main Currents in American Thought: An Interpretation of American Literature from the Beginnings to 1920*. 3 Vols.(New York: Harcourt, Brace & World, 1958). なお、パリントンについては、拙著『アメリカの神話と

現実——パリントン再考』(研究社出版、一九七九)を参照。

XII スーパーヒーロー登場
——美徳の共和国のために

『スーパーマン・五十歳―生き続ける伝説』[(1)]と題する本が一九八七年にアメリカで出版されている。この百九十ページ近い大判の論文集は、一九三八年に初めてコミック・ブックに登場したスーパーマンの生誕五十周年を祝うために編集された一冊で、このスーパーヒーローの生みの親であるジェリー・シーゲルとジョー・シュースターの二人に捧げられている。三十名以上の寄稿者は、評論家、小説家、大学教授、辞書編集者、物理学者、大学院生などとまことに多彩であって、スーパーマンの魅力をさまざまの角度から論じているのは、このアメリカン・ヒーローの人気のほどを物語っている。とりわけ、二人を除いた執筆者の全員がオハイオ州クリーヴランドの住民であって、その二人もまた執筆を機会に編者から名誉市民の称号を贈られたというのは、クリーヴランドにシーゲルとシュスターが高校時代に住んでいたからに他ならないが、この事実からもまた、『スーパーマン・五十歳』に込められたスーパーマンへの熱い想いを窺い知ることができるだろう。

スーパーマンが誕生したのは一九三八年であったから、彼はパール・バックの『大地』を愛読した不況時代のアメリカ大衆の夢と希望が生み出した救済者的ヒーローであった。彼はもともと生まれ故郷の惑星クリプトンが爆発したときに、両親によって地球へ送り込まれた異星人であったが、スモールヴィルの近くに着陸したところを、ジョナサンとマーサのケント夫妻に助けられて養子となり、クラーク・ケントという名前で、『デイリー・プラネット』の新聞記者として働いたり、テレビのニュースキャスターを務めたりしていることは、今さら紹介するまでもあるまい。スーパーマンとクラーク・ケントとロイス・レインとの奇妙な三角関係は、スーパーマンの物語に不可欠の部分となっているし、「真実と正義とアメリカ的生き方」のために戦うスーパーマンは、コミック・ブックや映画やテレビに登場して、アメリカ人の読者や観客の心を捉え続けて来たこともまた、いまさら説明するまでもないだろう。赤と青と白の三色の衣装を身につけたスーパーマンについて「人間の顔を持った国旗」という表現が用いられているのは、彼がアメリカ的価値を表象する国民的ヒーローであることを裏書きしているのである。

だが、それにしても、『スーパーマン・五十歳』における執筆者たちの、いかにも熱っぽい語り口は一体どのように説明すればいいのだろうか。その執筆者の一人によると、スーパーマンは「結局のところ、一つの理念、理想、希望、夢」そのものであって、「あの最大の敵である時間の経過によってさえ抹殺される」ことのない存在に他ならない。また別の執筆者は、スーパーマンをキリストに譬えた後、「キリストもスーパーマンもメシアに対する人間の根本的な期待 — 一方は宗教的、他方は世俗的であるけれども — の充足を表している」と語り、「実をいうと、人間は未だに解放者を熱望している」と結論していたし、いま一人の執筆者もまた、「世界は今までにもまして彼を必要としている」と述べている。「真実と正義とアメリカ的生き方」の擁護者としてのスーパーマンは、まさに永遠に不滅であると言わねばなるまい。

一体、救済者としてのスーパーマン登場の背景には、どのような歴史的必然性があったのだろうか。これまでにも何度か触れて来たように、一七七六年に誕生したアメリカ合衆国は、永遠に滅びることのない美徳の共和国であった。このアメリカ共和国は、西部に広がる自由な土地、フロンティアのゆえに、生や死や再生といった生物学的な時間から解放された変化のない楽園的世界であると考えられていた。フロンティアという空間の存在は、アメリカは他のどの国とも異なった、純粋で完璧な共和国であるという信念を、アメリカ大衆のなかに植え付けていた。しかし、十九世紀末になって、このフロンティアの消滅という事態が発生したとき、アメリカの未来に限界が見え始め、無限の可能性を持っていたはずのアメリカ国民は、どうしようもない無力感、絶望感を覚える。こうして、もろもろの問題を解決してくれるスーパーヒーローの出現を待ち侘びる気持ちが、たとえば『ハイジ』や『小公子』や『オズの魔法使い』や『ポリアナ』における無垢な救済者としてのスーパーヒーローを、世紀転換期のアメリカに生み出すことになったとしても不思議はないだろう。また、スーパーマンを始めとして、ディック・トレイシーやローン・レンジャーやバットマンといった数多くの新しいスーパーヒーローたちが登場したのが、一九二九年に端を発する大恐慌の時期であったという事実は、アメリカの現実に絶望した大衆がエデン的なアメリカを再現してくれる救済者的ヒーローの出現を夢見ていたことを物語っている。「真実と正義とアメリカ的生き方」を守るというスーパーマンの目的は、同時にまた、すべてのスーパーヒーローたちの目的でもあったのだ。

こうして、スーパーヒーローたちは、その超人的な能力によって、アメリカの、ひいては人類の救済という使命を果たしているのだが、彼らはただ単にアメリカ大衆のファンタジーのなかにだけ生き続けているだけだろうか。

一九七五年に出版されて評判を呼んだアメリカ小説に、ソール・ベローの『フンボルトの贈り物』とE・L・ドクトロウの『ラグタイム』の二冊[(2)]があった。前者は現代アメリカにおける文学者の運命を、ある実在の詩人をモデルにして描き上げ、後者は二十世紀初頭のアメリカ社会を、これまた数多くの実在の人物を登場させながら見事に活写しているが、いずれの作品にも、一世を風靡した大魔術師ハーリー・フーディーニ（一八七四―一九二六）が姿を見せて、かなり重要な役柄を与えられているのは、まことに興味深い偶然の一致ではないだろうか。

『フンボルトの贈り物』の場合、語り手のチャーリー・シトリーンという人物は、フーディーニと同じウィスコンシン州アプルトンの出身というだけでなく、「ハリー・フーディーニを讃える」というエッセイを書いたこともあり、「なぜあの男もわたしもよりによってアプルトンなんかに生まれたんでしょうかねぇ」などと語っている。他方、ドクトロウの小説では、フーディーニは至るところに立ち現れ、ある架空の一家の者たちに接したり、得意のマジックを披露したり、やがて暗殺されることになるオーストリア・ハンガリー帝国の帝位継承者フェルディナント大公と親しく言葉を交わしたりする場面まで用意されたりしている。実在の人物でありながら、虚構の世界に自由に出入りして活躍することのできた魔術師フーディーニとは、一体いかなるアメリカ人であったのだろうか、という疑問を禁じ得ないのである[(3)]。

彼は本名をエーリッヒ・ヴァイスというドイツ系のユダヤ人で、父親は立派なラビ（ユダヤ教指導者）であったが、その意味では、彼に関心を示したベローもドクトロウも、ともにユダヤ系作家であったというのは、いかにも興味深い。魔術師としてのフーディーニは、いわゆる「チャレンジ芸」を得意としていたと言われ、刑務所や棺桶やミルク缶や密閉して水中に投げ込まれた箱などから抜け出すことができた。彼は「世界中のどんな堅固な牢獄からも脱出した」とベローは書き、『ラグタイム』には「狭窄衣を着せられ、両くるぶしを鋼索につながれ」たまま、高層ビルから吊り下げられたフーディーニの姿が描かれている。この魔術師の死の前年の一九二五年に書かれた一文のなかで、著名な評論家エドマンド・ウィルソンさえも、彼の至芸に惜しみない拍手を送り、「第一級のマジシャン」という折り紙を付けていた[(4)]。フランスの有名な女優サラ・ベルナールは、怪我が悪化して切断した右脚を取り戻してくれ、とフーディーニに泣きついたこともあり、ベローもこのエピソードを紹介しているが、これはフーディーニの超人的な能力に対する大衆の絶対的な信頼を浮き彫りにしていると考えてよい。だが、この魔術師の人気の秘密を理解するためには、彼の主要な活躍の場であったボードビルについて説明しておく必要があるだろう。

ボードビルは「アメリカでは、歌、踊り、寸劇、漫談、奇術、アクロバット、動物の芸など、さまざまの要素を組み合わせた出し物」(5)と定義されるが、この極めてアメリカ的な大衆娯楽は一九一五年までに全盛期に達していた。そのための劇場がニューヨーク、バッファロー、セントルイス、シカゴ、サンフランシスコなどの大都市に建てられ、ボードビルの隆盛は、十九世紀末アメリカの都市化現象と切り離すことができない。そこに娯楽を求めたのは、新しく都市生活者となった大衆、つまり農村地帯から流れ込んで来たアメリカ人や、アメリカの夢を夢見てヨーロッパから渡って来た移民たちであった。彼らはもちろん、西なるフロンティアが失われた後の時期であったために、新しい可能性の場としての都市に集中することを余儀なくされたのだが、その都市は、すでに取り上げたシェルドンの『御足の跡』で用いられていた言葉でいうと、「罪と恥辱と堕落」にまみれた世界であった。貧困と腐敗の渦巻く世紀転換期アメリカの都市的状況のなかで、一片の夢を抱くこともできなくなった大衆が一時的に醜悪で、悪夢的な現実を忘れることができたのが、ボードビル劇場という閉ざされた、小さな空間のなかであった、と言えるのではないか。あるボードビル研究家は、「舞台でのファンタジーは、全ての者が憧れる人生の美化された、理想化された姿であり、今の現実の汚濁や孤独や欠乏からの逃避であった」(6)と説明している。

とすれば、このボードビルのスター的存在であった魔術師フーディーニの仕事は、ありとあらゆるトリックを駆使することによって、現実からの逃避の場を観客に提供することであった、と考えられる。新大陸アメリカはもともと人間の条件を超克することのできる、例外的な空間という意味を持っていて、そこでは何もかもが可能である、という夢をかき立ててきたが、フーディーニの出演するボードビル劇場には、その空間が再現されていた、と言えるのではないか。どんなに困難な状況に置かれても、たちまちのうちに脱出してくるフーディーニは、不可能を可能にする男であり、一切の物理的拘束から自由になれるスーパーヒーロー、アメリカの夢をかなえてくれる救済者という印象を与えたにちがいない。惑星クリプトンからの移民スーパーマンと同じように、ユダヤ系移民の息子フーディーニもまた、開かれたフロンティア的空間をアメリカ大衆の前に再現する超能力の持ち主に他ならなかったのである。

このフーディーニのスーパーヒーローぶりは、まことに思いがけない形で証明されている。イギリス作家コナン・ドイル（一八五九—一九三〇）といえば、名探偵シャーロック・ホームズの生みの親として世界的に知られているが、晩年の彼は心霊術の研究に没頭するようになり、それが取り持つ縁で、大西洋を隔てたフーディーニとの間に奇妙な友情が生まれる(7)。というのは、フーディーニもまた、心霊術に関心を抱いていて、その実態を調査するために『サイエンティフィック・アメリカン』誌が組織した委員会のメンバーになったこともあったからである。だが、同じように心霊術に興味があったといっても、ドイルとは正反対に、フーディーニはあくまでも、それを疑い続け、その虚構性を暴き立てる側の人間であった。鋭い推理力を発揮する、極めて合理的な探偵ホームズを創造したドイルが、この上なく非合理的な心霊術の熱心な信者であったというのは、アイロニカルとしか言いようがあるまい。いかなる不可能な状況からも易々と抜け出すことのできるフーディーニの舞台を見たドイルは、「さまざまの拘束からの脱出を可能にする、ある種の超人的な能力をフーディーニが持っている」と信じて止まなかったらしい(8)。ボードビル劇場に押しかけたアメリカ大衆にとってもまた、魔術師フーディーニは「ある種の超人的な能力」を備えたスーパーヒーローに思われたにちがいない。

こうして、フーディーニは、一方では心霊術を否定する、きわめて合理的な精神の持ち主であるにもかかわらず、もう一方では理屈では説明できないような超能力を持ったスーパーヒーローと見做されている。いや、その合理精神のゆえに、かえって超人的性格が浮き彫りにされることになったとも言えるのではないか。「フーディーニのみずからに課した訓練、自分のわざの完璧さにたいする献身の努力は、アメリカの理想を反映しているはずであった」とドクトロウは書いているが、この魔術師を見守るアメリカ大衆は、いつの日にか「アメリカの理想」が実現するにちがいない、というファンタジーに耽ることができたのである。

ここまで考えてくると、フーディーニを連想させる、もう一人の超人的な魔術師トマス・エジソン（一八四七―一九三一）の名前を持ち出さないわけにはいかない。この偉大な発明王を「魔術師」呼ばわりするとは、と意外に思う読者もいるかもしれないが、彼は研究所の所在地に因んで、しばしば「メンロ・パークの魔法使い」と呼ばれていたし、すでに論じたライマン・フランク・ボームの傑作『オズの魔法使い』に登場する魔法使いのモデルであった、と言われていることを忘れてはなるまい(9)。

エジソンがアメリカ大衆の絶大な支持を得ていることは、彼に関する書物が九十冊近くも出版されているという事実からも推測することができる。たしかに、彼はアメリカ人好みの特質をいくつも備え持っている。彼はまず、成功物語の主人公であった。中西部の片田舎に生まれた彼が、ついに偉大な発明家として成功をおさめるに至るが、貧しい姿でニューヨークにやって来たエジソンの上に、フィラデルフィアへたどり着いたベンジャミン・フランクリンの姿を重ね合わせることは、さほど困難ではあるまい。いわゆる「セルフメイド・マン」としてのエジソンは、アメリカの夢の実現者として、アメリカ大衆に強く訴える力を持っている。さらに、不眠不休で働き続けた彼は、ピューリタン的な美徳の具現者としても、大衆の目には好ましく映るにちがいない。死ぬまでに千以上のもの特許を取った彼は、蓄音機や白熱灯などの発明によって、人類に限りない幸福をもたらすことになった。彼がリンカンやワシントンやフランクリンなどにつぐ人気を博することになったとしても驚くにあたるまい。

だが、エジソンの人気の秘密を考える場合、とりわけ重要なことは、彼がスーパーマンと同じように、アメリカの、ひいては世界の救済者として登場していたという事実に他ならない。たとえば、第一次世界大戦のときには、エジソンはアメリカに勝利をもたらす救世主的存在と見做され、ある新聞は「トマス・A・エジソンは文明のための戦いにおける、この国の最大の資質の一つである」と書き立てたり、別の雑誌は彼が「一撃のもとで、敵の大軍を絶滅させる素晴らしい電気仕掛けの機械」を発明することを予想したりしていた。これは戦時下にありがちな、いささか極端な反応の例であるとしても、エジソンによって象徴されるテクノロジーのなかに、アメリカ大衆が「ある種の超人的な能力」を発見していたことには疑問の余地がないだろう。あるエジソン研究家が彼をバッファロー・ビルやベーブ・ルースやローン・レンジャーなどと同列に置いたりしているのは、彼が世界平和を実現することを使命とする神話的なスーパーヒーローの一人と見做されていることを物語っている、と考えてよい[10]。

アメリカ大衆にとって、ボードビル劇場におけるフーディーニも、メンロ・パークの実験室におけるエジソンも、ともに例外としての共和国の再生というアメリカの夢をかなえてくれる、「魔術師」としてのスーパーヒーローに他ならなかった。実在の人物がスーパーマンと同じ次元のヒーローとなる、というのは、いかにもアメリカ的な現象と言うべきかもしれないが、この現象は一九八〇年代のアメリカにおいても観察することができるのである。

近年のアメリカ映画界では、スーパーヒーローの活躍する作品が目立っているように思われる。『スーパーマン・五十歳』から二年後の一九八九年の夏に封切られた作品だけに限ってみても、『バットマン』、『インディ・ジョーンズ―最後の聖戦』、『リーサル・ウェポンII』、『ゴーストバスターズII』、それに『スター・トレックV―ザ・ファイナル・フロンティア』などが高い興行収益をあげた、と伝えられている。これらの作品には、いずれも「ある種の超人的な能力」を備えた主人公が登場して、エデン的なアメリカ世界の秩序と平和を回復することに努め、その目的が見事に達成されたときに、ハッピーエンディングを迎えることになっている。それに、『バットマン』は別として、そのいずれもがシリーズのなかの一作であるという事実は、それぞれのスーパーヒーローがアメリカ大衆の間に根強い人気を博していることを裏付けている、と受け取ってよいだろう。

だが、一九八九年のアメリカに登場したスーパーヒーローは、一体どのような使命を果たしているのだろうか。彼はその「超人的な能力」を、どのような目的のために発揮するというのだろうか。スティーヴン・スピールバーグが監督した『インディ・ジョーンズ ― 最後の聖戦』(11)を例にとって考えてみたい。

この映画は、考古学の教授で冒険家の主人公が活躍するシリーズ第三作であるが、前作『レイダーズ ― 失われた聖櫃』や『インディ・ジョーンズ ― 魔宮の伝説』の場合と同じように、インディ・ジョーンズと呼ばれる男がスーパーヒーローであることには疑問の余地があるまい。「ツィードのジャケットを着て、金縁眼鏡をかけたひとりの教授」として登場するインディは、プリンストン大学で中世史を講じる父親のヘンリー・ジョーンズとともに、聖杯探求の旅に出掛けることになる。彼の前につぎつぎと持ち上がる難事件を解決した後、ついに聖杯を発見するに至る筋立ては、スリルと冒険に満ちているとはいえ、いささか荒唐無稽であって、子供だましとしか言いようがあるまい。この映画を徹底した娯楽作品として片付けてしまう向きがあってもおかしくないだろう。

だが、この作品が主として一九三八年、つまりナチス・ドイツの台頭した時期に設定されているという事実は、やはり見落とすことできないのではないか。「聖杯探求は、考古学ではない。悪との戦いなのだ。聖杯がナチの狂信者どものものとなれば、暗黒の軍団が地球の大地を行進することになる」と父親は語っている。こうして、「聖杯探求」の旅は、インディ・ジョーンズにとって、「ナチの狂信者」によって象徴される悪を打ち破るための旅とならざるを得ない。アメリカを、いや、世界を悪の手から守ろうという彼は、まさしく「最後の聖戦」に参加する十字軍兵士に変身している、と言っても過言ではあるまい。金縁眼鏡をかなぐり捨てたインディは、もはや単なる冒険家ではなく、ナチス・ドイツという「暗黒の軍団」に立ち向かう正義の味方、他ならぬスーパーヒーローとしての姿を見せることになるのである。さらに、インディの活躍する一九三八年がスーパーマンの登場した年であったことを思い出すならば、この考古学者もまた、新聞記者クラーク・ケントとともに「真実と正義とアメリカ的生き方」のために戦っている、と言いたくなってくるのではないだろうか。

スーパーヒーローの原型が西部劇の主人公に求められることは、これまでにもしばしば指摘されているが、『インディ・ジョーンズ─最後の聖戦』にも、そのことを暗示する興味深い場面が用意されている。一九一二年のユタ州に設定された冒頭のシーンで、三人の盗賊から逃げようとしたインディは、「ピーッと指笛を鳴らして、愛馬を呼んだ。馬はたてがみを振り、速足でやってくる」。この後、彼は鞍をめがけて飛び降りようとするが、馬はじっとしてくれない。思い切ってジャンプすると、「その瞬間、馬が前に跳ね、目測が狂って、インディは地面にたたきつけられる」のである。もちろん、これはローン・レンジャーが愛馬シルヴァー号に飛び乗って一気に駆け抜けるといった場面のパロディを意図したものであって、観客の笑いを誘うことになるが、この場面はまた、インディがローン・レンジャーなどによって代表される西部劇のヒーローの系譜につながる人物であることを暗示している、と受け取ってよい。これに続く場面で、馬に乗ったインディが自動車を走らせる盗賊たちに追いかけられたり、結末近くで、やはり馬にまたがった彼がドイツ軍の戦車に挑みかかったりする設定は、この映画の基本的なパターンが西部劇のそれであることを物語っているのである。

こうした西部劇のパターンは、同じスピールバーグが監督したパニック・スペクタクル映画の傑作『ジョーズ』(一九七五)にも用いられていると言い出せば、読者は意外に思われるだろうか。この映画では、海開きの準備に忙しい避暑地の海岸に巨大なサメが出現して、島全体をパニック状態に陥れてしまう。この種の悪に脅かされる平和なコミュニティという設定は、西部劇においてはごく普通に見ることができる。そして、そこに登場するスーパーヒーローは警察署長ブローディであって、彼は鉄縁の眼鏡をかけた、一見いかにもひ弱なインテリ風の人物だが、巨大なサメとの死闘が展開するにつれて、しだいに逞しい男に変身し始める。ついにサメを退治して、避暑地の海辺に平和がよみがえるところで映画は終わるが、この避暑地の島の名前がアミティ・アイランド、つまり「友愛の島」であったというのも、正義の味方としての主人公のスーパーヒーローぶりを際立たせるのに役立っている。『ジョーズ』は、観客に恐怖感を味わわせることを狙ったパニック映画であると同時に、秩序と平和の回復を目指すスーパーヒーローの誕生の物語でもあった、と言うべきだろう。

ほぼ同様のことは、チャールズ・ブロンソン主演の『狼よ、さらば』（一九七四）についても言えるのではないか。家族の者を三人組の暴漢に襲われた主人公は、無力な警察を当てにすることを止めて、たった一人で、ピストル片手に都会の悪に立ち向かって行く。ニューヨークの高層ビルの谷間で、ブロンソン扮するスーパーヒーロー的主人公が、悪人たちをつぎつぎに撃ち倒す姿に、西部のガンマンの面影を見て取ることは困難ではあるまい。あるいはまた、テレビで放映され、映画化された『スター・トレック』の場合にも、宇宙空間における悪を排除して、そこに秩序を回復するというパターンは、そのままかつての西部劇のそれである、と考えられる。エンタープライズ号のカーク船長は、銀河系の悪と戦うスーパーヒーローに他ならないのである[12]。

このようにスーパーヒーローと西部劇との結び付きをくどくどと説明してくれば、誰しも第四十代大統領ロナルド・レーガン（一九一一—）を思い浮かべるのではないだろうか。彼はハリウッドの俳優時代、西部劇に好んで出演したと言われるし、大統領になってからも、カウボーイの格好をすることがしばしばであった。大統領としての彼は、アメリカ大衆から圧倒的な支持を得ていたが、その人気の秘密は一体どこにあったのだろうか。一九七六年の共和党大会で、大統領候補指名を現職のフォード大統領と争って敗れたとき、当時カリフォルニア州知事であったレーガンは、若い支持者たちを前にして、「アメリカ人であるという特権を持っているわれわれは、一六三〇年の昔、マサチューセッツの沖合に停泊中の小型船アーベラ号の甲板に立ったジョン・ウィンスロップがピルグリムたちの小集団に向かって、『わたしたちは丘の上の町になるのだ』と語った瞬間からずっと、運命とのランデブーを経験し続けている」と述べ、「われわれはその輝かしい丘の上の町になるのだ」と語りかけた、と伝えられている[13]。それから四年後の一九八〇年七月、大統領候補に指名された彼は、受諾演説のなかで、「家族、仕事、近隣、平和、自由といった言葉に具現されている価値を持った社会」を実現したいと語っていただけでなく、その後もしばしば家族、仕事、近隣といった価値をふたたび活性化することを演説のなかで強調している[14]。レーガン政権の八年間は、この古き良き価値を、二十世紀のアメリカ社会に再現することに向けられていた、と言ってよいだろう。ベトナム戦争やウォーターゲート事件以前の「強いアメリカ」を復活させることを目標としたレーガンに、アメリカ大衆は「真実と正義とアメリカ的生き方」を守るスーパーヒーローの姿を重ね合わせていたのではないだろうか。

しかも、このレーガン大統領の時代には、インディ・ジョーンズ・シリーズ、ダーティ・ハリー・シリーズ、ランボー・シリーズ、あるいはゴーストバスターズ・シリーズといった具合に、スーパーヒーローたちが登場する映画がつぎつぎと製作されているが、これは単なる偶然の一致ではあるまい。シリーズ第一作と第二作のインディ・ジョーンズはもちろん、クリント・イーストウッド扮するダーティ・ハリーもまた、敢然と悪に立ち向かっていた。『ゴーストバスターズ』の場合には、「彼らは世界を救うためにここにいる」という宣伝文句が使われていたし、ベトナム帰還兵ジョン・ランボーの華々しい活躍のお蔭で、ベトナム戦争のイメージは一変してしまい、「敗北は勝利に転化された」という評言さえも聞かれるに至っている。[15] いや、レーガン大統領自身、ランボー映画のファンであったし、その好戦的な姿勢のために政治漫画で「ロンボー」と呼ばれたこともあった。[16] こうしたスーパーヒーローたちは、レーガン大統領好みの価値を活性化するという仕事に、ファンタジーの世界で見事に成功を収めている、と言えるだろう。一九八〇年代のアメリカ大衆は、このスーパーヒーローたちに拍手喝采を送ると同時に、レーガン大統領が「ある種の超人的な能力」を備えた、もう一人のスーパーヒーローとなってくれることを期待していたのではないだろうか。

冒頭で紹介した『スーパーマン・五十歳』にも、レーガン時代に製作されたハリウッド映画にも、「真実と正義とアメリカ的生き方」を守ってくれる救済者的スーパーヒーローの出現を待ち望むアメリカ大衆の痛切な願いが込められている。アメリカ合衆国憲法制定二百年を記念する一九八七年に出版された『スーパーマン・五十歳』の熱烈な寄稿者たちも、同じ時期にランボーやインディ・ジョーンズの活躍に一喜一憂した観客たちも、結局のところ、時間と変化のないアメリカの夢に取り憑かれた『偉大なるギャツビー』のジェイ・ギャツビーがそうであったように、薄汚れた灰色の歴史の現実のなかで、みずみずしい緑色の美徳の共和国のヴィジョンを追い求めて止まないセンチメンタリストたちであった、と結論しなければなるまい。

注

(1) Dennia Dooley and Gary Engle, eds., *Superman at Fifty: The Persistence of a Legend* (New York: Macmillan, 1987).

(2) Saul Bellow, *Humboldt's Gift* (New York: Viking, 1975); E.L. Doctorow, *Ragtime* (New York: Random House, 1975). 引用はそれぞれ講談社刊の拙訳と早川書房刊の邦高忠二訳によっている。

(3) フーディーニの伝記については、Kenneth Silverman, *Houdini!!!: The Career of Ehrich Weiss* (New York: HarperCollins, 1996)[ケネス・シルバーマン著『フーディーニ!!!』(アスペクト、一九九九)]; Ruth Brandon, *The Life and Many Deaths of Harry Houdini* (New York: Kodansha International, 1993) に詳しい。

(4) Edmund Wilson, "Houdini," *The Shores of Light* (New York: Farrar, 1952).

(5) 斎藤真ほか編『アメリカを知る事典』(平凡社、一九八六) 四七六。

(6) Albert F. McLean, *American Vaudeville as Ritual* (Lexington: U of Kentucky P,1965) 10. なお、ボードビルについては、Robert W. Snyder, *The Voice of the City: Vaudeville and Popular Culture in New York* (New York: Oxford UP, 1989) を参照。

(7) Bernard M.L. Ernest and Hereward Carrington, *Houdini and Conan Doyle: The Story of a Strange Friendship* (New York: Benjamin Blom, 1972).

(8) Ernest and Carrington 46.

(9) Wyn Wachhost, *Thomas Alva Edison: An American Myth* (Cambridge: MIT, 1981) 39-40.

(10) Wachhost 102-104, 107-108.

(11) *Indiana Jones and the Last Crusade* (1989, Steven Spielberg). 引用はハヤカワ文庫刊の小説版によっている。

(12) 『ジョーズ』や『狼よ、さらば』については、Robert Jewett and John Shelton Lawrence, *The American Monomyth* (New York: Anchor, 1977) 40-57, 142-168 を参照。

(13) Loren Baritz, *Backfire: A History of How American Culture Led Us into Vietnam and Made Us Fight the Way We Did* (New York: William Morrow, 1985) 350.

(14) John Kenneth White, *The New Politics of Old Values* (Hanover: UP of New England, 1988) 50, 124.

(15) White 114, 121.

(16) Susan Jeffords, *Hard Bodies: Hollywood Masculinity in the Reagan Era* (New Brunswick: Rutgers UP, 1994) 28.

あとがき

しばらく前に『アメリカ伝記論』という本を書いて、アメリカ文化研究におけるアメリカ伝記の重要性を主張したのですが、我が国に根深く残る小説至上主義に異を唱えたのが災いしたのか、一二の書評で見る限り、好意的に受け入れられたとは言い難く、恩師の佐伯彰一先生がある場所で「珍しい分野へのおそらく本邦最初のクワ入れ」という短いコメントを書いて下さったのが、せめてもの慰めでした。それに懲りたというわけではないのですが、本書では皮肉にもアメリカ小説に関する議論が中心になってしまいました。しかも、そのテーマが学者や批評家に毛嫌いされているセンチメンタリズムというだけでなく、取り上げる対象がベストセラーを書いた女性作家や大衆作家、名前ばかり知られていて読まれることのほとんどないウィリアム・ディーン・ハウエルズ、あるいは名前さえもほとんど知られていないアンドルー・ライトルといった小説家となると、文学至上主義者ならずとも、失笑を禁じ得ないことでしょう。

もちろん、数年前からセンチメンタリズムへの関心がにわかに高まっていることは知っていますが、センチメンタリズム・アメリカ型に対する個人的な興味は、そうした最近の動向とは全く無関係にかき立てられたもので、その発端は、三十年以上も昔、レオ・マークスの『楽園と機械文明』を読んで、「センチメンタル・パストラリズム」という言葉を耳にしたときにさかのぼります。かつての愛読書であったとはいえ、アメリカ研究の神話＝象徴学派が批判されるようになって久しい現在、レオ・マークスの名前を持ち出すのは、時代遅れも甚だしいという印象を与えるかもしれませんが、アメリカ文化における古典的共和主義の伝統を意識した上で、センチメンタリズムをリパブリカニズムと積極的に結び付けようとする本書の立場が、『楽園と機械文明』におけるマークスのそれとは基本的に異なっていることに、好意的な読者は気づいて下さるにちがいありません。

『センチメンタル・アメリカ』には、他の仕事に追われていたこれまでの十年間に、機会を見つけては書き溜めてきた、つぎに挙げるような論文が収められています。重複する記述を削除したりして、全体との統一を図っただけでなく、題名も初出のときとは大幅に異なっていますが、発表の場を提供して下さった関係各位に厚くお礼申し上げます。

I「センチメンタリズム再考」『英米文学』第四十四巻第一号（二〇〇〇年二月）

II「本を読む少女たち — 変貌するアメリカと女性大衆作家」関西学院大学アメリカ研究会編

『変貌するアメリカ』（晃洋書房、一九九九年）

Ⅲ「『セント・エルモ』における女性の領域」『英米文学』第四十三巻第二号（一九九九年二月）

Ⅳ「リアリストの栄光と悲惨 ― ハウエルズ」川上忠雄編『文学とアメリカの夢』（英宝社、一九九七年）

Ⅴ「世紀転換期アメリカとフロンティアの農民たち」佐々木隆・大井浩二・明石紀雄・岡本勝編著『一〇〇年前のアメリカ ― 世紀転換期のアメリカ社会と文化』（京都修学社、一九九五年）

Ⅵ「リアリズム小説のセンチメンタルな結末 ― ハロルド・フレデリックとシンクレア・ルイス」『人文論究』第四十八巻第二号（一九九八年九月）

Ⅶ「共和国のヴィジョンと『アングロサクソン化』 ― 世紀転換期アメリカの大衆文化をめぐって」『英文学春秋』第六号（臨川書店、一九九九年十月）

Ⅷ「センチメンタリズム・アメリカ型 ― ジャック・ロンドンの場合」『人文論究』第四十九巻第三号（一九九九年十二月）

Ⅸ「南部農本主義者アンドルー・ライトル覚え書」『人文論究』第四十七巻第三号（一九九七年十二月）

Ⅹ「『長い夜』 ― アンドルー・ライトルの長編小説を読む」『英米文学』第四十二巻第一号（一

九九七年十一月)

XI「『酒場での十夜』」「『大地』」鵜木奎治郎編著『アメリカ新研究』(北樹出版、一九九二年)

「『小公子』」「『御足の跡』」「『オズの魔法使い』」「『ポリアナ』」亀井俊介編著『アメリカン・ベストセラー小説38』(丸善ライブラリー、一九九二年)

XII「スーパーヒーローとアメリカ大衆文化」関西学院大学アメリカ研究会編『アメリカの現状と展望』(啓文社、一九九〇年)

この本をまとめる直接の切っ掛けになったのは、甲南大学英文学会での「センチメンタリズム・アメリカ型」と題する講演(一九九八年三月十八日)でしたが、その折りにお世話になった大手前大学文学部教授・常松正雄氏と甲南大学文学部教授・青山義孝氏に感謝いたします。関西学院大学文学部教授・花岡秀氏には校正刷を読んでいただき、貴重なご教示、ご指摘を頂戴いたしました。あらためて感謝を捧げるとともに、不適切な表現や思いがけない誤解が残っているとすれば、それはすべて著者の責任であることをお断りしておきます。最後になりましたが、本書の出版に関して格別のご配慮をたまわった関西学院大学出版会の社会学部教授・宮原浩二郎氏(前編集長)、文学部教授・田和正孝氏(現編集長)、編集事務局の岡見精夫氏に心からお礼申し上げます。

二〇〇〇年八月　残暑厳しい候

大井浩二

■索　引■

〈ア行〉

アーヴィング, ワシントン Irving, Washington　54

『スケッチ・ブック』 *Sketch Book*　54

アウズリー, フランク Owsley, Frank　233-34, 252

アーサー, T·S· Arthur, Timothy Shay　257-62

『酒場での十夜』 *Ten Nights in a Bar-Room*　258-62, 272

アダムズ, ヘンリー Adams, Henry　89, 107

イーストウッド, クリント Eastwood, Clint　310

ヴァーナー, サミュエル·フィリップス Verner, Samuel Phillips 179-80

ヴィース, ヨハン Wyss, Johann Rudolf　59

『スイスのロビンソン』 *Swiss Family Robinson*　59

ウィームズ, メイソン·ロック Weems, Mason Locke　40-44

『ワシントン伝』 *The Life George Washington*　40-44, 46

ウィルソン, ウッドロー Wilson, Woodrow　176, 282-83

ウィルソン, エドマンド Wilson, Edmund　298

ウィンスロップ, ジョン Winthrop, John　309

ウエザビー, H·L· Weatherby, H.L.　238, 240, 242, 252

ウォード, ジョン·W Ward, John W.　128

ウォーナー, スーザン Warner, Susan　24, 29-30, 31, 38-44

『広い、広い世界』 *The Wide, Wide World*　24, 29-30, 31, 38-44, 45, 46, 50, 51, 52,58-59, 63, 69

ウォーレン, ロバート·ペン Warren, Robert Penn　16, 209, 211, 216, 224, 225-26, 233, 234, 240, 241

『詩の理解』 *Understanding Poetry*　16

「盲目の詩人シドニー·ラニアー」 "The Blind Poet: Sidney Lanier" 225-26

ウッド, ゴードン Wood, Gordon S.　133

エイキン, P·J· Eakin, P.J.　150

エヴァンズ, オーガスタ Evans, Augusta Jane　38, 51-57, 67-87

『セント·エルモ』 *St. Elmo* 67-87

『ビューラ』 *Beulah* 38, 51-57, 59, 60, 63, 69
エジソン, トマス Edison, Thomas 178, 301-304
エマソン, ラルフ・ウォルドー Emerson, Ralph Waldo 54
『代表的偉人論』 *Representative Men* 26
エリオット, T・S・ Eliot, Thomas Stearns 258
『狼よ、さらば』 *Death Wish* 308
オブライエン, マイケル O' Brien, Michael 217, 234
オルテガ・イ・ガセット, ホセ Ortega y Gasset, Jos 23

〈カ行〉

カウイー, アレグザンダー Cowie, Alexander 69
カーター, エヴェレット Carter, Everett 145, 146, 150
カーバー, リンダ Kerber, Linda K. 44, 47, 53, 75, 157
カミンズ, マリア・スザンナ Cummins, Maria Susanna 38, 44-50
『点灯夫』 *The Lamplighter* 38, 44-50, 51, 52, 59, 63, 69
カーライル, トマス Carlyle, Thomas 55
ガーランド, ハムリン Garland, Hamlin 127, 129, 152
カールトン, G・W・ Carleton, G.W. 67
キャザー, ウィラ Cather, Willa 24
キャプラン, エイミー Kaplan, Amy 141, 207
キャラニカス, アレグザンダー Kyaranikas, Alexander 223
キルゴー, ジェイムズ Kilgo, James 242
クーパー, ジェイムズ・フェニモア Cooper, James Fenimore 20, 24, 31, 190
グラッドストーン, W・E・ Gladstone, William Ewart 264
グリフィス, D・W・ Griffith, D.W. 175-77, 182
『国民の創生』 *The Birth of a Nation* 175-77
グリフィン, ロバート Griffin, Robert J. 154
グレイディ, ヘンリー Grady, Henry 219, 223
クレイン, スティーヴン Crane, Stephen 141
『赤い武勲章』 *The Red Badge of Courage* 141
クレヴクール, ミシェル・ギョー

ム・ジャン・ド Cr vecoeur, Michel-Guillaume Jean de 123
『アメリカ農夫の手紙』 *Letters from an American Farmer* 123
グレブスタイン，シェルドン Grebstein, Sheldon N. 154
ケイディ，エドウィン・H・ Cady, Edwin H. 121
ケイン，ウィリアム Cain, William E. 27
ゲーテ，ヨハン・ヴォルフガング・フォン Goethe, Johann Wolfgang Von 55
ケリー，メアリー Kelley, Mary 72
『ゴーストバスターズ』 *Ghostbusters* 304, 310
コールリッジ，サミュエル・テイラー Coleridge, Samuel Taylor 55
『コロンビア米文学史』 *Columbia Literary History of the United States* 89

〈サ行〉
シェイクスピア，ウィリアム Shakespeare, William 97, 104
『お気に召すまま』 *As You Like It* 97
『ジョン王』 *King John* 104
ジェイムズ，ヘンリー James, Henry 9, 89, 90, 107, 265-66
『ある婦人の肖像』 *The Portrait of a Lady* 266
ジェファソン，トマス Jefferson, Thomas 8, 42-43, 95, 101, 110, 122, 124, 125, 131, 133-34, 144, 165, 199, 207, 212, 227, 253, 261, 262, 272, 287
『ヴァジニア覚え書』 *Notes on the State of Virginia* 42, 101-102, 122, 124, 125,133, 144, 165, 199, 227, 272
シェルドン，G・W・ Sheldon, Garrett Ward 133
シェルドン，チャールズ Sheldon, Charles M. 149, 267-72, 277, 299
『御足の跡』 *In His Steps* 149, 267-72, 277, 299
シーゲル，ジェリー Siegel, Jerry 293, 294
ジャクソン，ストーンウォール Jackson, Stonewall 211
ジュエット，セアラ・オーン Jewett, Sarah Orne 24
シュースター，ジョー Shuster, Joe 293, 294
シュナイダー，ロバート・W・ Schneider, Robert W. 132

ショアラー, マーク Schorer, Mark 159
ショパン, ケイト Chopin, Kate 85-86, 147, 178
『目覚め』 *The Awakening* 85-87, 147
ジョーンズ, アン・グッドウィン Jones, Ann Goodwyn 52
ジョンストン, アルバート・シドニー Johnston, Albert Sidney 245
スコウプス, ジョン・T・ Scopes, John T. 210
スターク, オーブリー・ハリソン Starke, Aubrey Harrison 224-26
『シドニー・ラニアー』 *Sidney Lanier* 224-26
『スター・トレック』 *Star Trek* 304, 308
スティーヴンズ, サディアス Stevens, Thaddeus 172
スティーヴンソン, R・L・ Stevenson, Robert Louis 282
『宝島』 *Treasure Island* 282
ストウ, ハリエット・ビーチャー Stowe, Harriet Beecher 24, 168
『アンクル・トムの小屋』 *Uncle Tom's Cabin* 24, 25, 28, 29, 168-69, 268
ストラットン=ポーター, ジーン Stratton-Porter, Gene 206
ストロング, ジョサイア Strong, Josiah 102, 124, 125, 143-44, 165-66, 174, 179, 261, 262, 266
『我らの国』 *Our Country* 102, 124-25, 143-44, 160, 165-66, 170-71, 261, 262, 266
『スーパーマン・五十歳』 *Superman at Fifty* 293-95, 304, 310-11
スピリ, ヨハンナ Spyri, Johanna 282
『ハイジ』 *Heidi* 282, 296
スピールバーグ, スティーヴン Spielberg, Steven 305
『インディ・ジョーンズ―最後の聖戦』 *Indiana Jones and the Last Crusade* 304, 305-307
『インディ・ジョーンズ―魔宮の伝説』 *Indiana Jones and the Temple of Doom* 305
『ジョーズ』 *Jaws* 307-308
『レイダーズ―失われた聖櫃』 *Raiders of the Lost Ark* 305
スミス, ヘンリー・ナッシュ Smith, Henry Nash 22, 25, 27, 90, 112, 127
『ヴァージン・ランド』 *Virgin*

Land　27

スロトキン, リチャード Slotkin, Richard　175, 181

セラーズ, チャールズ Sellers, Charles　63

『センチメンタルな男性』 *Sentimental Men*　31-32

ソロー, ヘンリー・デイヴィッド Thoreau, Henry David　20, 24, 44

『ウォルデン』 *Walden*　26, 44

〈タ行〉

ターナー, フレデリック・ジャクソン Turner, Frederick Jackson　109-110, 111, 134, 135

「アメリカ史におけるフロンティアの意義」 "The Significance of the Frontier in American History"　109-110, 134

ダロウ, クラレンス Darrow, Clarence　210

デイヴィス, ジェファソン Davis, Jefferson　211

デイヴィッドソン, ドナルド Davidson, Donald　216, 223

ディキンスン, エミリー Dickinson, Emily　89

ディクソン, トマス Dixon, Thomas　12, 32, 166-75, 177, 182

『クランズマン』 *The Clansman*　171-75, 177, 182

『豹の斑点』 *The Leopard's Spots*　167-71, 172, 177, 181

テイト, アレン Tate, Allen　209, 210-11, 216, 224-26, 233, 240

「南部のロマン主義者」 "A Southern Romantic"　224-25

テニー, タビサ Tenny, Tabitha Gilman　47

『女性版ドン・キホーテ精神』 *Female Quixotism*　47

テニソン, アルフレッド Tennyson, Alfred　73, 216

トウェイン, マーク Twain, Mark　24, 89, 107, 149, 152, 265, 267, 282

『王子と乞食』 *The Prince and the Pauper*　267

『ジャンヌ・ダルクの個人的回想』 *Personal Recollections of Joan of Arc*　149

『ハックルベリー・フィンの冒険』 *Adventures of Huckleberry Finn*　141, 282

ドイル, コナン Doyle, Conan　300-301

ド・クインシー, トマス De Quincy, Thomas　54

ドクトロウ, E·L· Doctorow, E.L. 297-98, 301
『ラグタイム』 *Ragtime* 297, 298
ドブソン, ジョアン Dobson, Joanne 32, 257
ドライサー, セオドア Dreiser, Theodore 31, 141, 147
『シスター·キャリー』 *Sister Carrie* 147
トラクテンバーグ, アラン Trachtenberg, Alan 93, 106
トルストイ, レフ Tolstoy, Leo 264
『戦争と平和』 *War and Peace* 264
トンプキンズ, ジェイン Tompkins, Jane 18, 24-31, 39
『センセーショナルな構図』 *Sensational Designs* 18, 24-30

〈ナ行〉

ナポレオン Napoleon Bonaparte 41
ネイサンソン, ポール Nathanson, Paul 7-9, 23
『虹の彼方に』 *Over the Rainbow* 7-9
ネルソン, リチャード Nelson, Richard 227
ノートン, チャールズ·エリオット Norton, Charles Eliot 103
ノーブル, デイヴィッド Noble, David W. 112, 125, 168
ノリス, フランク Norris, Frank 31, 197
『マクティーグ』 *McTeague* 197

〈ハ行〉

ハウ, E·W· Howe, Edgar Watson 126-130, 132
『ある田舎町の物語』 *The Story of a Country Town* 126-30, 132
ハーウエル, リチャード Harwell, Ricahrd 7
ハウエルズ, ウィリアム·クーパー Howells, William Cooper 108, 117-23, 124, 126, 130, 133
『オハイオでの生活の思い出』 *Recollections of Life in Ohio, 1813-1840* 108, 117-23, 124, 126, 130, 134, 135, 137, 138
ハウエルズ, ウィリアム·ディーン Howells, William Dean 6, 11, 32, 89-113, 117-139,141, 146-47, 149-50, 151-52, 159, 182-84
『新しい運命の浮沈』 *A*

Hazard of New Fortunes　103-107, 110, 111, 112, 130-36, 146-47
『ありふれた訴訟事件』 *A Modern Instance*　96-99, 103
『アルーストゥク号の貴婦人』 *The Lady of the Aroostook*　94-95, 96, 97, 103, 149-51
『アルトルーリアからの旅人』 *A Traveler from Altruria*　110-111, 112
「アルトルーリアからの旅人の手紙」 "Letters of the Altrurian Traveler"　111-12
「イディーサ」 "Editha"　182-84
『サイラス・ラパムの向上』 *The Rise of Silas Lapham*　99-103, 107, 159-60, 183
『少年の町』 *A Boy's Town*　107-110, 136-38
『ラザフォード・B・ヘイズの生活と性格』 *The Life and Character of Rutherford B. Hayes*　91-92, 93
『リンカン伝』 *The Life of Abraham Lincoln*　91-92
ハウエルズ, ジョゼフ Howells, Joseph　119
ハガード, ヘンリー・ライダー Haggard, Henry Rider　264
『ソロモンの洞窟』 *King Solomon's Mines*　264
バーコヴィッチ, サクヴァン Bercovitch, Sacvan　93
バック, パール Buck, Pearl　283-87, 294
『家の分裂』 *A House Divided*　285-86
『大地』 *The Good Earth* 283-84, 294
『大地の家』 *The House of Earth*　283-87
『息子たち』 *Sons*　284-85
『バットマン』 *Batman*　304
バッファロー・ビル Buffalo Bill　176, 303
パティー, フレッド・ルイス Pattee, Fred Lewis　37
ハート, ジェイムズ・D・ Hart, James D.　287
バニヤン, ジョン Bunyan, John　59
『天路歴程』 *Pilgrim's Progress*　59
バーネット, フランシス・ホジソン Burnett, Frances Hodgson　262-67
『小公子』 *Little Lord Fauntleroy*　262-67, 282, 296

『小公女』 *A Little Princess* 265
『政権の終わるまでに』 *Through One Administration* 265-66
『秘密の花園』 *The Secret Garden* 265, 266
ハリス, スーザン Harris, Susan 71-72, 74, 80
パリントン, V·L· Parrington, Vernon Louis 9, 287
『アメリカ思想主潮史』 *Main Currents in American Thought* 9, 287
ビアード, チャールズ Beard, Charles A. 107
『産業革命』 *The Industrial Revolution* 107
ピットキン, ハンナ Pitkin, Hanna Fenichel 146
フィシャー, フィリップ Fisher, Philip 16
フィッツジェラルド, F·スコット Fitzgerald, F. Scott 20, 158, 276-77
『偉大なるギャツビー』 *The Great Gatsby* 20-21, 157-58, 276-77, 311
フィードラー, レスリー Fiedler, Leslie A. 260
フィンリー, マーサ Finley, Martha 38, 57-63
『エルシー·ディンズモア』 *Elsie Dinsmore* 38, 57-61, 63
『母親となったエルシー』 *Elsie's Motherhood* 61-63
フェタリー, ジュディス Fetterley, Judith 18
フォークナー, ウィリアム Faulkner, William 24
フォクス=ジェノヴィーズ, エリザベス Fox-Genovese, Elizabeth 55
フォード, G·R· Ford, Gerald Rudolph 309
フォレスト, ベドフォード Forrest, Bedford 211
フーディーニ, ハリー Houdini, Harry 297-301, 303
ブライアン, W·J· Bryan, William Jennings 210
ブラウニング, ロバート Browning, Robert 216
ブラウン, ジョン Brown, John 211, 235
ブラウン, チャールズ·ブロックデン Brown, Charles Brockden 24, 31
フランクリン, ベンジャミン Franklin, Benjamin 8, 42, 117,

261, 262, 302

『自伝』 *Autobiography* 42

ブルックス, クリアンス Brooks, Cleanth 16

『詩の理解』 *Understanding Poetry* 16

フレデリック, ハロルド Frederic, Harold 11, 141-51, 152, 187, 191

『セアロン・ウエアの堕落』 *The Damnation of Theron Ware* 142-51, 152, 156, 159, 160, 191, 196

フロイト, ジークムント Freud, Sigmund 23

フロスト, ロバート Frost, Robert 20

ブロンソン, チャールズ Bronson, Charles 308

ブロンテ, シャーロット Bront, Charlotte 68

『ジェイン・エア』 *Jane Eyre* 68

ペイジ, ウォルター・ハインズ Page, Walter Hines 219, 223

ベイム, ニーナ Baym, Nina 17, 18, 31, 63, 80

『女性の小説』 *Woman's Fiction* 17

ベーカー, ジョージ・ピアス Baker, George Pierce 233

ベネット, ブリジット Bennett, Bridget 148

ヘミングウェイ, アーネスト Hemingway, Ernest 20, 24

ベラミー, エドワード Bellamy, Edward 272

『かえりみれば』 *Looking Backward* 272

ベルナール, サラ Bernhardt, Sarah 298

ベロー, ソール Bellow, Saul 297-98

『フンボルトの贈り物』 *Humboldt's Gift* 297

ベンガ, オータ Benga, Ota 180

ベンダー, バート Bender, Bert 145, 148

ホイットマン, ウォルト Whitman, Walt 31, 249, 259-62

『草の葉』 *Leaves of Grass* 26, 37

『フランクリン・エヴァンズ』 *Franklin Evans* 259-62

ポウ, エドガー・アラン Poe, Edgar Allan 9, 54, 55

ボーソウディ, ラルフ Borsodi, Ralph 10

『この醜い文明』 *This Ugly Civilization* 10

x—
『都会からの逃避』 *Flight from the City* 10
ホーソン，ナサニエル Hawthorne, Nathaniel 9, 24, 28, 29, 31, 37, 67, 145, 243, 251, 258
『緋文字』 *The Scarlet Letter* 26, 37, 38, 145, 242-43
『七破風の屋敷』 *The House of the Seven Gables* 26
ポーター，エリナ・ホジソン Porter, Eleanor Hodgman 177, 206, 278-83
『ポリアナ』 *Pollyanna* 177, 206, 278-83, 296
ホフスタッター，リチャード Hofstadter, Richard 22
ボーム，ライマン・フランク Baum, Lyman Frank 273-78, 302
『オズのオズマ姫』 *Ozma of Oz* 274
『オズの国』 *The Land of Oz* 274
『オズの魔法使い』 *The Wizard of Oz* 7, 8, 273-78, 280, 296, 302
ホリー，マリエッタ Holley, Marietta 181-82
『セントルイス博覧会でのサマンサ』 *Samantha at the St. Louis Exposition* 181-82
『万国博覧会でのサマンサ』 *Samantha at the World's Fair* 181
ホールマン，C・ヒュー Holman, C. Hugh 252

〈マ行〉
マイヤーズ，マーヴィン Meyers, Marvin 22
マイヤーズ，ロバート Myers, Robert M. 148, 150
マギー，W・J・ McGee, W.J. 179
マークス，レオ Marx, Leo 18-24, 25, 27, 28, 29, 84, 158, 200, 201, 277
『楽園と機械文明』 *The Machine in the Garden* 18-24, 27, 28, 29
マシーセン，F・O・ Matthiessen, Francis Otto 25-26, 27, 37, 258, 259
『アメリカン・ルネサンス』 *American Renaissance* 25-26, 27, 37, 258
ミッチェル，マーガレット Mitchell, Margaret 5-7, 9, 12
『風と共に去りぬ』 *Gone with the Wind* 5-9, 11, 68, 233
ミムズ，エドウィン Mims, Edwin

215-21, 222-23, 224-26
『シドニー・ラニアー』 *Sidney Lanier* 216, 224
『前進する南部』 *The Advancing South* 215-21, 223, 224, 226
ミラー, ジェイムズ・E・ Miller, James E. 260
ミラー, ペリー Miller, Perry 25, 27
村岡花子 281
メルヴィル, ハーマン Melville, Herman 20, 24, 28, 31, 258
『白鯨』 *Moby-Dick* 26, 37
『ピエール』 *Pierre* 26
メンケン, H・L・ Mencken, H.L. 210, 220-21

〈ラ行〉
ライデル, ロバート Rydell, Robert W. 179
ライトル, アンドルー Lytle, Andrew 12, 209-15, 221, 227-28, 233-254
『悪の名前』 *A Name for Evil* 209
「うしろの乳首」 "The Hind Tit" 211-15, 221, 227
『月の宿にて』 *At the Moon's Inn* 209
『長い夜』 *The Long Night* 209, 228, 233-54
『ベルベットの角』 *The Velvet Horn* 209
ラスキン, ジョン Ruskin, John 73
ラニアー, シドニー Lanier, Sidney 224-27
ラニアー, ライル Lanier, Lyle H. 223
ランサム, ジョン・クロー Ransam, John Crowe 210, 216, 222, 225-27
「心と頭」 "Hearts and Heads" 226-27
ランドクィスト, ジェイムズ Lundquist, James 205
リアリー, ルイス Leary, Lewis 42
『リーサル・ウェポン』 *Leathal Weapon* 304
リンカン, エイブラハム Lincoln, Abraham 91, 92, 302
ルイス, R・W・B・ Lewis, R.W.B. 25, 27
『アメリカのアダム』 *The American Adam* 27
ルイス, シンクレア Lewis, Sinclair 11, 141, 151-61, 187, 191
『アロウスミス』 *Arrowsmith* 152-61, 191, 196

ルーカス, マーク Lucas, Mark 212, 242, 248

ルース, ベーブ Ruth, Babe 303

レヴィン, ハリー Levin, Harry 25

レーガン, ロナルド Reagan, Ronald 12, 308-10

レナルズ, デイヴィッド・S・ Reynalds, David S. 259

ローウェル, ジェイムズ・ルッセル Lowell, James Russell 103, 264

ローゼンバーグ, チャールズ Rosenberg, Charles E. 158

ロックウェル, ノーマン Rockwell, Norman 21

ロバーツ, ダイアン Roberts, Dianne 74

ロングフェロー, ヘンリー・ワズワース Longfellow, Henry Wadsworth 54

「人生讃歌」 "A Psalm of Life" 54

ロンドン, ジャック London, Jack 12, 32, 187-207

『海の狼』 The Sea-Wolf 197

『荒野の呼び声』 *The Call of the Wild* 187

『月の谷』 *The Valley of the Moon* 201-207

『バーニング・デイライト』 *Burning Daylight* 188-201, 204, 205, 206

ローン・レンジャー Lone Ranger 303

〈ワ行〉

ワイルド, オスカー Wilde, Oscar 264

若松賤子 265

ワーゲネクト, エドワード Wagenknecht, Edward 275

ワシントン, ジョージ Washington, George 40-43, 93, 261, 302

『私の立場』 *I' ll Take My Stand* 10, 209, 210-11, 216, 221-28, 233, 253, 283, 287

ワトキンズ, フロイド Watkins, Floyd C. 6-7, 8

「俗悪な文学としての『風と共に去りぬ』」 "*Gone with the Wind* as Vulgar Literature" 6-7

著者略歴

大井　浩二（おおい　こうじ）

1933年高知県生まれ。大阪外国語大学英語学科卒業。東京都立大学大学修士課程修了。現在、関西学院大学文学部教授

主要著訳書

『アメリカ自然主義文学論』(研究社出版)
『ナサニエル・ホーソン論 — アメリカ神話と想像力』(南雲堂)
『アメリカの神話と現実 — パリントン再考』(研究社出版)
『フロンティアのゆくえ — 世紀末アメリカの危機と想像』(開文社出版)
『金メッキ時代・再訪 — アメリカ小説と歴史的コンテクスト』(開文社出版)
『美徳の共和国 — 自伝と伝記のなかのアメリカ』(開文社出版)
『ホワイト・シティの幻影
　— シカゴ万国博覧会とアメリカ的想像力』(研究社出版)
『手紙のなかのアメリカ — 《新しい共和国》の神話とイデオロギー』(英宝社)
『アメリカ伝記論』(英潮社)
ナサニエル・ホーソン『緋文字』(講談社)
シャーロット・ブロンテ『ジェイン・エア』(講談社)
アラン・トラクテンバーグ『ブルックリン橋 — 事実と象徴』(研究社出版)
ソール・ベロー『フンボルトの贈り物』上下 (講談社)
ジョン・F・キャソン『コニー・アイランド
　— 遊園地が語るアメリカ文化』(開文社出版)

センチメンタル・アメリカ
— 共和国のヴィジョンと歴史の現実 —

2000年12月6日　第1版第1刷発行

著　者　大井　浩二
発行者　山本　栄一
発行所　関西学院大学出版会
　　　　〒662-8501
　　　　兵庫県西宮市上ヶ原1-1-155
電　話　0798-53-5233

印刷所　田中印刷出版株式会社
製本所　有限会社神戸須川バインダリー

ISBN:4-907654-20-0

落丁・乱丁のときはお取り替えいたします。

http://www.kwansei.ac.jp/press/